MINGUO
TONGSU XIAOSHUO DIANCANG WENKU

民国通俗小说
典藏文库

耿郁溪 卷

鹂唱鹃啼 滑稽侠客

耿郁溪 著

中国文史出版社

目　　录

鹂唱鹃啼

滑稽侠客

鹂唱鹃啼

第一章　天涯何处无芳草

萧索的秋天，满院都飘落着树叶，李玉生搬了一把躺椅，坐在午日之下，一边晒着太阳一边看着书。天空几片薄云，衬得蓝天越发高远。

他正在寂寞，一个最要好的朋友刘晓川找他来了，他们都是二十多岁的青年，李玉生是学艺术的，刘晓川是学文学的。两个人的脾气差不多，感情非常相投，他们从小时就是同学，一直到大学，十多年没有吵过架。

李玉生见刘晓川来了，便说道："来，一块儿晒太阳，秋阳是这样温暖。"

刘晓川说道："这么好的礼拜日，到郊外玩玩不好吗？"

李玉生道："到郊外不仍是看些落叶吗？"

刘晓川道："你看你的头发上都是叶子。你看的是什么书？噢，莫泊桑的《鹧鸪集》。"

他一边说一边翻着李玉生那本书。忽然从书里掉下一个东西，他俯下身体一看，是片红叶，他捡起来，说道："这片红叶真好看，正像一个心形，鲜红的心，好极了，这片红叶从哪儿采来的？"

李玉生道："后面有字……"

刘晓川翻过来一看，见上面写着很秀丽的毛笔字，写的是："赠给李师赏玩，杨隐香赠。"

刘晓川道："李师？你的学生吗？"

李玉生道："是的。"

刘晓川道："杨隐香，颇像个女人的名字，男人也不会赠这东西的。这倒颇有诗意，应当在红叶上题一首诗，便更好了。一个女孩子也怪有意思的，你同她感情很好吗？"

李玉生道："她时常找我来。"

刘晓川道："哎呀，那她对你已发生了爱情，你知道吗？"

李玉生道："知道。"

刘晓川道："我怎么没有听你说过？你们已经超过师生之谊了吗？"

李玉生道："没有，因为我们都没有把爱表达出来。"

刘晓川道："那么你也爱了她了吗？"

李玉生道："她是很可爱的。"说时，他有些不自然，抓了抓头发，抓下两片落叶来，扔在地下。

刘晓川道："可是你要注意呀，你是一个感情丰富的人。假如她真心爱你，或是她真的可爱，不妨这样做下去。但倘若她不是真心的，或者是一时感情的冲动，你得预防一下才好。你是毫无经验的，不要给自己找苦恼。"

李玉生没有言语，刘晓川也不好再往下说，再说倒仿佛自己嫉妒似的。他见李玉生不言语，知道他已经深深地爱了她，他只得说道："生友，你鼓起你的勇气来呀，机会是从不再来的。女人是不爱有经验的男人，莫要错过好机会。但是我希望你别拿出游戏的态度，或是尝试的心理。既然爱了她，就应该爱到底，就拿她当作自己永远的唯一的伴侣，这才对呢。”

李玉生道：“当然。”

刘晓川道：“可是这话又难说，自己专心爱她，那是对的，可是越是专心，痛苦是越大的。为了免得将来的痛苦，又不得不小心，不能拿出十分热诚来。而没有热诚，这爱情又没有真正价值了。所以恋爱的事是最难呢，最好能够互相信任，那才好得多。”

李玉生道：“相信是没有问题的，可是我现在考虑一个别的问题。”

刘晓川道：“还有什么问题呢？只要相信，什么问题都没有。”

李玉生道：“她是一个有钱而华贵的小姐，我是一个穷书生呀。”

刘晓川道：“可是纯洁的爱情，是没有这些考虑的，恋爱是没有一切条件的。”

李玉生道：“固然，在她是没有问题的，但是我爱她，我不忍叫她同我受苦。”

刘晓川道：“天下的情侣们，我还没有听说有什么一帆风顺地白头到老，差不多都有个困难问题，甚至有极大的波折。上帝给了人们感情，可又给人们许多痛苦，这是怎么一回事呢？你这件事，我看你没有考虑的必要，考虑的还是在她一方面。走着吧，走不通时再说，这时顾虑许多，白白费精神而放弃了快乐，太冤枉了。”他说着，又看那红叶上的字，点了点头道：“字是相当秀丽，不知人儿如何，但看她选择的红叶，却是聪明伶俐的女人。”

李玉生黯然不语，仿佛默许了他的话。

刘晓川知道他这时候的心不一定在什么地方。在恋爱期间，局外人是不知局中人的滋味的，在局外人看着是一件平常的事，而在局中人看来，真比生命都重要，看别人失恋的时候，都以为天涯何处无芳草，不值得为一个女人苦恼，局中人也未尝不想这样解晓自己，但苦恼总是不免的，好像痛苦永远跟着感情走。刘晓川晓得他已经坠入了情网，便只有鼓励他的勇气，叫他做下去，别顾忌。李玉生是有他的个性的，因为他的感情很重，所以个性也相当强。刘晓川想到他们的结局，不知是好是坏，好在他们现在还没有露骨地走到爱的途径上去，现在要退，总还退得了。

他最后说了一句："好自为之吧，恋爱虽不是极严肃的事，但也不是浪漫的事，在小心中还得需要勇气的。"

李玉生向来对于刘晓川的话非常听从，他拿他当作一个亲哥哥看待，刘晓川也拿李玉生当作亲弟弟看待，他们比亲手足还要亲。李玉生知道刘晓川是特别聪明的，有超人的见解，所以把他的话都当作信条似的。

谈了一会儿，刘晓川道："我还得走一走，我是好动的，叫我在这儿待一天，我受不了。"说着，他便走了。剩下李玉生仍然翻着书，看着红叶发怔。

刘晓川出来，在路上遇见了同学史经五。史经五是个道学家，虽然年纪和刘晓川差不多，但是思想离着一个世纪，他们全是很好的朋友，因为史经五的为人，是正直不阿，颇有古儒的精神，他迷信因果报应之说。他在他们同学里，算是老大哥的地位，他视刘晓川和李玉生两个人是最有希望的人，所以三个人的感情比别人都厚。

史经五一见刘晓川，便问道："见着李玉生了吗？"

刘晓川道："刚由他那里出来。"

史经五又小声对刘晓川道："你猜，最近杨隐香时常往老李那里跑，杨隐香你知道吗？"

刘晓川道："没见过，知道这是老李的学生。"

史经五奇怪道：“你怎么知道的？”

刘晓川道：“我方才看见他书里夹着一片红叶，是杨隐香赠，上面写着李师，所以我知道是他的学生。”

史经五更惊奇道：“红叶？哎呀，可不得了，你知道老李这家伙要走桃花运，这桃花运可不是好运呀。”

刘晓川道：“一个学生给先生一点东西，也不算什么。”

史经五道：“可是你知道，杨隐香时常往他那儿跑，两个人近得厉害，我一上他那里去，就遇见杨隐香。这杨隐香小姐我是知道的，因为我也教她们的课，听说她家里很有钱，而且她非常聪明，非常美丽，非常骄傲，非常有脾气。你知道，这些都和老李配合不来呀，他们前途实在危险。况且，这样也不大妥当，一个女学生，净往男先生屋里跑，不大合适。老李又住在学校，耳目是多的，难免叫人家说出什么来，最好你见了他劝一劝他。”

刘晓川道：“劝倒是可以劝，可是他们如果是真正爱情结合，也倒是一个很好的机会。”

史经五道：“我们不是不赞成新式结婚，你知道，最好他们托出人来向双方家长一说，这样办法不是很好吗？你这到哪里去？”

刘晓川道：“我没目的地，瞎转，没事一块儿走走？”

史经五道：“好，咱们遛遛大街。你说是不是？我说得有理吗？”说着，他们两个人一块儿走着。

刘晓川道：“明媒正娶，确是好办法，可是他们现在还没有互相认识清楚，我想还是不妨往来往来。”

史经五道：“可是到时两个人分不开了，或是再发现对方有什么缺点，那可就痛苦了。”

刘晓川道：“是呀，我也顾虑这一层，杨小姐我不知道，老李的感情最重我是知道的，假如他受了打击，他非得自杀不可。”

史经五道：“我现在说话不是过苛，这位杨女士我看过于摩登了。老李的家庭是个老八板的家庭，将来就算老李的全家都能将就，而这位杨女士是不是能干还是问题呀。也许人家比我看得远，据我看是不见乐观的。”

刘晓川道：“恋爱也和成就一个事业一样艰巨，事业可以不去冒险，而恋爱似乎是人人必须走的过程。”

史经五道：“我看是不必需的。”

刘晓川道：“人的人生观不一样，不过感情，人若不是恋爱而结婚，那便痛苦一辈子了。”两个人谈了许久，道儿也不知不觉地走了很远。

道是永远没个尽，问题是永远解决不清，到根结，史经五还是那套话：“我看你可以见见这位杨女士，和她谈一谈，也许你看得比我清楚。”

天是黑上来，两个人各自回家了。刘晓川想着这件事情，十分有趣，他纳闷，两个人怎样才就谈起爱来？谁应该说头一句？平常先生老师的，这“我爱你”三个字，怎么才说得出呢？

他净想着走入恋爱这个过程，家中这个过节儿怎么过，他不知道这个爱情是渐渐而来的，一天只要增进一厘一毫，日子多了，也可增加到“十分”上。到了“十分”的时候，那形式上才表现出来。平常都是隐在心里，即或有所表现，也是若有若无的，你要说它有，它就有；你要说它无，它就无。人们在恋爱的时候，是特别聪明的，在恋爱期间，往往有着超人的智慧，有连自己都想不到的敏锐，所以旁人拿平常的眼光来看，那是绝看不透的。

过了两天，刘晓川又去找李玉生，往日他们彼此互相找访，近来李玉生不大爱出门了，他每天在等候杨隐香。虽然杨隐香并没有说天天来，但是他竟因为她不愿出门。李玉生以为杨隐香虽不自己来，而精神也是来的，他现在别无所求，只求每天能够见着她，比什么都好。

李玉生正自出神想着杨隐香来，门开了，他的心欢喜得跳起来，抬头看时，却是刘晓川。

刘晓川道："怎么样？爱情的滋味是甜是苦？"

李玉生笑了笑道："无所谓，根本还谈不到爱情，不过滋味却是和往日不同，说不上甜，也说不上苦。"

刘晓川道："甜当然有的，如果不甜，谁还恋爱？可是也不见得没有苦，像你们现在还没有走到爱情的路上，你已经失去往日的活跃了。在恋爱中的人，都是沉默了外形，热闹了心间。"

李玉生点了点头，认为他的话不错。

刘晓川道："前两天我遇见史经五了，老史叫我劝你谨慎，不要因为恋爱吃了苦。这是他这么说，我不得不带给你听。据他的意思说，吃苦还是其次，名誉最为重要。"

李玉生道："我明白他的意思，他的道学气很重。"

刘晓川道："可不是？他有时脑子非常腐化，但不能不说他是好意。"

李玉生道："当然。"

刘晓川猛然一抬头，看见墙上贴着一张浅绿的纸，纸上贴着那片红叶，非常好看，他道："这是你贴的吗？"

李玉生不大好意思地说道："墙上太空了，拿它点缀一下。"

刘晓川笑而不语，又一看，那边还有一张相片，一个女人的相片，真美，他看得竟神为之夺。那两只秀而媚的眼睛，的确能炫人二目；两个酒窝儿，的确能够醉人，美呀！这简直是神仙！他想到这一定是杨隐香了。但不知她的内心如何，像这样的美女子，真够老李消受的，老李是好福气呀。

李玉生见他看见相片出神，便道："她就是杨隐香，回头也许来。"

刘晓川道："她每天来吗？"

李玉生道："差不多，来时总是两个人时多，她总同着同学一块儿来，有时也一个人来，一个人来的时间很少。"

刘晓川道："那么她送你相片和红叶，都是当着她同学的吗？"

李玉生道："是的。"

刘晓川道："那么她的同学当然都知道你们的情形了？"

李玉生道："知道吧，其实也没有什么，她做得很坦白。"

刘晓川道："坦白好呀，因为她坦白，所以别人反不好意思闹了，她这做法很有见解。假如她一个人来，若是叫人家知道，人家必定要哄起来的，或是造她的谣言了。"

正说着，忽然听见外边有女人的声音："李先生在吗？"

李玉生道："请进来！"

刘晓川便全神贯注地要看这位女客，他知道，一定是杨隐香了。门开处，进来一个女郎。身材适中，他一看，不像那相片的模样，相片上有酒窝，本人为什么没有酒窝呢？

她进来先向李玉生鞠了一躬，然后看着刘晓川，李玉生忙介绍道："这是刘先生，这是黎小姐。"

刘晓川一听，才知道不是杨隐香。

原来这黎小姐叫黎静贤，她和杨隐香是同学，也是一个早熟的女郎，她比杨隐香爱李玉生还早，也时常到李玉生这儿来，然后杨隐香看出一点儿来，于是两个人便发生了竞争，是暗中的，谁也没表示出来，心里是彼此都知道的。一有了竞争，爱的表现，便不由露骨一些，同时心里更曲折盘算之能事。杨隐香的红叶和相片，便是在这种竞争情形下拿出来的，同时她比黎静贤做得坦白，所以人人都知道杨隐香和李玉生好，而不知杨隐香还有这么一个敌人在。不过李玉生对于这两个人表面上是一样，心里自然是倾向于杨隐香的，因为杨隐香比黎静贤表现得露骨些。

李玉生问道："杨隐香呢?"

他这句话一半是出于本心，惦记杨隐香，一半是故意叫黎静贤知道他惦记杨隐香。

黎静贤道："杨隐香跟我说，今天她不来了，她要买书去。"

刘晓川一来听杨隐香不来了，今天是见不着的；二来人家有客，自己不便找无趣，遂走了出来道："老李，明天见，明天艺术学校有音乐会，我们一同去吧。"

李玉生道："好吧，你来找我。"

刘晓川去了。黎静贤看着杨隐香的相片，心里不好受，她道："嗬，这张相片真漂亮呀。"

李玉生只得说道："你怎么不照一张呢?"

黎静贤道："哼，我没有人家长得好。"

李玉生笑道："照相必须长得好吗?"

黎静贤道："至少叫人挂出来看着不讨厌。"

李玉生道："你要照出来，一定也不错。"

黎静贤道："我不像人家随便拿相片给人。"

李玉生笑道："你也道学起来。"

黎静贤道："不是道学，至少尊重我自己。"

李玉生道：“你没到郊外去玩吗？”

黎静贤道：“我没有那清兴。”

正说着，忽然杨隐香走了进来，两人一见，不由一怔，黎静贤道：“咦，你不是说不来吗？”

杨隐香不大好意思地说道：“我买书去没有买着，顺便到这里来，你不是也说到公司去买东西去吗？”

黎静贤道：“我没有去。”

李玉生一听，知道她们两个人互相说谎，都说不来，结果都来了，他怕她们难为情，赶紧拿出果子来道：“来，吃果子，我给你们削还是你们自己削？”

杨隐香道：“我自己削吧，李先生不用管了。”

黎静贤道：“我不吃。”

李玉生递给杨隐香一个梨，自己削一个梨，他道：“看我们谁先削完。”

杨隐香道：“还得把皮削成一条线，不叫它断才成。”说着，两个人便削起梨来。

结果，两个人同时削完，不过李玉生的皮有一处几乎要断了下来。

杨隐香道：“还是我这个好。”

李玉生便把削完的梨递给黎静贤道：“来，给你这个，我再削一个。”

杨隐香道：“吃我这个吧。”说着，把自己的梨也递给黎静贤。

黎静贤有心要接李玉生的，但又怕杨隐香说笑话，假如不是杨隐香也给她梨，她当然就接李玉生的了。杨隐香偏要抢着给她，看着又像同学的热情，表现得亲密；看着又像故意给她看，看她到底接谁的。

李玉生道："我刚吃过了，所以这个我根本没想吃，就是为敬客的，并且我也有削梨的瘾。"

黎静贤只得把李玉生的梨接到手里，她暗中很高兴。她道："方才那位刘先生，就是刘晓川先生吗？"

李玉生道："是的。"

黎静贤道："我常听李先生说刘先生是您的好朋友，所以我想一定是他。"

杨隐香道："方才刘晓川来了吗？"

李玉生道："刚走。"

杨隐香道："可惜，我来晚了一步，不然我可以瞻仰瞻仰这位青年作家。"

李玉生道："机会是多得很，只要你天天来，准能够遇得上他。"

杨隐香道："看他的作品好富于热情，不知道他本人怎么样？"

李玉生道："本人也是很好的。"

黎静贤道："他的音乐一定也很不错。"

李玉生道："是的，他很喜欢音乐。"

黎静贤是喜欢音乐的，所以她也注意别人是不是喜欢音乐。杨隐香是喜欢文学的，所以刘晓川的作品她读过。

杨隐香问黎静贤道："你怎么知道刘晓川音乐不错？"

黎静贤道："方才他走时约李先生明天去听音乐会，所以我知道他一定喜欢音乐。"

杨隐香道："对啦，明天艺术学校有音乐会，我还忘了，明天李先生去吗？"

李玉生道："去的，明天刘晓川找我来一同去，你们去吗？"

杨隐香道："我想去呢，黎静贤也去好不好？"

黎静贤当然想去，她道："我早就定规去了，票我都有了。"

杨隐香道："那么明天我们都一块儿去好不好？明天我们都在李先生这儿见吧。"

李玉生道："你们愿意在我这里吃饭，明天你们就早些来。"

杨隐香道："不，我们吃完饭再来吧，别说我们，只说我一个人。"

李玉生道："那黎静贤到这儿来吃饭？"

黎静贤道："不，我也吃完饭来。"

李玉生道："你家住得远。"

杨隐香道："要不然你在我家吃饭，下课一起到我家，由我家再一同来，好不好？"

黎静贤答应了。谈了一会儿，便走了。

第二天下了课，黎静贤便同杨隐香到她家，在杨隐香家里吃了饭。杨隐香待她真亲切得比亲姐妹还热，她感到杨隐香如和煦春风，实在叫人爱。可是她一想到李玉生，便不由得就敌视了杨隐香。真奇怪，两个人这样好的感情，为什么在这一点上竟会分歧呢？在不想李玉生的时候，两个人亲热诚恳，无以复加；一想到李玉生，两个人立刻有些钩心斗角。神秘呀，想法子解说都不可能。

黎静贤对于杨隐香，又是恨又是爱。杨隐香对于黎静贤总有一点不好意思的神气，不是愧，而是歉。她以为她成功而黎静贤失败，有些对不住黎静贤似的。虽然是实离着成功之路还差得远。

吃完了饭，她们便一同来找李玉生来。

这时刘晓川已经来了，李玉生给他们介绍，刘晓川一看这位杨隐香小姐，美丽极了，怨不得老李这样倾倒。杨隐香一见刘晓川，是个老实君子。刘晓川本来找李玉生一同去听音乐，现在一看她们来了，他不愿意扰人高兴，他道："你们玩吧，我一个人去听去。"

李玉生道："她们也去，我们一块儿去吧。"

杨隐香道："是的，我们找李先生也是听音乐去，我们一块儿走吧。"

刘晓川想知道知道杨隐香的思想，但在音乐会场里，没有机会谈。他听到杨隐香对李玉生所说的话，推测她是一个很露锋芒的女人，她的外貌是那样温柔善感，而个性却特别强。这位小姐，很难叫李玉生对付好，他很替李玉生发愁，也很替他高兴。

音乐会散会后，已经入夜，按友谊或超友谊上说，他们应当送她们两个人回家。可是一块儿走是不可能，分开走，便有问题了，谁应当送谁呢？杨隐香和黎静贤都愿意叫李玉生送，如果叫李玉生送的话，一方面可以增进对自己的感情，另一方面还可以减低对对方的感情。李玉生当然愿意送杨隐香，不过情形拘在这里，他不能这样做。

黎静贤道："哎呀，你们比我合适，我的家离着最远。"她的意思是想叫李玉生送她。

杨隐香脑筋快，她怕李玉生答应送她后，再要不叫他送，这话就说不出来了。她忙道："这样吧，让李先生和刘先生一同回去，你还是住在我家吧。"

李玉生一听这个办法不错，刘晓川也以为这个办法适当。假如一个人送一个，那自己和谁也不太熟，在夜间送陌生女子回家，在中国社会还不像西洋那么开通。有这个方法，算是把一切问题解决了。况且先生送学生回家，也不大合适。

刘晓川道："这样好极了，黎小姐可以住在杨小姐家里了。"

黎静贤也怕李玉生送杨隐香去，这样也可以放心，于是她答应了。

李玉生便给她们雇车走了，然后对刘晓川道：“我们两个人走一走好吧？”

刘晓川道：“也好，月色不错，正好走了。”两个人便顺着大街走下来。

刘晓川道：“黎小姐和杨小姐的感情不错。”

李玉生道：“本来不错，今天若不是杨隐香叫她住她家里，这送还是问题。”

刘晓川道：“按远近来说，你应当送黎小姐回家合适。”

李玉生道：“如果是你所想象的话，那倒没有问题了。”

刘晓川道：“怎么？黎小姐也是追逐你的吗？”

李玉生道：“恐怕她要在先，可是我知道却在杨以后。”

刘晓川道：“怨不得，我看这情形就有着微妙的关联，那么你怎么办呢？”

李玉生道：“我当然不能都爱。”

刘晓川道：“那么你爱谁呢？”

李玉生道：“自然是爱杨隐香。”

刘晓川道：“那么你应当对于黎静贤表示一下，别敷衍呀。若是敷衍，不但自己将来苦恼，并且也害了人家。”

李玉生道：“是呀，我早已想到，但是她们都没有明白表示，我怎能先表示呢？人家并没有说爱，我能说你别爱我吗？再者，黎静贤也是很可爱的。”

刘晓川道：“你还是徘徊吗？”

李玉生道：“我跟你说，黎静贤有黎静贤的好处。第一，她喜欢艺术，跟我的嗜好相同；第二，她不像杨隐香那样有钱。这两样好处，在我心里，不知徘徊多少天了。”

刘晓川道：“这两样是值得徘徊的，嗜好相同，那是最好了。”

李玉生道：“当然，杨隐香脑力特别聪明，现在对于女学上的见解，我就不如她，将来更不用说了。况且她很有钱，我是个穷书生，她怎么能够跟我受罪呢？”

刘晓川道：“考虑是可以考虑的，但不能看作绝对的条件，杨隐香她不喜欢有钱的也未可知。只不过你这徘徊时间不能过久，应当早些决定，不要自误而误人。”李玉生点头称是。

走了很远的两个人分别了，李玉生一个人回去，想到这个问题，怎么也不决。他是爱杨隐香的，但黎静贤有比杨隐香优胜的两个条件，这两个条件都于李玉生为合适。杨隐香也有两个较胜条件，一个是美丽，一个是聪明，反使李玉生有所顾忌、有所畏缩。

杨隐香和黎静贤两个人回到家里，她们非常高兴，两个人睡在一张床上，谁也睡不着，越谈越有兴味。她们谈到人生，谈到哲学，谈到恋爱，谈到种种问题，她们也觉得人生实在复杂，想到应付环境的困难和前途的荆棘，她们都不愿意想了，说“睡觉吧”，两个人这才同床同梦地睡着了。

第二天，她们一块儿上课，感情越发亲近得很。到了晚上下课，黎静贤道：“我们到李先生那里去好不好？”

杨隐香正想要去，于是两个人便又来到李玉生那里。

李玉生老早便等着她们来，见她们来了自然非常欢迎，他道：“昨天回去很晚了吧？”

杨隐香道：“嗯，我们回去又谈了几个钟头才睡。”

李玉生道：“你们的精神很好呀。”

杨隐香道："我们话越谈越多。"

李玉生道："你们都谈什么呢？"

杨隐香和黎静贤都笑起来，说道："我们谈的话多了，什么都谈，差不多又都忘了。"

李玉生道："你们谈我来没有？"

杨隐香道："谈来着。"

李玉生道："谈我什么？我听一听你们对我的批评。"

杨隐香道："李先生可不准生气。"

李玉生道："我当然不生气。这一说，你们一定批评到我的弱点，我是非常喜欢人家说到我的弱点的。"

杨隐香道："我们谈的优点也有，弱点也有。"

李玉生道："我的优点是什么？最好不客气地说。"

杨隐香道："我们都觉得李先生的性格好，对待任何人都是一样，没有见过发脾气的时候，这是我们两个人一致之点。"

李玉生道："弱点呢？"

杨隐香道："我批评李先生的弱点是缺乏勇气，多保守性。"

李玉生点了点头，他的脑子立刻想："她是不是说我没有勇气求爱呢？"他又问道，"黎静贤批评我什么呢？"

黎静贤对杨隐香道："可别说！"

杨隐香道："说了也没有什么关系。"于是她道，"黎静贤说李先生没有决断力。"

李玉生笑了笑道："都对都对。"

黎静贤道："李先生可以批评批评我们两个人的弱点。"

李玉生道："好，但是不一定对。"

杨隐香道："对不对也没有关系。"

李玉生道："黎静贤的弱点是有时神经过敏。"

黎静贤和杨隐香一听，都仔细想这句话的意思。杨隐香想道："也许是李玉生不爱她。"黎静贤却想："他是怕我错怀疑他不爱我吗？"

她们想着，杨隐香道："我的弱点呢？"

李玉生想了想道："不说了。"

杨隐香道："怎样不说呢？"

李玉生道："将来再说吧。"

杨隐香一定要他说，她是想知道他的真意，她道："为什么到我这里就不说了呢？"

李玉生道："反正早晚也是说的。"

杨隐香道："为什么今天不说呢？"

李玉生道："将来总有机会。"

杨隐香一听，料想他必定爱了自己，所以说将来是有机会说的。三个人各怀着不同的心情，谈着话。

他们谈到古人，又谈到小说，又谈到《红楼梦》。杨隐香道："李先生看我们两个人的性格像《红楼梦》里的谁？"

李玉生道："黎静贤有时像林黛玉，你却像薛宝钗，可是又不大像。"

黎静贤一听，比较喜欢，她以为贾宝玉是爱林黛玉的。

杨隐香有些悲观，可是她想薛宝钗到底和贾宝玉结了婚，是夫妻，他的意思也许是和我结婚吗？于是又问道："李先生比谁呢？"

李玉生道："我谁也不能比，不过我喜欢柳湘莲。"

杨隐香道："为什么不喜欢贾宝玉呢？"

李玉生道："根本他的爱情不专一，爱了这个又爱那个，太不忠实。”

她们两个人听了，深深点头。

李玉生道：“你们是不是喜欢贾宝玉那样的人呢?”

杨隐香道：“不，至少我是不喜欢那样男子，也许这是古代的不同。以往的女人，总喜欢弱不禁风的男子，我认为那种男人总有点花旦气，我是喜欢有丈夫气的男人，雄赳赳的英雄气概，比那媚气的男人要好得多。”

黎静贤道：“我是喜欢有学问的，虽然不必武赳赳的样子，但也不要那肺病二期的那样子，他谈吐文雅，有艺术嗜好。懂得爱女人是最好的。有些男人长得很漂亮，也知道爱女人，可是他们的爱多基于肉欲，根本是玩弄女性，他们吐属又非常粗俗，别看他挺漂亮，说出话来总是俗气得要命，他们不会谈出什么高的见解来。”

李玉生点了点头道：“不错，你们两个人所说的都很好，希望你们照着你们的目标走下去，加强理智，找那合乎理想的人，千万不要受环境的诱惑。我见过许多女人，说话的口气是很大，但别人一诱惑，马上就改了初衷，这是女人的弱点，你们两个人当然不会有的了。”

杨隐香道：“我就纳闷，一般小姐们都趋向于物质享受，尤其初中的学生，总是把金钱放在头里。这样眼光浅陋，是实不知道有钱的最容易二三其德。目前的享受，贻害终身的幸福，这是多么不值呢!”她知道李玉生怕她因为有钱看不起他，所以她特意表示自己的态度，她表示她并不是爱有钱的。李玉生听了她的这番话，果然心里更爱了她。

他们谈了很久，黎静贤因为昨天就没有回家，今天再回去晚了，怕家里不放心，所以她便道：“我先回去了，昨天没有回去，家里一定不放心，今天务必早回去，你回去吗？”

她希望杨隐香也走。但是杨隐香如何能放弃这个机会，她道：“那么你先回去吧，明天礼拜日，我也许找你去。”

黎静贤道：“好吧，我明天一定在家等你。”

杨隐香道：“不，不一定，你不必等我。”

黎静贤答应去了，走在路上，始终不放心，想到李玉生和杨隐香这时还不知说什么呢。又想到李玉生拿自己比作林黛玉，又不觉欢喜，她就这么忽喜忽忧地回家去。

这时杨隐香在李玉生屋里闲谈，两个人都想说“我爱你”，可是谁也说不出来。杨隐香看李玉生把她的相片挂在墙上，十分喜欢，知道他一定爱了自己，但就是无法问他。

他们沉默了一会儿，又谈到别的话去，谈得很高兴，忽然又沉默起来，这正表现他们的心，正在起伏不定。

杨隐香忽又想起方才的问题，又问道：“方才李先生说我的短处，为什么又不说了呢？”

李玉生道：“我所见的不一定对不对，因为了解一个人是很困难的，我所见的也许不正确，所以非得等到将来，日子一长了我就觉得所见对不对，然后再说。”

杨隐香道：“随便当作笑话说也没有什么，即或不对，也没有关系。”

李玉生道：“不好，我不愿意贸然批评人。”

杨隐香道：“那李先生为什么批评黎静贤呢？”

李玉生道：“那是我确实知道的，也是她不能否认的。”

杨隐香道：“噢，那么李先生对于黎静贤了解得很清楚了？”

李玉生道：“也不见得。不过也不能一概而论，了解人是很困难的事，但被人家了解，却有难有易。有的人感情表现得很真实，容易被人了解；有的人聪明一点的，就很难叫人捉摸清楚。”

杨隐香道：“这样一说，我没有黎静贤表现得真切吗？”

李玉生道：“至少她比你幼稚一些，你太聪明了。”

杨隐香道：“聪明就表现得不真切吗？”

李玉生道：“聪明人容易叫人对她多一层顾忌，这种顾忌，就是隔膜吧。”

杨隐香道：“噢，现在我明白了，我知道你所谓我的短处是什么了。”

李玉生道：“是什么呢？”

杨隐香道：“聪明过火，不易叫人了解，是不是？”

李玉生笑道：“到底你是心眼太多，我说的并不是这样。”

杨隐香不言语了，真摸不清李玉生是什么意思，真没想到聪明人是这样与人隔膜着。我聪明吗？我为什么要聪明呢？聪明人不好吗？她翻来覆去地想。

李玉生道：“你不必想了，你所想的都不对，你根本不需要想。想，就是聪明人的举动。”

杨隐香略微明白他一点儿意思，她也不再言语，于是又问刘晓川，便道：“刘晓川那人怎么样？”

李玉生道：“我说不出，只觉得他不错，他的见识很广，一举一动，错误很少，每做一件事，必经过多方的考虑。”

杨隐香道：“李先生不这样吗？”

李玉生道：“我有时也考虑，可是一考虑便感到麻烦，因而停止考虑，暗本放在一边，不去想了。有时做了不决，不是正在考虑，而是废止考虑，所以根本不去做它呀。”

杨隐香想了想，觉得他的性格和刘晓川不同，刘晓川是不值得考虑的也要考虑，他是应当考虑的却懒得考虑，因而失去很多机会。方才说了没有勇气，不对的，这不是没有勇气，而是不愿考虑的缘故。那么这时候若是恋爱成功，必先减省他的考虑，叫他很容易地了解我，他很容易地了解我，那他一定会爱我了。她想到这里，可是又不知用什么方法来表现才好，表现太真切，她容易叫人家轻视，女孩子总有女孩子的尊严，唉，恋爱是这样麻烦的事。她想回去写封信，信里表明，总比当面表明好得多。

她道："时候已经不早了，我回去了。"

李玉生道："再多谈一谈吧。"

杨隐香道："明天不是礼拜吗？李先生到哪儿玩去？"

李玉生道："我没有打算，也许不出门，你来吗？"

杨隐香道："没有事我就来，我们到江边走走，或是到郊外写生去不？"

李玉生道："也好，那么明天你来找我，我们一同去吧。"

杨隐香拿起书包来道："明天吃过午饭后我就来，我走了，明天见。"

李玉生道："我现在没事，送你一程。"

杨隐香很高兴地点头。李玉生穿了大衣，两个人走出校门，一边说着一边走着，形式已经成了情侣，心情也是情侣，只是他们都没有说出来而已。

平常杨隐香是绝不爱走路，很短的路程，也要坐车，今天同李玉生却走了很远。一直到杨隐香的家，杨隐香叫他进来坐，他觉得不好意思，他道了一声明天见，和杨隐香告别。杨隐香站在门前，看他走过墙角，这才叫门。两个人都是非常快活的。

第二天，杨隐香吃完了午饭，便去找李玉生。李玉生正在等她呢，见了她来，便道："我们到哪儿去呢？看电影去好吗？"

杨隐香道："还是到郊外写生去吧。"

李玉生道："那我有工作，你却闲着，不寂寞吗？"

杨隐香道："一边画着一边谈着，不是很好吗？再者我看着画，更有意思。"

李玉生道："好吧。"于是收拾画具，两个人走出来，一直来到郊外。

李玉生道："你给我取个景儿，我看你的眼光如何。"

杨隐香道："我看这里就很好，一湾秋水，几株红叶，多么有诗意呢。"

李玉生道："好，就这里吧。诗情总跟画意相连的，我画画，你作诗。"说着把架子支好，拿出油色笔等，把手提匣子坐在屁股底下，说道："你坐在哪里呢？"

杨隐香道："我坐在那石头上吧。"

李玉生道："那我也搬到那里画，我们可以挨得近些，可以谈话了。"

于是又把画具搬到石头旁边，两个人坐下，李玉生一边在画板上打着稿，一边对杨隐香讲，哪个地方是焦点，哪个地方光线强，哪个地方角度合适。杨隐香一边听着一边看着。

画着画着，李玉生又想起黎静贤来，他道："你不是跟黎静贤定好，今天找她去吗？"

杨隐香一听，觉得他有点轻视自己的意思，她站起来道："好吧，我找她去。"

李玉生一看她要走，不由慌了，立刻拦她道："别走，我是问你话，不是叫你找她去。”

杨隐香道：“那为什么忽然提起她呢？李先生倒是关心她，怕她寂寞。”

李玉生着急道：“不是呀，我是想起昨天你和她定的约会，说今天找她去，今天如果不找她去，她一定要疑心起来的。”

杨隐香道：“那现在我就找她去不好吗？”

李玉生道：“唉，你怎么不明白我的意思？我不是叫你找她去，我是问你明天怎么对她说。”

杨隐香这才明白了他的意思，她道：“我昨天就跟她说不一定，叫她别等。今天不去，也不算失约呀。”

李玉生道：“那么她明天要问你，今天上哪儿去了呢？”

杨隐香想了想道：“我就实告了她就得了。”

李玉生一听，略微有点难色，可是他没有言语，杨隐香知道他是怕黎静贤不愿意，但是这事不能都闹得三全其美，她决心要暗示给黎静贤，叫她退出他们这个爱情。

李玉生画不下去了，杨隐香道：“为什么不画了呢？”

李玉生道：“我们谈谈吧。”说着，便坐了杨隐香的对面，见杨隐香这么好看，如同看着仙子，他不由心动了。他想握了她的手，但是他没敢动，只是眼睛看了看她的手臂。她的手臂还那么细腻，假如握一下，不知怎样的柔滑。

杨隐香也看出他的神气，知道他想握自己的手，她想把她的手递上去，可是她也没动。两个人沉默了一会儿，两只飞雁，向南方飞去。

李玉生道：“这一双雁，共同飞着它们的远大的前程，好像度蜜月似的，多么可羡哪。”

杨隐香知道他的意思，于是也说道："我真羡慕它们那样快活。有时人类都没有它们快活，人类都互相有隔膜，它们是多么天然多么自由呀。"

两个人仰着头望着大雁，一直望成两个小黑点，然后又低下头来，不期地互相看了一眼，杨隐香笑了，李玉生也笑了。

李玉生道："有时我想到前途，不知我将来成一个什么人物。"

杨隐香道："一个人只要努力，没有不发扬起来的。"

李玉生道："努力只要三分之一，那三分之一是天才，三分之一是经济。"

杨隐香道："不，我认为努力占七成，天才占三成，经济根本不妨碍人的艺术成就。"

李玉生道："钱虽然不妨碍人的事业成功，但是它能够帮助事业成功。"

杨隐香道："我觉得越有钱越坏，越有钱的人，便越懒惰，恶劳好逸脑子渐渐迟钝，结果一无所成。倒是没钱的人，方知道苦用功。"

李玉生道："我说的有钱，不是贫富之分，而是叫他生活安定，才可以创造出惊人的艺术来。"

杨隐香道："不，我对于这一层，我永远爱跟人抬杠，我到底认为有钱的人多没有出息。"

李玉生道："但是你呢？"

杨隐香道："我家有钱是我父亲的，虽然将来也会分到我的手里一点儿，但究竟没有看在眼里，我相信世界上只有毅力，没有金钱。"

李玉生道："虽然这样说，恐怕你仍是不能吃苦。比方粗一点的饭，你就不能吃；远一点的路，你就不能走。”

杨隐香道：“那不能这样说，到应当吃苦的时候，就得吃苦。”

李玉生道：“那就不算新奇了，到吃苦的时候，谁也得吃苦。比方饿了两天，粗粮食也能吃下去了。这不算能吃苦，大丈夫能伸能屈，是以伸的时候能曲，曲的时候能伸才成。”

杨隐香道：“这话固然很有理，但我的意思以为在没有吃苦的时候，她不怕吃苦，这就是对的。有些小姐，也没有吃到苦，只要一提到将来要吃苦，她就怕得不得了，这是没有出息的。比方拿选择对象说，许多小姐们都是喜欢有钱的，以为嫁一个有钱的，将来可以不吃苦，这就是没有出息。”

李玉生点了点头，没有说什么。这时他已经深深地爱了她。他一方是喜欢，一方是忧惧，喜欢的是杨隐香的志趣可爱，对自己并没有什么不合，忧惧的是她说的是非常好听，但到时候是不是真能吃苦，或是吃苦之后又变了初衷，也是很靠不住的。许多小姐都是婚前说得蛮好，嫁后却总是不久就离婚。与其将来受到离婚的痛苦，不如现在就不往那里走。而世事又往往不是人们所能预料的，太顾虑也不好，怎见得自己将来不能飞黄腾达起来呢？

他正在想，杨隐香忽然问道：“你现在了解我了吗？”

李玉生被她这猛一问，竟结结巴巴不能作答。停了一会儿，他笑了笑道：“我了解了，但是你对我的环境清楚吗？”

杨隐香道：“我虽然不知道，但我也推测得出，不过我还是不问环境，我的意思是……”

她说到这里，觉得这话说得太早了，太露骨了，脸一红，把话又吞回去。李玉生明知她的意思，也不好往下追问。两个人又黯然一刻。这时不知从哪里来的这些思潮，把心田扰乱，乱得择不出头儿来。

杨隐香叹息了一声，李玉生想不出她叹息的缘由来，想半天也想不出，也就不再想了。他不知道小姐是善于叹息的呀。

太阳要落下去了，余光照在树上，越发显得叶子红得厉害，和五月石榴花差不多了。

杨隐香道："女人要像红叶一样，擢秀在冷霜中，与菊花同傲寒。"

李玉生笑道："不，女人最好不要像红叶。"

杨隐香纳闷道："怎么呢?"

李玉生道："因为红叶和菊花不同，菊花可以称擢秀傲寒，它是本来面目。红叶却变了节的呀，它本来是绿叶子，因为下了霜，所以才变红的。"

杨隐香点头道："这样一说，红叶不见得可爱了。"

李玉生道："红叶不是不可爱，而是像红叶的女人不可爱了。"

杨隐香道："我们回去吧，太阳一落，就有点儿冷起来。"

于是李玉生收拾了画具，又和杨隐香走回来，仍旧送杨隐香到她家。

杨隐香道："时候不早了，回去恐怕赶不上饭，在我家用晚餐好不好？我可以给你介绍我的家里人，同你谈一谈。"

李玉生也想知道她家庭的情形，他道："不冒昧吗?"

杨隐香道："我们家里人最欢迎有朋友来的。"

李玉生遂同杨隐香进到她的家，和她的母亲兄弟姐妹都见了。她家的人口很多，非常火炽，李玉生看来，不觉有些耀眼。一看家里的摆饰等物，都是非常讲究的人。

杨隐香的父亲没有在家，她的母亲是一个很开通而有学问的人，对于儿女，向来是善导善诱，约束得并不严厉。杨隐香介绍李玉生说是她的老师，杨老太太便更敬重地待李玉生了。

他们谈了谈，杨老太太觉得他青年老成，很不错。杨隐香便说在学校里，李先生如何宽待自己，如何教导艺术，杨老太太连连感谢，并说道："我这孩子倒不是笨孩子，不过就是有点儿任性，李先生千万别客气。"

李玉生道："哪里话？她是最聪明的，同学的都赶不上她。"

杨隐香道："昨天李先生送我到门口，没有进来就回去了。"

李玉生一听她提这话，觉得自己脸也红了，真不好意思。

杨老太太道："干什么那么客气？以后可以径到舍下来坐，我们都是随便惯了的。"

李玉生遂又客气了几句，他见杨隐香在家谈话这样坦白，真没有料到。她们家里人都是这么痛快的呀。谈了一会儿，便开饭。李玉生还不大好意思吃，非要走不可，经家里人再三留住，他便和她们家里人一起吃起来。她的兄弟姐妹，也都是快人，说话毫无拘束，大家亲亲热热，待李玉生如一家人一般。李玉生感到特别温馨，他越发爱了杨隐香。

吃完了饭，大家又玩了一会儿，拿出扑克牌来，抽了几个王八，大家乐不可支，每次无论谁抽到手里，全要哄堂大笑。后来李玉生又拿扑克牌给他们变魔术，大家也非常感兴趣，一直玩到深夜，李玉生才回去。

今天是他最快乐的日子，虽然他今天累得不得了，可是仍然睡不着，他想着今天的经过，他不愿意再睡，他愿意多想一会儿。他以为多想一会儿，就是把今天的快乐多延长一会儿，一睡觉就仿佛把快乐睡没了似的。翻来覆去地想了无数遍，才渐渐睡去。

第二天上课，见了杨隐香，表面虽然仍是以往态度，但心里却是不同了。

黎静贤今天来晚了，因为昨天她竟失眠，今天精神特别不好。她本想告假，但心里又憋着许多事，非要见杨隐香和李玉生谈谈不可。

她昨天等了杨隐香一天，也没见杨隐香去找她。虽然她头天说不一定去，但是想到她必是找李玉生去玩，心里不由一阵愤恨，一阵难过。她猜到杨隐香对她使的是稳军计，把她稳在家里，然后她再找李玉生去玩，这等于欺骗呀。其实你爱他也没有关系，可以明白地对自己说了，这样钩心斗角地瞒哄着，这简直没有把自己当作朋友呀。

她来到学校，见了杨隐香也不理，倒看杨隐香有什么说辞，叫她知道自己是在生气，自己并不是傻子。她见了李玉生，也不像往日那么活泼，仿佛陷于苦闷沉默中了。

李玉生想到她是不乐意了，但又无法劝她，希望杨隐香劝劝她，而又没有机会告诉杨隐香。

其实杨隐香早明白了她的心事，她也知道黎静贤是很苦恼的。她想用一方柔和的法子，让黎静贤对李玉生减退她的热情，并且暗示给她，不必和她竞争而陷于不可收拾的苦恼里。可是怎么去说呢？黎静贤是一个性极强、天性极乖戾的人，如果十分叫她难过，她不会杀人，也必定自杀。这真是一件难事。

上午下了课，她们在一处吃饭，离上课还有很久，有的便在运动场里打球，有的在教室前晒太阳。杨隐香和黎静贤坐在廊下栏杆上，她们谈起来。

黎静贤实在憋不住了，她问道：“你不是说昨天找我去吗？我在家等了你一天。”

杨隐香道：“哎呀，真是对不住，我不是说不叫你等我吗？”

黎静贤道：“昨天你们上哪儿玩去了？”你们两个字，表示她已经知道杨隐香必定找李玉生去的意思。

杨隐香道：“昨天呀，还说呢，我们等了你好久，说同你一块儿玩去，你始终没有去，我同李先生到郊外写生去了。他写生，我一个人看着，真寂寞，假如有你去了，我们可以拾拾红叶玩多好。”

黎静贤见他们果然一块儿玩去了，心里说不出来的一阵难过。她默然不语。

杨隐香晓得她心里的滋味，但是她却无从说起，她叹了一口气道：“上帝为什么把情感都给在女孩子身上？”

黎静贤冷笑道：“我知道你爱了李玉生，是不是？”

杨隐香道：“也不是，反正我的爱情还是他引起来的。”

黎静贤道：“噢，他先爱了你？”

杨隐香又道：“也不是，反正感情是自然而然就生出来的。”

黎静贤道：“他表示爱你了吗？”

杨隐香道：“我们都没有表示出来，虽然形式上仍是朋友……”

黎静贤道：“你准知道他爱了你了吗？”

杨隐香道：“是的，我敢确信，要不然我还不把感情弄得这样深。你知道，倘若走错了路，投错了感情，那要引起莫大的痛苦。你我两个人，都不是禁得住痛苦的，所以我们应当理智些，看着不是路子，知难而退，这是最好的法子，不然是引起苦恼来的。”她这话是暗示黎静贤，叫她激流勇退。

黎静贤一听心里越发难过，她不相信李玉生不爱自己，她非得找李玉生切实谈一谈。可是这话怎么能说得出来呢？看他们这种情形，自己实在要落后了。即或李玉生爱自己，而自己既没有杨隐香那样自由，又没有杨隐香那样的舒适环境与有钱，无论如何，也争不过她的。她想到这里，不由哭了。

杨隐香知道她难过，不由也哭了。两个人对哭起来，都拿着手绢擦眼泪。别人看见，不由全过来问道："你们两个人怎么了？大家快来劝吧。"

杨隐香道："这劝什么？我们又没有打架，没有吵嘴。"

大家道："那你们哭什么呢?"这两个人都不言语。

杨隐香道："去吧，你们不必管，我们有我们的事。"说着，又拉了黎静贤道："我们到一旁说话去。"她们便走开了。

大家猜到是为了爱情的事。有的人猜她们有同性恋爱的事，这是她们常有的现象。时常两个人好得不可须臾样，有时两个人吵得四邻不安，有时在墙角对哭一阵，闹得若癫若狂。大家对于杨隐香和黎静贤也是这样猜测。不过有一两个人已经猜到是为了李玉生的事，因为她们两个人时常去找李玉生，而且态度是越来越变化。大家也就不便再管她们了。

杨隐香和黎静贤走到校园，又坐在亭子里，两个人心里都很乱，一时找不出话来。

杨隐香想："古往今来，为恋爱而生的悲剧，都是起因于互相争夺，钩心斗角，这是中国人礼教下的牺牲者。如果按照外国的情形，把心里坦白表示清楚，也许痛苦都小一点儿，至少可以不再深追下去。就比如林黛玉和薛宝钗，假如三个人明白说了出来，何致闹得那样悲剧。可是也难说，这种事不是三言两语就可以解决的。不过坦白表示出来，总好一点。"

她想到这里，便对黎静贤说道："你方才哭，我知道为了什么。

你也是爱李玉生的，是不是?”

黎静贤道：“我觉得我在你爱他以前。”

杨隐香道：“这个我也不便否认，可是你希望他爱你胜过爱我吗?”

黎静贤道：“是的。”

杨隐香道：“假如事实和你希望的正相反呢?”

黎静贤一听，她又要哭。杨隐香忙道：“你不必伤心，我们可以想一个好方法，总使大家都不得到痛苦才好。”

黎静贤道：“可是我已经吃了苦了，你知道我这几天的苦恼。”

杨隐香道：“我可以想到，现在我和李玉生都还没有走到爱路上，已经使你这样苦恼，假如再深一层关系的时候，你想你的苦恼不是更深了吗?”

黎静贤不等她说完，便道：“我明白你的意思，你不必再说了，我心里乱得很，反正你放心吧，我早已看透了，我不会使你有痛苦的。”

杨隐香道：“那我如何感激你呢？黎姐，我们永远相好，我们不要为了这件事而伤了友谊。关于李玉生的事，我也不再谈了，我今天对你说些话，并不是叫你退的意思，而是怕你受不了更大的苦恼，将来……唉!”

黎静贤又哭了起来，她道：“我决心不再理李玉生了。”

杨隐香这时也很难过，只得甜言蜜语地安慰她。

这时钟声响了，她们一起去上课。杨隐香叫她擦了眼泪，一同走进教室。

到了放学时候，杨隐香想找李玉生，但当着黎静贤又不好意思，她便拉她道：“走，我们一块儿找李先生去。”

黎静贤道："不，我不去了。"

杨隐香道："我以为友谊还要维持着。"

黎静贤道："不，我决心不再找他去了。"

杨隐香知道她的个性极强，说到哪儿一定办到哪儿，也不再拉她。可是自己也不好去，只得说道："我们一块儿玩会儿去吧。"

黎静贤道："你不找他去吗?"

杨隐香道："我不一定要找他。"说着，便拉了她到电影院去看电影了。她是不得已，不能不安慰她，其实心里未尝不惦念李玉生的呀。

李玉生这时候正在等她，怎么等也等不来。他十分奇怪，想到昨天在她家里失了礼貌，或是她家里人看着自己不乐意，叫她别再找自己了？他越想越难过，唉，谈什么恋爱，这还没有谈呢，便这么苦恼。

他正想着，刘晓川来了。刘晓川见他的神气，就知道他有心事，可是他永远不向人家说。

刘晓川道："没事吗?"

李玉生道："没事。"

刘晓川道："摆盘棋。"

于是拿出棋盘棋子，两个人摆起棋来。

李玉生心里不宁，哪里摆得好？一会儿便叫刘晓川吃了一大块去；又一会儿，死了一块。

刘晓川道："算啦，别摆啦，你莫非有什么心事不成?"他拿出"四郎探母"的味儿来。

李玉生道："没事。"

刘晓川道："你告诉我，我或者有办法，可以给你解晓。"

李玉生道："没有什么事。"

刘晓川道："昨天你上哪儿了？我来了，碰了一个钉子。听差说你同杨小姐一块儿出去了。"刘晓川晓得他是为了这件事，所以拿话来引他。

李玉生便把昨天的事一说。

刘晓川道："好呀，你们很有进展，你应当喜欢才对。"

李玉生道："可是，她今天应当来。"

刘晓川道："她没来吗？"

李玉生道："没有。"

刘晓川道："她说来的吗？"

李玉生道："没有。"

刘晓川道："她没说来，你干吗这么着急？假如她说来而没来，或许有什么变故，那也不能说是变故，也许她有事，何况她并没说来呢？你这真是自找苦恼。"

李玉生被他一说，略微心宽了些。

刘晓川道："你看她的态度怎么样？她家里人怎么样？"

李玉生把她家里的人一说，刘晓川道："她家里人知道你们好了吗？"

李玉生道："也许知道，因为她对家里人太坦白了，所以她今天不来我很怀疑，她正应该今天来的，她来可以说说昨天她家里人对我的批评，她今天不来，似有意避免我问她这话，可见她家里人对我的批评，不一定好了。"

刘晓川道："你想得真周到，难道她今天不准有事吗？"

李玉生道："我想黎静贤也应来的，可是她没有来，也许杨隐香把我的坏批评也对她说了。"

刘晓川笑道："你别犯神经病了，哪有这回事？"

李玉生道："真的，今天我看杨隐香和黎静贤两个人态度非常要好。"

刘晓川道："她们要好，是她们的事，与你无干，你忧虑什么？"

李玉生道："可是杨隐香说过这样的话，她说女人多半是她不喜欢的人，她也不愿叫人家喜欢她。"

刘晓川笑道："你太神经过敏了，她即或不喜欢你，也不会变得这么快。你看着吧，明天她就来找你，她一定是家里有事，走吧，我们看电影去，这时候赶中场最合适。"说着，便拉了李玉生去看电影。

看完电影走出来，忽然看见杨隐香正雇车，刘晓川一拉李玉生道："咦，那不是杨隐香吗？"

李玉生一看，可不是杨隐香？见杨隐香一个人坐上车走了。

刘晓川道："她怎么一个人来看电影？"

李玉生道："也许同家里人。"

刘晓川道："同家里人一定一块儿上车，怎么是她一个人呢？我想她也许同着别人来的，一个人来看电影不会的吧？"

李玉生一听，又难过起来，他难过的不是杨隐香不爱自己，而是她一定又有了别的情人。刘晓川本想约他看电影散散心，没想到一看电影，反而更勾起他的烦来，他也无话可说，觉得杨隐香这女人靠不住，他也愿意杨隐香忠实地对他。

他道："我们吃饭去吧。"

李玉生哪里还吃得下去？但刘晓川一定拉他去吃饭，在饭铺里，他又想劝李玉生别为这事伤心，也许杨隐香同着家里人来的，不会有意外；又想劝李玉生别再爱杨隐香，她有点靠不住，免得将来吃苦。这简直有点矛盾，他不知应当对李玉生说什么好。

刘晓川想了半天，说道："反正这件事非常不好办，认真了不好，不认真也不好。我想在未彻底了解她以前，还是谨慎一点儿好，可也难说，也许因为你太谨慎了，她才又爱了别人，也未可知，慢慢考察再说吧。杨隐香那样漂亮有钱，不会没有人追求的。"

李玉生只是不言语，刘晓川又给他宽释了半天。吃完饭，各自回去了。

李玉生一夜没有睡，他自己也给自己解说，只是不成功。他想假如这时和以往一个样，并没有爱了杨隐香，那么杨隐香爱同谁看电影同谁看电影，不是与自己毫无关系吗？这时不会只当不认识杨隐香吗？比方今天他去看电影，那么看电影的人多得很，总有好几百人，为什么别人看见杨隐香都不难过呢？不因为别人没和她有爱情吗？那么自己也应当没和她有爱情，不也就不难过了吗？但是任怎么解释也是不成。

他又想：看电影的女人也很多，她们也许有情人有丈夫，今天又同另外情人来看电影，那么她的情夫看见，一定很苦恼，而自己看着她们，就不闹痛痒，这不是因为自己没有和她们有爱情吗？假如看杨隐香如看别的女人一样，也就没有痛苦。但他怎么解释，也是不成，杨隐香的影子，总不能去。

他又想：杨隐香的同学多得很，她们的生活自己一点也不关切，为什么独对杨隐香这样关心呢？人的感情，真是奇怪极了，它是怎么来的呢？怎么就会有爱？怎么就会有悲？怎么就会有痛苦？怎么就会有嫉妒？人之所以异于禽兽者，就是有这点复杂的感情的缘故吗？

李玉生翻来覆去地只是想，一夜也没有睡，他决定第二天不理杨隐香，到底不能叫她看轻了自己，她不喜欢我，我还不喜欢她呢。

到了学校，李玉生态度特别冷静，不像是往日对学生的温情，学生都好纳闷。杨隐香也好奇怪，他一眼也不看自己，问他的时候，总是冷冷地回答，也不向她笑，她越发纳闷。她又看李玉生对黎静贤倒特别近的样子，她疑惑黎静贤又暗中使了劲，把自己顶了。她很生气。

黎静贤也很奇怪，她已经知道李玉生爱了杨隐香，可是今天他对杨隐香非常冷淡，而对自己却很亲热，可见以前的观念又错误了似的，于是已灰的心，又复燃烧起来。她忘了昨天杨隐香对她的劝告，她忘了杨隐香昨天给她的温情，她又向李玉生进攻了。

极细微的一点情感，因为一点疑窦发生了误会，而生出枝节来。恋爱的事，真是复杂透顶。假如把恋爱的事琢磨透了，人生的一切问题，都可以迎刃而解决了。可是有几个能把恋爱心理看得透彻呢？许多不幸事件，都是因为看不透而发生的呀。恋爱固然不可盲目追求，但亦不能不去体会它，假如以伦理、心理、生理这些学问来研讨恋爱问题，一定能够解除多少青年人的苦闷呀！

第二章　虽则如云　匪我思存

许多青年，喜欢追逐恋爱；许多青年，专爱管别人家恋爱的事。比方出个主意，代写情书，批评是非，这都是好笑的。恋爱是自己的，别人怎么能够参与其间呢？不用说是别人的事，就是自己身临其境，有时还捉摸不透，误会时生。对面之间，仍难了解对方心里的事，更何况没有见面，光凭推测呢？

李玉生误会杨隐香，在他想来是越想越对，越猜越有理，他能一条一条地分析出理由来，但结果仍是误会。黎静贤对于李玉生，也是一种误会，她以为李玉生是爱她的，而不知李玉生是一种手段，对付杨隐香的一种手段。固然，假如杨隐香不爱他，他便爱黎静贤，但杨隐香若是爱了他，他还是要抛弃黎静贤的，所以他爱黎静贤不是绝对的。不是绝对的爱，便不是坚固的爱情，那是容易变化的。上者不成而求其次，这种恋爱多半靠不住，不能算作真正的爱情，虽然他的爱情并不假。所以爱情有一点别的意思掺杂其间，便不能成为真爱。李玉生竟顾了对杨隐香，而不知牺牲了黎静贤。这是他的错误。

杨隐香见李玉生对她冷淡，她还很纳闷，想到他也许是那天在家里玩，家里人说话不留心，把他得罪了；也许是黎静贤暗中又使了劲。她又恨了黎静贤。

这三个人间，只因为一点小误会，便闹得乌烟瘴气，委屈了朋友。杨隐香为了自尊心，也不愿意再去找李玉生。

这时刘晓川看出情形不对来，他便问李玉生道：“你到底是爱谁？怎么现在又和黎静贤好起来？”

李玉生道：“我这是叫杨隐香看呢，她不爱我，有人爱我。”

刘晓川道：“这就不对了，你这不是拿黎静贤当牺牲品了吗？”

李玉生道：“不呀，我真的爱黎静贤的。”

刘晓川道：“你爱黎静贤是因为杨隐香不爱你的缘故，假如杨隐香又爱了你了呢？”

李玉生道：“她爱我也不是纯一的呀。她同人家看电影……”

刘晓川道：“你可真死凿儿，你准知道她是同人家看电影来了吗？假如就是她一个人怎么办？或是她同着她的同学的，你怎么对得起她呀？你这种武断太无道理，猜忌是爱情的蠹虫，绝对要不得。即或你不大相信她，但你也应当调查调查，找出证据来。她若有情人，你考察出来，也不算你损失；她若无情人，你这不是诬赖她吗？你简直是牺牲了两个人。”

李玉生道：“我这也是一半儿考察她，看她是不是爱我，她如爱我，她就得跟黎静贤争了。”

刘晓川道：“你这简直是不对，假如杨隐香真的爱你，并且纯洁地无二心地爱你，你调查清楚了，那你要置黎静贤于何地呢？”

李玉生一听，对呀，他怔住了，半天不语。

刘晓川又说道：“况且杨隐香即或真的爱你，一看你这样二三其德，根本不知道这是使手段弄花招，她反而不爱你了，不更是你的大损失吗？”

李玉生低下头去，自己不知怎么好了。

刘晓川又问道："你到底爱谁？说真实话。"

李玉生道："是杨隐香。"

刘晓川道："是永久爱她吗？专一地爱她吗？"

李玉生道："是的。"

刘晓川道："她若爱你，你便爱她，当然不成问题；可是她若不爱你，你还爱她不？"

李玉生道："她不爱我，我也爱她，现在我爱黎静贤，是没办法，其实心里还是爱杨隐香的。"

刘晓川道："还是，即或她不爱你，你也是爱她，这才是伟大的爱，那么你打算怎么对付黎静贤？"

李玉生道："我没有办法呢。"

刘晓川道："如果你愿意叫我帮忙，我可以把黎静贤说退了。"

李玉生道："好吧，黎静贤便交给你了，可是杨隐香……"

刘晓川道："你先别问杨隐香，先得把你那头儿砸坚固了，然后再说杨隐香。"

他们正说着，忽然黎静贤走了进来。刘晓川一看，越发觉得前途的荆棘太多，越发觉得恋爱不能儿戏。

李玉生便勉强应付她。刘晓川平日在这个环境里，他必要走，可是今天他不能走开，李玉生也不愿意他走开。他们谈了些艺术，然后又谈到话剧和电影，黎静贤批评她前天所看的影片的好坏。

李玉生道："你也去看那片子了吗？"

黎静贤道："是的，李先生也去了吗？"

李玉生道："是的，我前天去的。"

黎静贤道："前天？是中场吗？"

李玉生道："是呀。"他有点惊讶的神气。

刘晓川也很注意地听着。

黎静贤道："我也是那一场去的，我怎么没有看见李先生呢？"

李玉生道："我同刘先生一块儿去的，人太多了，不容易遇见，你一个人去的吗？你看见杨隐香没有？"

黎静贤笑道："我就是同她一块儿去的，那天我很不痛快，她非约我去看电影不可，结果我没有看完就走了。"

李玉生和刘晓川一听，互相对看起来。刘晓川微微含着笑；李玉生可怔了，他恨不能马上就去找杨隐香才好，他再也安定不下去了。黎静贤看着很奇怪，晓得这里一定有什么情由。

沉默了许久，刘晓川道："黎小姐不喜欢看电影吗？"

黎静贤道："我不喜欢看国产片子，尤其是古装的，距离着艺术太远了。"

他们谈着话，李玉生一句也没听进去，也没有说话。

刘晓川道："你有事吗？你有事我们就走了。"

李玉生道："没有什么事，只有一个约会，现在到时候了。"

刘晓川道："那么我们一同出门吧。"

李玉生戴上帽子，搬出自行车，锁上了门。刘晓川道："你骑自行车吗？那你走你的吧，我送黎小姐一程。"

李玉生道："好吧，那我去了。"说着，骑上自行车，如飞而去。他这时一心惦记杨隐香，哪里还把黎静贤放在心上呢？

他骑到杨隐香家门口，心里又犹豫了，他觉得很惭愧，她若是不理自己，或是根本不见，岂不是更难看吗？可是已经来到这里，不进去也白不进去。况且万一她并不恨自己呢？她不会跟家里人说了吗？假如说了，她家人更会看不起自己了，怎么办呢？

他希望这时由她家里走出一个人来，他假装从此路过，把他让进去。可是等好半天也不见有人出来，无法，只得上前叫门。

门开了，老妈子走出来，他心里怪跳的，便说来找杨小姐。

老妈子说："哟，您是李先生吧？"

李玉生道："对啦。"

老妈子道："她没在家，出去了。"

李玉生一听，以为她下好了话，如果自己来便说不在家。他很悲哀，垂头丧气地骑着车慢慢地走，一边走一边想，越想越懊气。他不知不觉地在大街上转了好久，竟忘了回去了。绕了半天，觉得今天找她这回真是无味，回去吧，吃饭也吃不下去了。

骑车回到学校，刚到门口，就见杨隐香从里边出来。两个人一见分外欢喜，几乎都要流出眼泪，可见两个人以前是怎样的失望了。

李玉生道："进来吧。"他下了车，又同杨隐香走进屋来。

杨隐香道："李先生真忙，这么一会儿工夫又出去了，大概是送黎静贤去了吧？"

李玉生道："哼，你还说这样的话，你回家问问你们的女仆去吧。"

杨隐香道："问她做什么？"

李玉生道："我刚由你家来。"

杨隐香惊讶道："是吗？"

李玉生道："我到那里一问，说你没在家，我以为你是故意不见我呢。"

杨隐香高兴，她道："我们全家都到饭庄子去了，她们还在那里叫唱曲的玩，我真不喜欢那样玩，我就出来了，本来我还是打算到你这里来的，可是……"

李玉生道："你为什么这两天不来呢？你知道我等着你很着急吗？"

杨隐香道："哼，等我着急？别是等黎静贤着急吧。"

李玉生道："我知道你有这种话，也难怪你误会，还是怨我先误会的。"

杨隐香道："你怎还有误会？"

李玉生遂把那天如何等她，如何她没来，如何同刘晓川看电影，如何看见她的话，说了一遍。

杨隐香道："你，哼，拿黎静贤来气我，我倒没有关系，人家黎静贤多倒霉呀。"

李玉生又把刘晓川的话一说，又说刘晓川送黎静贤回去，大概他准有办法，晓川那个人聪明得多。

杨隐香道："我好容易把黎静贤的感情压下去了，她对你已经退了热度，你这一下又把她勾起来，这是多么罪恶呀。"

李玉生道："所以我现在很忏悔，假如你今天再不找我来，说不定就两悔交加去自杀了。"

杨隐香道："哼，出息！"这话说得非常亲近了。

李玉生想吻她，可是仍旧说不出口，他不知怎么才能表白出这句话来，两个人沉默一会儿，杨隐香道："刘晓川爱黎静贤吗？"

李玉生想了想道："他没有表示，不知道爱不爱，也许他能爱她。他们若是有了爱情，那可太好了。"

杨隐香道："恐怕不容易，黎静贤的性情和刘晓川性情不同，刘晓川有点文学家的味儿，恐怕合不来。但也不好说，假如他们恋爱成功，性情方面也许有变化呢。"

李玉生道："可不是？我们两个人可以本着这个目标给他们两个

人撮合一下，试一试。”

杨隐香道：“那倒是很好，可是还不能明说出来。先使他们两个人常聚会，把他们的感情渐渐增厚，他们自己就能生出爱情来。同时你在刘晓川方面常说黎静贤的长处，我在黎静贤的面前，常说刘晓川的长处。这两个人便容易走到一起了。”

李玉生道：“好好，好极了。”正说着，肚子里叫唤起来。

杨隐香道：“还没吃晚饭吗?”

李玉生道：“方才一点也不饿，就不想吃了，不料这时肚子也叫唤起来，你吃了吗?”

杨隐香道：“我吃过了。”

李玉生道：“那么我就叫一点儿吃吧。”便叫了听差，在附近饭铺叫了饭。

吃完了饭，天已经黑了，李玉生道：“你今天不回去晚了吗?”

杨隐香道：“不，他们还不一定什么时候回去呢，说不定他们还去看戏。”

李玉生道：“那么我们可以多谈一谈了。我还忘了问你，你家里人对我的批评怎么样？他们说我什么来着?”

杨隐香道：“他们说你很好。”

李玉生道：“真的吗?”

杨隐香道：“我说过瞎话吗?”

李玉生道：“我先还疑惑你家里人说我不好，不叫你理我呢。”

杨隐香道：“你也会这么神经过敏起来?”

李玉生道：“刘晓川也是这样说。”

杨隐香道：“刘晓川说过我什么?”

李玉生道：“他没批评过你，因为他还认识你不清楚。”

杨隐香道："我觉得我这人最容易叫人认识清楚，因为我无论对什么都是坦白的，心里有什么话便说什么话，所以人家一见便可以了解我。如果他不了解我，那是他心里弯曲太多，容易歪曲事实的。"

李玉生道："刘晓川可不是歪曲事实的人，不过他太谨慎就是了。"

杨隐香道："什么叫谨慎？就是心眼太多。"

李玉生道："心眼多也不算坏，在现在的社会里，是需要刘晓川那样的。"

杨隐香道："他太世故了，我不喜欢世故太多的人，我总觉得那样的人可怕。可是刘晓川还没有习气，不然的话，黎静贤绝对不会和他相处的。"

他们谈了一会儿，杨隐香又说："我希望你不要和刘晓川学，他有他的处世之方，他的处世之方，正合于他的性情，你的性情和他的性情不一样，希望永远保持你的天真与纯洁。如果学他的世故，你非失败不可。因为你没有他那样的脑子，他的脑子太弯曲。"

李玉生这时对于杨隐香的话是唯命是从，她说什么，他便答应什么，他现在拿杨隐香做了知己，并且也觉得杨隐香的见解颇为有理。他们一直谈到深夜，杨隐香这才感到疲倦。

杨隐香的身体素来很单薄，她又太沉溺于她的精神享受，比方她高兴谈，她便忘了睡眠，一直要谈几个小时；她若是喜欢看一本书，不管什么时候，她是非要看完了不可；她若写一篇文章，她能够半夜起来写到天亮；她若是想一件事或回忆一件高兴的事，她能不愿意睡着，而把自己浸沉在思波里。在她以为这是一种精神享受，而实不知渐渐把自己身体弄坏了。她今天谈到这个时候，本来已不能支持，但她愿意谈，所以她舍不得走。后来她看时间太晚了，这才说回去。

李玉生本来知道她要走，可是他希望她多坐一会儿，而这希望又不可能，时间是不断地进行。终于两个人要分别。

李玉生因为夜晚，她一个人回去不放心，自己又推车去送她。两个人走在街上，寂静得没有行人了，商店也都关了门，幽暗的路灯灯光，从道旁的树隙射在地上，他们便踏着自己的影子走。寂静得连点风都没有，连空气都凝住了似的。天上闪着群星，微有些寒意。

李玉生道："你冷吗？"

杨隐香道："不大冷。"她已觉得冷，但不愿说出来，怕李玉生忧虑。

李玉生自己都觉得有些冷，她如何能不冷呢？李玉生道："如果冷的话，可以披上我的衣服。"

杨隐香道："不冷，走一走便暖和了。"她本想挨靠着他，但是他推着车，却无法倚着。李玉生也想抱了她，但他又没有力量。

他们一直走到家，杨隐香还要叫他进去，他因为太晚了，所以没有进去，便骑车回来。这时高兴极了，不像方才那么垂头丧气的样子了。今天睡了一夜好觉。

第二天上课，见了杨隐香，自然又是一番神气。不过他奇怪的是黎静贤竟没有来，他一问，告病假了，他心里又乱起来。他并不是爱黎静贤，而是觉得她为自己而病，这实在有些对不住她。不知昨天刘晓川怎样跟她说的。他想刘晓川不会说不好，他比自己说得周到，脑子也周密，黎静贤为什么病了呢？难道她着了凉，不是因为这个事？

他一边教着课，一边想着。好在学生练习写生，他在旁边看着。看了半天，都没看下去。讲台桌上，摆着一盘果子，有苹果，有梨，有香蕉，大家便画这些果子。

这时，杨隐香叫道："李先生，这个我画不好。"

李玉生便走了过去，问道："哪个画不好？"

杨隐香用画笔指着那个梨道："这个坏了，怎么办？"

李玉生道："哪有坏呀？"

杨隐香见他没有明白自己的意思，觉得李玉生的脑子有点简单，她看了李玉生一眼，又指了指梨说道："我说的是这个梨坏了。"

李玉生还不明白，杨隐香又不好意思明说出来，她见李玉生不明白，也就不再说了。李玉生见她不言语，自己倒更要琢磨琢磨她说的坏了，是哪一点坏了。

杨隐香又在那梨上用画笔写了一个病字，李玉生直向她看着，以为她病了，是昨天回去太晚的缘故，他想问她，但也不好说出来。

杨隐香见他的神气，仍然不明白，说了一句："怎么办呢？"

李玉生忽然明白了，知道她指的梨，就是黎静贤。他说道："噢，我也正要……"

他说到这里，杨隐香瞪了他一眼，李玉生这才醒悟，在教室里，怎么能说这话呢？他遂改口道："是的，这个梨画坏了，只有把它抹去再说吧。"

下了课，李玉生趁机问杨隐香道："黎静贤怎么没来呢？"

杨隐香道："我也不知道，我想今天看看她去。"

李玉生道："对啦，去一趟最好，我想许是为了这个问题而苦恼。"

杨隐香道："不知刘先生怎么同她说的。"

李玉生道："今天我见着他问一问。"

放学之后，杨隐香便找黎静贤去了。李玉生回到学校，不一会儿，刘晓川找了他来。

李玉生一见便问道："你昨天送黎静贤到家吗？"

刘晓川道："是呀，送到她家我就回来了。"

李玉生道："你都同她说什么？"

刘晓川道："我尽了我的责任了。"

李玉生道："你怎么说的呢？"

刘晓川道："我说的她完全了解了，她说她绝不再参与你们两个人之间，打扰你们的幸福，她完全退出这个阵线。"

李玉生道："你同她明说了吗？"

刘晓川道："当然，我不像你们糊里糊涂的，什么问题也解决不了。"

李玉生道："可是这样使她痛苦吧？"

刘晓川道："不会，她一点难过的神气也没有，我彻底地和她说了，把利害都一一分析清楚，她是很明白的，她毫无痛苦地答应了。"

李玉生道："可是她今天怎么请病假了呢？"

刘晓川惊奇道："怎么，她没有上课吗？"

李玉生道："没有。"

刘晓川道："也许有别的事情。"

李玉生道："她是因病请假呀。"

刘晓川道："那也许是偶尔的，或是她经期到了，或者是昨夜受了感冒。"

李玉生道："不会这么巧吧？"

刘晓川道："怎么没有这样巧的，你同杨隐香不是净闹巧事？那天在电影院见着，不是巧吗？你能想得到吗？天下巧事多得很。"

李玉生一听他这解释，似信似不信，他总以为黎静贤是为这件事而病的。

刘晓川道："是不是反正终究要知道的，你何必这时就这么操心？就像昨天似的，得着会子急，其实满不是那么一回事。"

李玉生被他一说，果然心里略为宽松。

其实刘晓川这话，也并不是确定的，他也知黎静贤必要苦恼一阵子。但是他怕李玉生为此而忧虑，那就两不合算。所以他不得不这样说，为的是给李玉生宽怀。

李玉生又谈到昨天找杨隐香，杨隐香没有在家，可巧杨隐香却找他来。刘晓川道："你说是不是，这不都是巧事吗？事实的巧，有时你想都想不到。"

李玉生道："真是的，可是我问你，你昨天到底和她怎么说的？"

刘晓川道："我先说她很有天才，希望她发挥她的天才，一定有所成就。我说在事业或学业上有成就，比什么都愉快，比什么都伟大。假如把您的感情完全寄托在艺术上，其成就真是不可限量，如果为了一点小事，把自己的感情牺牲在上面，一无成百无成，那太可惜了。她很聪明，她听了我这话，便知道了我的意思。可是她说：'如果把别人的感情，借助在自己的感情上，其成就不更大吗？'她说这话非常厉害。"

李玉生道："是的，要是我就没法再往下说了，你怎么说的呢？"

刘晓川道："我说，倘若能够借助别人的感情来培养自己的兴趣，固然是最好了，但能不能借助，也是一个问题。获得别人的感情，也是一件很难的事。她说：'当然不容易，但是我已经获得了呢？’我说：‘这未见得。’她说：‘怎么呢？’我说：‘当然我知道得很清楚。我们现在可以坦白说吧，我和您虽然认识不久，但我不愿意把您看作一个陌生朋友，为了您的前途，我愿意进几句忠言。’于是我就说到你爱杨隐香，她先不大相信，后来我用极诚恳的态度，和她再三分析，她这才相信。她于是显出不自然的神气来。我又安慰她，劝勉她，她方说了这么一句话，她说：‘您告诉他们两个人吧，我不会再扰乱他们的幸福。’说完，她说声再见，便急忙地走去。我知道她痛苦极了，假如不是在街上，她能够放声大哭起来。我看着她的身体在抖颤，我心里很难过，于是我又急忙赶上她，我说黎小姐我愿意和您多谈一谈可以不？她没有言语，我又说：‘我还有话对您说。’她说：‘您说吧，您还不放心吗？’我说：‘是的，我不愿意您为了我的话而难过。因为我的话是为了您的幸福和您的前途。’她似乎了解我的诚意，但是终掩不住她的悲哀，她点了点头，说了声：‘谢谢，我不难过。’我说：‘那么我们就多谈一谈。’我趁此机会，便极力夸赞她的理智，夸赞她的伟大，她似乎减少一点悲哀，现出苦笑来。我一直送到她家，她家真远，我们竟没有坐电车。等到我回来的时候，我的腿已经疲乏得很了。唉，这孩子真可怜，这都是你引起来的，多么对不住人家。要不是我，有牺牲一条命的可能，这种事不谨慎成吗？现在一般人张口就讲恋爱，那都是将来的牺牲者呀。”

李玉生听了，很为感动。后来，他忽然想起一件事，不由笑了，他道：“你没向她进攻吗？”

刘晓川道：“你莫胡说，我劝人家别讲恋爱，我倒追求起来，这不是笑话吗？”

李玉生道：“说真格的，我同杨隐香都这样想，你们两个人却是很合适的一对。”

刘晓川道：“别瞎说了，我没有这个意思，并且我看她不见得与我合适，她也未必爱我。”

李玉生道：“她可能爱你。”

刘晓川道：“真没有的话。”

李玉生道：“真的，你有意没有？”

刘晓川道：“你越来越胡说了，我方叫人家要理智些，跟着我又要人家感情，我岂不出尔反尔？不像话了！”

李玉生道：“可是为了解除她的苦恼……”

刘晓川忙道：“恋爱不是慈善的事。”

李玉生见他对黎静贤无意，也就不再说了。

第二天，杨隐香找了他来，他便问黎静贤的消息。杨隐香道：“昨天到她家去，她住在医院里去了，据大夫说她有心脏病，须长时期修养。”

李玉生道：“是不是受刺激而得？”

杨隐香道：“这没有问题的。”

他们谈了一会儿，李玉生又提到刘晓川对黎静贤无意。杨隐香说：“那就暂且搁一搁吧，况且黎静贤病着，也不好提。”

谈到夜里，李玉生仍旧送她回家。

如此每天总是这样，杨隐香到时候来找李玉生，到时候李玉生再送杨隐香回去。有时候便在杨隐香家坐一会儿。星期日，或者他们一块儿到江边去玩，或是坐火车到苏州。有时也在杨隐香家里玩，渐渐和她家里人都厮熟了，两个人的机会渐渐成熟，感情也达到极峰。

杨隐香的家里人，虽然没听到杨隐香说什么，可是大家都明白他们两个人的情形。她的哥哥弟弟，向来不干涉她的自由，她的母亲也一向主张婚姻自主，所以他们两个人的婚事，在各方面的心里都是很顺和而无阻碍的成功。虽然他们都没有提到婚事。在杨隐香心里，也以为暂不必提，到成熟时，只要一提，也就成了，丝毫没有什么困难问题发生的。

这天，杨隐香忽然对李玉生说，她要到李玉生家看看李玉生的母亲去。因为相交了多少日子，将来全是一家人，哪有不先看看老太太去的呢？

在杨隐香丝毫没有别的意思，完全是为亲善、礼貌。她以为李玉生家里是老式人家，对于自己没有感情，将来过门，也是很难为情的，况且能处得合适不合适，还是一个问题，不如这时先和他家里人认识熟了，有了感情，将来一切都没有问题的。老太太们都怕说一个摩登儿媳妇，自己叫他老太太看看，虽然摩登，但是很能吃苦过日子，老太太也就没有什么顾忌了。

杨隐香想得很好，哪知道跟李玉生一提，李玉生却又过敏了，以为杨隐香是想调查自己的家庭状况，然后再定主意，李玉生不大高兴起来。同时也很难过，因为他家里比杨隐香家里差多了，如果杨隐香看见他家并不十分宽裕，一定要灰心的。与其那样灰心，不如先打退了吧。恋爱是讲不得的，非得有金钱做后盾不可。他对于杨隐香的提议，并没有答复，他是在打自己的算盘。

杨隐香见他不语，便猜到他的意思，便道："我去看老太太，绝没有一点别的意思，见不见，都丝毫不影响我们两个人的感情，你不要误会我，你想想，这是朋友的礼貌不是？"

李玉生仍是不语，虽然她再三表明不影响他们两个人的感情，只有增进，没有减退，但是事实谁又能料想到呢？她若看见自己那样家庭，万一扫兴了呢？即或感情上不变，但终是给她一个不好的印象。这不好的印象，就是一种芥蒂呀。李玉生无话可说，有话也说不出，李玉生越想越说不出来，越增加杨隐香的注意了。

杨隐香见李玉生始终不语，便开导他道：“我知道你的意思，你是不愿意我到你的家里去，可是终究我总要到……”说到这里，又觉得不好意思了。

李玉生道：“我们交朋友，与家庭无干，何必一定到家里？”

杨隐香道：“不是一定要到家里，不过为了礼貌，似乎应当去看。我没有说吗？不会伤了我们的感情，如果你不叫我去，我反而倒怀疑了。”

李玉生道：“怀疑什么呢？”

杨隐香道：“也许我还有师娘呢吧？”

李玉生一听，真怕她往那里怀疑，他道：“你可以调查户口。”

杨隐香笑道：“与其调查户口，我到家里看一下不是更好吗？”

李玉生道：“噢，你到我家里，完全为是调查吗？”

杨隐香气道：“我不过是这么一说，你不愿意我去，我不去就是了。其实我去了，丝毫不影响我们的感情，你看你时常到我家里去，不是感情越来越厚吗？如果你存着一种不坦白的心，那你就是不忠实，你怕我看什么？我从前说过，我是不喜欢有钱的人，你为什么还这么虚伪呢？”

杨隐香一番话说得李玉生闭口无言，结结巴巴地说道：“我倒不是怕你笑话我家没钱，我是怕我家里人都是旧脑筋，没有近代常识，万一说不投，反而不好。”

杨隐香道：“你以为我是新式脑筋吗？我不能和老太太说得相投吗？你放心吧，我不会叫老太太对我有一点歧视。”

李玉生被她说得无法再回答，只得说道："好吧，礼拜日我在家等你吧。"

他也想开了，去就去，如果她真因为他家没钱而减退热度，那正表示她的爱不纯洁，这趟去呢，正是试验她的好机会。倘若她减退感情，自己马上就退，省得将来苦恼。这样瞒瞒遮遮，也非正策。想到这里，反倒放了心。

杨隐香见他答应了，十分欢喜，于是又问他道："你家里都知道我吗？"

李玉生道："还不知道，因为我还没对家里说。"

杨隐香道："可见你始终对我有戒心。"

李玉生道："不，我以为我们的事，和家里一点不发生关系。你愿意让我家里知道，星期日去了，不是全知道了吗？"

于是杨隐香又问了问李玉生家里的情形，李玉生告诉她，他家只有一个母亲同一个哥哥一个嫂子。兄嫂对于他，根本不干涉他的行动，他的母亲更是疼爱他，什么事都由他自己主张。老太太是一个旧式的良母，也没有一点意识和见解，当然他们怎样做都不加可否。母亲虽然是旧时代的女人，可是也知道新潮流是怎么一回事，她没有批评和见解，她只希望由两个儿子靠本事挣钱，娶妻生子，好好过日子，永远维持家庭的秩序。只要家不散，子孙万代，余愿已足。老太太别无他念，天天想着把儿子挣来的钱储蓄下来，给儿子说个媳妇，一生无憾了。她没有享受，没有欲望，老老实实的一位老太太。李玉生因为母亲教训的关系，所以他做事总是一步一个脚印，靠本事做事挣钱，不冒险，不求捷径发财，善于保守。

他们定好了，到礼拜六这天，李玉生回到家去，告诉家里明天有人来。他大概把杨隐香的情形和家里说了，老太太听了，自然欢迎，哥哥礼拜也不上班，正好招待这位新客。

星期日早晨，他们都起得很早，李玉生把屋里收拾得非常干净，嫂嫂和母亲下厨房去做菜。

一会儿，杨隐香来了，李玉生一看，她今天打扮得特别朴素，在他以为杨隐香今天一定打扮得多么艳丽呢，因为他曾跟家里说她家如何如何有钱，没想到她会这样打扮。其实他不知道这是杨隐香的算计，杨隐香知道老太太是过日子的人，一定不喜欢奢华的，所以她故意穿了布衫，外面套上一件毛衣。

李玉生连忙给母亲和兄嫂见了，大家一看，杨小姐长得实在好看，到底是李玉生有眼光。

杨隐香叫李老太太一声伯母，合着她把她和李玉生的关系拉平了，李玉生自然喜欢。杨隐香见李老太太慈眉善目，和祥态度，也是非常喜欢。兄嫂也都和蔼可亲。

李玉生把她让在上屋，大家谈了些客套话，李老太太问了问她的年岁、身事、家里都有什么人。

杨隐香虽然知道西洋风俗是不愿人家问这些事的，但是她晓得李老太太是旧家良母，所以毫不介意，一一具实答复了。李玉生在旁边听着，生怕他母亲哪句话了得罪了她，或招她不乐意，或是被她暗笑。他查看杨隐香的态度，丝毫没有不高兴的样子，于是他也跟着高兴地谈起来。

李老太太看着杨隐香大大方方的，一点也不俗，倒是很喜欢。不过她所顾虑的是她家里那样有钱，未必看得起自己家里，即或杨隐香本人乐意，而她家里人若是说什么闲话，也是不好看的。况且将来做了亲戚，双方境遇悬殊，也很难交往。老太太心里这样想，可是她没说出来。

他们谈了半天，杨隐香一看他的家里非常朴实，但是非常干净，而且也非常幽静。吃过饭，大哥出去了，便剩下李玉生和杨隐香两个人。

李玉生见杨隐香并没有不高兴的神气，他放心了。一直待到晚上，吃完了晚饭，他又照旧送杨隐香回家。果然他们的感情，又增进了一层。

杨隐香回到家里，便跟家里人一说李玉生家庭的情形，自然她要铺张一点。大家见她批评人家，也不加可否，不过知道她对李玉生越发感情好了。

李玉生回到家里，也想探听探听家里对杨隐香的印象。兄嫂自不加任何批评，老太太对杨隐香也说好。不过老太太最后说："可是有一样，你们若是结婚，希望你们在外边租房子单过。"老太太的意思是怕将来妯娌不和，把家闹坏。老太太是毫无问题，跟着哪个儿子过日子也没关系，跟着什么样的儿媳妇也没有什么。

李玉生不知道老太太的顾虑，遂问道："那做什么呢？您不喜欢杨隐香吗？"

李老太太道："没有什么不喜欢的，那孩子倒是挺好的。"老太太不能对他嫂子说怕妯娌不和的话，她想他们也能听得懂的。本来嫂嫂在家里做活儿，弟妇在学校念书，即或将来不念书，也要做个事什么的，回到家里来，白吃白喝，做嫂嫂的当然不愿意。即或两个人都做活儿，干多干少，也是麻烦。

李玉生想不到这里，还要问老太太。老太太却不再说了。后来老太太这样说："她家很有钱，咱们家里没钱，你想能配合吗？"

李玉生道："那有什么，现在不讲究门当户对。她也说过，家里什么情形，她都不问，她不是嫌贫爱富的。"

李老太太道："所以我说必得你们两人单过，咱们家里跟人家交往不了。你想不用说生日满月人情份往，只是三节两寿，咱们就很随不起。到时候随不起，你看看，就许有三言两语的。即或人家不说话，咱们也怪羞得慌的。看着杨小姐的面子，到那时多么难？人家人口是多的，咱们什么都赶不上人家。这年月虽然说也没法讲究，但是没钱的到底叫人家瞧不起。你自己想想去，连你的事我完全不管，你爱怎么办怎么办，因你成了家，我还挺喜欢的呢。"

李玉生一听果然有些道理，到底老人眼光远些，暂时固然没什么，等到结婚后，问题就来了。杨家亲戚是多的，自己要跟人家比，哪里比得了呢？真是遇到三节两寿，到她家去，跟人家一比，杨隐香就能扫兴。她虽然不太虚荣，但是面子热，好胜心太强，与其那时候招她不喜欢，不如这时候早些打算，免得将来都有痛苦。

他越想越有道理，回到学校，闷闷不乐。虽然他想退步，但是心里总难受的，摆脱诚然是一件难事。

正在这时，刘晓川来了。刘晓川一见他垂头丧气的，不由问道："怎么又是这个神气？我看趁早别谈恋爱了，甜蜜没有苦多，谈恋爱还不够吃苦的呢，身体也要紧哪，到底又因为什么？"

李玉生道："我想退步了。"

刘晓川道："退步就退步吧，这不是很好吗？何必苦恼？"

李玉生道："可是这点爱到底解除不了。"

刘晓川道："当然，这就是人类特殊的地方。诗云：出其东门，有女如云；虽则如云，匪我思存。言其虽然女人很多，但不是自己所想念的那个。美丽也多得很，走在街上，看着比自己爱人美的很多，可是都不足系住自己的心，这就是感情神秘的地方。你既然这样想她，干吗又退呢？你又发现了什么？你又神经过敏了吧？"

李玉生摇头道："不，我现在有个念头，你来评判评判，对是不对。"

刘晓川道："你说吧。"

李玉生遂把杨隐香要到他家去，他如何不应，杨隐香如何发誓没有他意。后来去了，如何同家里人见面，母亲如何说了一遍意见。由头至尾一说。

刘晓川点了点头道："恋爱的事原来这么麻烦，那杨隐香的态度如何？她去了之后，到底变了没有？"

李玉生道："没有，比以前更热了，可是她并没有想以后，你看我的顾虑不算过敏吧？"

刘晓川想了想，说道："这话真难说，人心隔肚皮，谁也看不见，即或看见了，将来是不是有什么变化，这时也难推测。你的顾虑也是应当的，不过恋爱往往因为一点顾虑而牺牲很大的幸福，也是常有的。我看你不如和杨隐香说明白了，把你所顾虑的，坦白切实地说一遍，看她有什么表示。假如她并没有想到以后这层，听了你的话而醒悟过来，马上退步，也倒两相情愿；如果你说什么她不管，只是要和你结婚，那你就大胆地和她结婚，没有错儿。即或她将来有个后悔，但她已经说过了这话，也无可如何，你总算有了把握。"

李玉生一想有理，说："可是我的嘴笨，到时候就怕说不出来。"

刘晓川道："这没有说不出来的，这种事越坦白越好，就怕含糊，一含糊就容易生悔。"他又问黎静贤的情形，李玉生把黎静贤在医院养病的话一说。

刘晓川叹了一口气，说道："恋爱是可怕的事呀，鉴于黎静贤这种痛苦，你应当更加谨慎才对呀。"

李玉生道："谁说不是呢？"他决心明天和杨隐香表示退步，到底看她什么态度。

到了第二天，见了杨隐香，他屡次要说，但只是说不出来。真奇怪，他连一点神气都不敢表示出来，他怕杨隐香听了生气或是难过。生气和难过，也还有法子哄过来，就怕她当真也退步，那好姻缘便算完了。他到底舍不得她的，他愿意能够多和她相处一会儿，便多相处一会儿；能够多见一次，便多见一次。即或许多问题没有解决，他也不愿意立刻解决它。真是矛盾，连自己都觉得矛盾得厉害。但有什么法子呢？爱的力量，比什么都伟大，理智克服不了爱情。

这一天，便这样过去了。到晚上他仍旧送她回家。等到他回到学校躺在床上，仔细一想，又后悔了："这算干什么呢？糊里糊涂，终究是怎么一个结局呢？还是闹清楚好一点。"想到这里又爬起来，伏在桌上写信。

他以为当面不好说，还是写信的好。他写道："隐香：我爱你，我爱你到永远。因为我爱你，所以我要为你的幸福设想……"他写到这里，一想这样写法，恐怕更引起她的苦恼，于是撕了又重新写。写了几张都觉得不妥，最后他仍是用原来的词句，写了一封很长的信，快到天亮才睡。

第二天上课，他暗中把信递给杨隐香。杨隐香接得他很厚的信，非常欢喜，这是他们两个人第一封情书，她很小心谨慎地把信藏好。到了放学，她一个人不走，在教室里把信拿出来，慢慢地看。她一看，不觉怔了，越往底下看，越不是那么一回事了。她气得真要哭，脸色也发白了，嘴唇也冷了，手心往出冒汗。

她难过，她又恨李玉生。难过的是恋爱要变，恨的是李玉生太不了解自己。她想找李玉生去辩白，但又一想，怕李玉生别有缘故，他是拿这个来借题发挥而已。他或者又爱了黎静贤，他或者受了刘晓川的怂恿？假如他真的不爱自己，自己再找他去，未免太丢失自己的尊严了。若说他真的拿这个做理由，以前自己也并不是没有向他再三表白过，绝不因为钱的有无而影响到爱情，他为什么又这样说呢？他怎么那样执拗？为了自己的尊严，倒不理他看看，他终究有了解自己的时候，自然便来找自己。杨隐香虽然这样想，但心里总不好过，憋闷得厉害。她若不究个实情，能够废食忘寝。而自尊心又不叫去找他，怎么办呢？她别扭地哭起来，用牙使劲咬了自己的手臂一下。她痛苦极了，没想到很顺利的恋爱，又发生意想不到的事。这也是命运吗？她委屈极了。她很想把自己的委屈，向知己哭诉一场。但是找谁哭诉呢？若是向人家说了，反而叫人家瞧不起。她无精打采往家里走。

回到家里，还要显出特别高兴的样子，不敢叫家里人看出自己的难过，这才是真正的难受哪！可是这样的瞒哄，究竟不是常事，将来叫人家知道了，自己仍然是难看的。心里不痛快，表面还得强以为笑，一边笑着，一边还想主意，饭也吃不下去了，她说和同学在外边吃的，其实是空着肚子。她借词受了点感冒，跑到自己屋里难过去。

杨隐香又把信拿出来，希望她方才看得不对，把意思看反了，可是再看一遍之后，仍然是方才的意思，一点不错。她又仔细地看，希望在里面找出一点别的意思来，或者从他的语气里，推测他的感情真伪。她每看一句，便琢磨一回，甚至一个字都要各方面猜想半天，结果，仍然是发现不出别的意思来。即或偶尔猜出一点别的意思，但也牵强得很，连自己都不相信有那种意思。

这时杨隐香哭不得恼不得，几乎要疯了，她万也想不到李玉生竟会这样瞧不起自己。她恨，坐在桌旁发怔。她揉着自己的心口，仿佛心里有个大疙瘩，又仿佛结绕在一块儿，怎么也不顺通。她急得哭也哭不出来，怨也怨不出来。

她一咬牙，竟把自己的手指咬破，立刻流出许多血来，那血液正在奔腾着，鲜红的，热的，往出不断地涌。她也不觉得疼痛，用手指在纸上抹，心里想着，手指不由抹成一个“恨”字。恨谁呢？只有恨自己。她看着这个红的恨字，想到那是自己的血，不由心里稍觉舒服些，好像自己得到惩罚了，自己应当受一种痛苦，谁叫自己偏要爱人家呢？想到这里，觉得手指有些痛上来。她仍然不管它，看着血往外涌，她又抹，在“恨”字底下，抹了一竖，又点了一点，成了一个惊叹号。血也不流了，手痛渐厉，暂时把她的思念打断，她用手巾先裹了手指，然后躺在床上，疲倦得很，但又睡不着，手指阵阵作痛。

她又想了一夜，想到与其这样痛苦，李玉生许还不知道，他也许在安然睡觉呢。明天非得找他，把自己的痛苦说出来不可。打好了主意，睡在梦里，都梦见难过而自己哭醒了。醒来一想，越发委屈。叹了一口气，人生究竟为何，何必这样自找苦恼呢？人到底是奇怪的动物。

第二天早上起来，精神不大好，看见桌上放着昨天晚上写的血字，不觉心里一动，一看手指，已经封口，不过还不能沾水。她把血字叠了起来，夹在书里，上学去了。她想把这血字给李玉生看，他一定动容的。

到了学校，一见李玉生，他越发冷淡的。李玉生以为杨隐香见着他的信，一定要找他辩白。后来她竟没去，以为她觉悟了，真的退步了，他也很生气，可见她仍然是虚荣的。所以第二天上课，更不理杨隐香了。

杨隐香本想拿出血字来给他看，这一来，她也不理了。她真又伤心又气恨，这口气不出，非要作病不可。放了学之后，她实在忍耐不住，便去找刘晓川，她想刘晓川一定知道李玉生的真意，同时也可以转达自己的意思，向李玉生回说，李玉生是听他的话的。

刘晓川正要出门，忽然见杨隐香来了，十分奇怪，跟着便想起来，一定又为李玉生的缘故，于是便把她让进屋里，且听她说什么。

杨隐香的话，就像涌泉一样，她说："接到李玉生的信，不知他是什么意思，若说我嫌贫爱富，我也曾经再三表示金钱不会影响爱情。"她又说，"曾到他家里去过，对于他的家里人，感到非常温馨，并没有一点不乐意的地方，他忽然写了这封信，这是什么意思呢？刘先生是他的好友，当然明了他的意思的，请您告诉我，他到底是不是还有别的意思在。如果他爱了别人，或者他并不爱我，他可以明白说出来，不必这么假借理由而诬赖别人，这不是损害我的名誉吗？这不是污辱我一样吗？"

刘晓川道："您先别生气，他的意思，我略知一二，他没有一点污辱您的意思，他完全是为了您的幸福的缘故，他可以说始终是忠实于您的。"

杨隐香道："这种冠冕堂皇的话，我不领情。我已经说过，我宁可以吃苦，我也要求得一点精神安慰。可是他接接连连地给我精神的痛苦，实在不小了。这封信给我的刺激太大，昨天我连晚饭都没有吃。"

说着，又从书袋里拿出一本书来，把书一翻，翻出一张纸，打开一看，赫然一个血写的"恨"字，恨字下边有一个惊叹号。刘晓川怔住了。

杨隐香把手指的布解开叫他看道：“昨天我实在气不出，我伤心到极点。我恨，我恨我自己，我实在抑制不住我的悲愤，我竟咬破了我的手指，不知不觉地写了这个‘恨’字，我拿来给您看，我为的是表示我的心迹、我的痛苦。他这样写信，太委屈我的心了。”说着竟哭起来。

刘晓川连忙安慰她道：“您别伤心，他这封信也是一时糊涂，虽然我没有看见他的信，但是我相信他不会有别的意思。您的意思，我可以给转达给他，同时我一定劝告他，这个血字，交给我吧，您放心好了，我绝不会叫您失望的。如果您想今天晚饭吃得好的话，我现在就可以找他去，一小时内，我可以叫他到您府上去，好不好？”

杨隐香听了，立刻止住了哭，不过她还想叫刘晓川了解自己，如果他能了解自己，于她和李玉生的恋爱上，是不无助益的。于是她道：“刘先生这样帮忙，我非常感谢，我想刘先生大概还不十分了解我，我很愿意把我的意思向刘先生说一说。我并不是一个很浪漫的女人，虽然我的思想很新，但也不会把恋爱误解。李玉生他总是把我看得和别的女人一样，这是错误。有许多人对于恋爱都顾忌太多，原因就是没有互相了解清楚，既不了解人也不叫人了解，假如双方了解之后，我相信发生任何阻碍，都不会影响到爱情的。许多人对于恋爱发生恐惧心理，便起源于猜忌，猜忌起源于多疑，多疑便是不相信，刘先生您以为我这话对吗？”

刘晓川道：“是的，杨小姐的话，说得实在好，可是双方能做到相信地步，那也是很难的，必须经过相当时期，受过几次波折，才能使相信益坚。受一次波折，彼此了解更深一层。如果不受波折光凭日常体贴，那便难了。同时也得用很久的时期，因为平日爱人相处，多少总有虚伪，不会完全真实，即或一切都坦白，但对于自己的短处总愿意隐瞒起来，自己的长处，不妨夸大一点，这是人之常情，并不算坏。因为人们有这种自尊心，真诚总要藏起一二分来，自尊心是恋爱的最大障碍物。你们二位，据我看都有点自尊心，能够把这层打破，那就一帆风顺。即或有什么阻碍也能很快地解决，波折是最能减消自尊心的成分的。您回去吧，我一定把您的意思带到，而叫他马上找您去。”

杨隐香道：“谢谢刘先生。”她这时心里想：假如李玉生有刘晓川这么一个脑子，那是多么漂亮呀。

她别了刘晓川回家了，刘晓川便找到李玉生。

李玉生正在拿象棋子一个人摆象棋，他实在烦闷得不得了，他无法解除他的苦闷，只有拿象棋残局来转移自己的思考。

刘晓川进来，吓了他一跳。刘晓川道：“嗬，你倒闲情逸致，你知道有人为你而呕了心血吗？”

李玉生越发惊奇道：“什么？”

刘晓川道：“你来看看。”说着，把杨隐香写的那张血字拿出来给他看。

李玉生一看，几乎引出自己的一口血，他都发颤了。他说：“这，这是谁？”

刘晓川道：“还有谁？好模当样的给人家写一封信，叫人家受极大痛苦。”

李玉生一听，立刻晕倒了。吓得刘晓川忙把他扶起，给了他一点水，说道：“不要紧，你干吗吓得这样？”

李玉生道：“她，她吐血了吗？”

刘晓川道："没有，这是手指头的血。"

李玉生道："那你告诉我说她吐了血？"

刘晓川道："你给人家很大痛苦，难道还不叫你受回报应吗？"

李玉生道："你这时还开玩笑，到底怎么一回事？"

刘晓川遂把杨隐香找他去的话一说，李玉生道："这不是你叫我试验她的吗？"

刘晓川道："我叫你当面说，谁叫你写信的？当面说有转圜余地，当时就可以解释。这一封信投去，她若是自杀了，你都不知道。可是有这一番波折，也倒更了解一层。现在，你总算对她再没有怀疑的地方了吧。"

李玉生点了点头。

刘晓川忽然说道："呀，我几乎忘了大事，我竟顾了和你说话了，她叫我转告你，叫你马上到她家里去，她现在在家里等着你呢。"

李玉生道："是吗？那我就去吧，这张字纸……"

刘晓川道："这个送给我吧，我替你们两个人保存着，总是个纪念品，将来你们一吵架，我就把这个拿出来给你们看。"说着，叠了起来。

两个人一同走出，李玉生骑了车便一直到杨隐香家里来。两个人一见，几乎都流出来眼泪。自然，他们有他们的一番温存。家里知道他们的情形，也就躲开，由他们谈话。

杨隐香又责备李玉生如何轻视她，李玉生说："我敢起誓，我一点轻视的心理没有，我的确是爱你。"

杨隐香道："没听说过，爱我反倒有离开我的吗？"

李玉生道："我当然不愿意离开你，不过我想到将来若是你受不了那苦，或是环境叫你觉得跟我实在不幸福，那时你摆脱不开的苦，比现在的苦还要难受。”

杨隐香道：“没有的话，我若是爱一个人，我一辈子也不会摆脱他。”

李玉生道：“这样固然很好，但是我不能不有这种想法。”

杨隐香道：“这种想法，根本就是错误。”

李玉生道：“我知道这是错误，可是你能保证我们前途准不发生什么问题?”

杨隐香道：“绝对不会。”

李玉生道：“你家里对于你的婚姻，完全不干预吗?”

杨隐香道：“干预是不会干预，不过他们也许给我一点意见。但对我们的前途，不会有一丝影响的。”

李玉生道：“我是过于认真的，我希望你先探听家里人的意见。你不妨对家里人把我们的目标说一下，看他们到底有什么表示?”

杨隐香道：“我想他们绝不会反对的。”

李玉生道：“你想不成，总而言之还是实地去试问一下，同时你必须对他们真实地把我家庭的情况说明白。”

杨隐香道：“你的顾虑也太多，他们不能管我的事，你放心好了，除了我的母亲外，谁也不能管我。”

李玉生道：“假如老太太先反对。”

杨隐香道：“不会，我母亲是知道我的。”

李玉生道：“好吧，我想最近能得到你母亲对于我们的前途有什么表示，非得她老人家完全允诺，这才能决定我们的终身。我这不是顾虑，我是为了确定终身的幸福，不能不如此。倘若时间过久了，我们的感情实在不能叫我们分离，可是环境不能叫我们结合，那时的痛苦，比这时要大得多。我自知我没有大的魄力，我不能克制我的感情，到时候我若有那样大的痛苦，我非得自杀不可的。”

杨隐香见他这里逼着解决这个问题，固然心里不高兴，但是她也知道，这件事若不给他圆满答复，他不会放心的。这种不信任自己，自己也有点生气，可又没有办法。她不是生气李玉生太死凿，她是生气李玉生不该这样不信任她。已经到了这个地步，那还有什么问题吗？不用他催着，自己也要向母亲说了。他这一要回复，倒觉他有些瞧不起自己似的。她为了维持爱情不生出波澜，只有忍下去，并且安慰他说，今天决定对母亲公开说了。

李玉生这才满意而归。

第三章　孝欤？爱欤？

中国的旧道德论说，女子有三从四德，所谓三从是：在家从父母，出嫁从夫，夫死从子。一般新人物以为这是吃人的礼教，把自由完全剥夺没了，其实不然。所谓三从，全是女人的心愿，并非是强迫的。

我们如果换个方式来说，正可以表明女人的优点，这三从都是一种爱，爱父母是人类的天性，亦可以谓之孝；年纪大了，有了爱情，这对父母的爱便分去一点，甚至有的女人一出嫁，竟向着夫家而不向着娘家。还有的背着父母而私逃的；等到有了儿子，于是母爱又生，把对丈夫的爱，逐渐减轻了。这是女人的天性，尤其不理智的女人，这种变化非常显著。不过在这三种爱的过程当中，有时因两方的冲突，而陷于非常矛盾与徘徊，因此而生出许多苦恼来。很多姑娘因为婚姻不自由而牺牲生命的，便是因为这两种爱的矛盾苦恼而演变成的。

杨隐香因为迟早要对家里说的，所以她便把要和李玉生结婚的事，明白表示了。杨老太太对她的表示当然没有什么意见，老人总愿意儿女将来幸福，不愿意她们吃苦。她问了问李玉生家庭的状况，杨隐香不由夸张地说了说，杨老太太嘱咐她多考察考察李玉生的性情，现在年纪还轻，多考察几年，也还不迟。

杨隐香道："根本我们两个人也没有急于结婚，不，他是想要知道您的意思。"

杨老太太道："我没有意见，完全由你自己主张吧。"

杨隐香一听十分欢喜。第二天，便对李玉生说了，李玉生自然也很欢喜，没想到两个人的婚姻，会这么顺利。他们都以为再也没有什么问题发生，两个人的交往，越发亲近，家里人和家里人也互相往来。

这时，杨隐香的家里人到李玉生家里去玩，他们都是有钱惯了，乍一见李玉生家里那样朴素，竟会感到惊讶。回来便对杨老太太一说，说李玉生家里并没有钱。

杨老太太一听，又替女儿发了愁，得了机会，便对杨隐香说："听说李玉生家里很寒苦。"

杨隐香道："也不算寒苦，不过人家过得朴实就是了。"

杨老太太道："你也不必替他瞒着，我已经知道了。我是为你好，怕你将来不能忍受，受苦只要一时，谁也能受，若是终身受苦，那就不值得了。生在乡间，根本不能享福气，受一辈子苦，也还能成。像你根本没有受过一点儿苦，将来你若受不了，那时后悔就晚了。你自己想，若是能够终身吃苦，你就去做。"

杨隐香一听母亲这番话，不由心里难过，她噘着嘴道："我能够吃苦，况且将来李玉生也许发运起来，怎么能一辈子吃苦呢？"

杨老太太道："你这孩子年纪太轻，凭一时感情冲动，就要许人终身，这事若叫你父亲知道，他一定会生气。你现在若是退了，趁着你们认识的日子不久，还没有多大困难，将来日子一久，过个十年八年的，你再想退，那是不容易的了。"

杨隐香委屈地说道："妈妈非得叫我退吗？"

杨老太太道："我料到你们不会长远，与其将来离开，不如现在离开得好。交朋友也没有什么，婚事不能随便就答应人家。"

杨隐香道："妈，您不是许我自主了吗？"

杨老太太道："许你自主固然是许你自主，你若是去做，我也不强硬拦你，不过你不顾妈妈伤心吗？你能完全不顾念我吗？"

杨隐香一听，心里万分难过，眼泪马上流出来了，她再也没想到又有这样的变故。她觉得她是一个女子，没有力量来解决这件事。现在母亲和情人两方面，冷热相反，叫自己怎么办呢？听母亲的话吧，叫李玉生难过，而且自己又实在爱李玉生；若是不退吧，怕伤了母亲的心，而且自己又实在爱母亲的。

她陷于这种矛盾的苦恼里了，她又不能把这种话对李玉生说，如果对他说了，他一定又说自己骗他，借母亲的话来摆脱他，这可怎么办呢？

想来想去，也想不出好办法来，她越想越爱他。李玉生的影子，永远在她的脑子里转，她的心灵，没有一秒钟不为他而跳动，她愿意永远地倒在他怀里而不起，只要想他，恨不能立刻见着他，爱他的温存，爱他的爱抚。可是她越这样想，便越苦恼。

第二天上课见了李玉生，说不出一阵阵高兴，而一想起母亲的话，又一阵阵难过。下课到他屋里，两个人谈着话，两个人心里都有些颤抖，因为到爱的极峰了。李玉生便握了她的手，她的心越发跳，而没有一点力量把手抽回来。李玉生抚着她的手，这样柔滑细腻。握了一会儿，两个人都没有话。

杨隐香这时不知应当怎样做好了，她极力想转换心情，但是一点也不可能。她要站起来，她想走到院子里，还许减少紧张情形。

可是她站起来还未稳，李玉生轻轻一抱她，她整个儿倒在他的怀里了。她好像倒在棉花囤里，再也挣扎不起。李玉生像醉了一般地看着她美丽的眸子，她就把眼睛闭上了，只觉得一个烫的嘴唇，压在自己的嘴唇上。她心灵的跳动，几乎使他失了知觉，她半晕半醉地倚着，眼泪流了出来。

李玉生道："你难过吗？"

杨隐香摇头道："不。"

李玉生道："宝宝，我爱你，我永远爱你！你呢？"

杨隐香道："我也爱你。"

李玉生道："你为什么流泪呢？"

杨隐香道："我，我说不出来，这是感情的激动。"说到这里，她又想起母亲来，不觉心如刀绞。她在这温柔怀里，她不愿意想起母亲来，她恨不能离开了母亲，随从爱人到天涯海角，她这时真不愿意回家了。她只觉得天地间只有爱人的抚摸，像春风一样柔爽；爱人的热情，像夏雨一样猛暴；爱人的谈话，像秋云一样的高美；爱人的怀抱，像冬阳一样的温暖；爱人的身体，像山一样的雄伟；爱人的人格，像水一样的纯洁。总之，有了爱人，就如同有了世界，一切的东西；有了爱人，一切都可以不要。

他们谈了许久，李玉生看时间已晚，怕她回去挨说，便要送她回去。她本想把这温存再延长下去，但是时间不允许，光阴像流星一样地过去，她不能不回去了。

两个人便走出来，杨隐香怕她母亲见了李玉生而埋怨自己不听话，她只得在半途便不叫李玉生去了，她道："你回去吧，太晚了你回来也不方便。"

李玉生道："我得送你到家才放心。"

杨隐香道：“不用，我还丢得了吗？你听我的话，我便爱你的。”李玉生只得回去了。

杨隐香回到家里，母亲正在灯下等着她，她一见母亲，心里又难过起来。

杨老太太问她饿不饿，渴不渴，又说：“天气一天比一天冷了，回来晚了，容易着凉，身体本来不好，可别大意了。”

杨隐香见母亲这样关心自己，感到母亲之伟大，她又把李玉生忘了，她又愿意投在母亲的怀抱里，受母亲的爱抚。母亲是一年比一年老了，弱弟哪里就能长大服侍母亲？倘若自己离开母亲，使母亲孤单了，到晚上没有人陪伴着，孤灯独坐，想起女儿来，是多么凄凉呀！爱人是青年人，还能忍受，母亲老了，如何禁得起这种况味？

她想到这里，又觉得还是不出嫁的好，终身陪伴着母亲。从小时，母亲一天一天地抚育，把自己抱在怀里，每天晚上讲些故事。病了，母亲给煎药，费了多少精神。过了若干年月，才把自己抚养得这样大，这时忽然离开母亲去安慰别人，这是多么不对呀。

她就这么矛盾着心情，把自己的精神摧毁得仿佛大了好几岁的人。每天见了李玉生，便油然生爱；见了母亲，便立刻孝心大动。孝呢？爱呢？她竟择不出一个较好的路径。下课回家晚了，母亲便埋怨；下课马上回家，爱人又埋怨，究竟应当怎样做呢？不愿意母亲痛苦，也不愿意爱人痛苦，而实际三方面都是痛苦的。

想到这里，真觉得自杀才合适，没有自己，谁也不痛苦了，一切都寂静了、都平息了。可是怎能够自杀呢？难道上帝造人，就没有使人不受痛苦的方法吗？这不是上帝有意捉弄人吗？母亲、爱人都不了解自己，难道上帝也不了解自己吗？爱就是恨，一点不错。

她不是恨母亲，也不是恨爱人，只是恨上帝，上帝给了人们爱情，又给了人们恨，就如同天使带来爱情，又用利箭射穿人们的心是一样的。

如此过了许多天，她再也不能忍受，她只有向母亲吐属她的苦衷不可。爱人方面，不能再退步，母亲这方面有让步的可能，为了自己的终身，她要向母亲力争。她用尽了词句，委曲婉转地说出李玉生之能够依靠终身，绝不会有什么意外。她接接连连地说，杨老太太初还劝解她，不要为一时感情冲动。后来见杨隐香百折不挠地再接再厉地说，她想到他们的爱情是非常坚固了，同时又想到假如再不允许，一定要有什么意外，遂答应了她的请求。

杨隐香费了多少精神，费了多少口舌，总算争过了一点儿允许来，她是多么欣快呢！李玉生一点也不知道，她也不能对玉生说，怕李玉生又误会。

这天刘晓川又去找李玉生，李玉生出去了，可巧史经五也来找他，结果史经五和刘晓川倒遇到一起。史经五便打听李玉生的消息，刘晓川便把他们的经过一说，并说他们现在已进行订婚，大概不会再出什么意外了。

史经五说："听说这位杨小姐爱看电影，并且还非是西洋片子不看。我看也未免过于摩登点，其实国产片子也不是没有好的。在她心里，以为中国的一切都要不得。那天在玉生屋里，我遇到杨小姐，谈到艺术和音乐问题，嗬，你看杨小姐这发挥大论。据她说中国乐器远不如西洋乐器，不但乐器，甚至于曲调谣律，中国的都非常单纯，没有西洋音乐的复杂。我听了很不以为然，中国的古琴，不是很好听吗？我不愿意和她抬杠，我觉得西洋乐器才单纯，不像中国乐器，有一种精神在里头，要不然怎么能够有知音的呢？后来又谈到画，杨小姐又说西洋画怎么讲光线、讲角度、讲焦点，中国画便什么也没有，你说这话多可笑。我就奇怪老李，他就迎合着杨小姐说。杨小姐说什么好，他也说什么好。我看将来老李非被杨小姐熏染得完全变了他朴实的样子，你信不信?”

刘晓川道：“这倒不能，不过老李性情也颇固执，不太容易同化。”

史经五道：“呵，你又没看他对杨小姐的神气，真是随方就圆，一点不像他平日那耿直的样子。”

刘晓川道：“女人就和炉子一样，能够熔化比铁还硬的男人。俗语说官法如炉，我看不如说女人如炉。”

史经五道：“你看他们将来怎么样?”

刘晓川道：“看不出，大概可以结婚的。”

史经五道：“我看未必。即或能够结婚，将来也许有变化，别看老李这时什么都顺从，等到结婚以后，他耿直的性情就又出来了，杨小姐如何能吃这个？所以我断定他们将来必要出吵子。”

刘晓川道：“本来两个人生要变成一个人，这是任何人都不免有冲突的时候，不仅是爱人。因为两个人究竟是两个人，两个人就是两个心，不管两个人怎样的相同，但到底是两个心。这里只看他们的理智如何了，两个人都有理智，可以彼此宽恕，便不致闹什么吵子，越是感情重的，越是常出吵子。”

史经五道：“我看杨小姐感情就过重，一切批评都是感情的。老李的感情也是很重的呀。”

刘晓川道：“这就顺其自然了，性情是难改的。”他们说着，走了出来，就分别了。

李玉生呢，这时确是找杨隐香去了。他们正在家里玩，杨小姐身体不大好，她不大爱出门去跑，他们在家里玩得很高兴，从此便过着甜蜜的情人生活。

有一天，杨隐香在李玉生屋里谈天，她忽由她的书袋里拿出一张相片来道："你看，这是我表哥，多漂亮！"

李玉生接过一看，果然是一个漂亮美青年，他不由心里犯酸，问道："你干吗拿着他的相片？"

杨隐香道："他最近由上海来，这是他在上海照的，带来送给我，我特拿来给你看。"

李玉生道："拿来给我看干吗？"

杨隐香道："将来你们也可以做朋友。"

李玉生道："朋友？无须乎，我不需要朋友。"

杨隐香知道他又误会了，便道："你干吗这样？"

李玉生道："你有这么好的表哥，多么可喜呀。"

杨隐香道："你不喜欢吗？"

李玉生道："我无所谓喜欢不喜欢，快把他收起来吧，回到家里，摆在案头，或是床边，叫你表哥看了，也是喜欢的。"

杨隐香道："真是，对你坦白，反倒不好，我的意思是他也是研究艺术的，跟你的志趣差不多，正好可以交朋友，你反倒说这种话。"

李玉生也不知她这话是真是假，反正对于这相片觉得不舒服。他也不好再说什么，再说的话，越发显得自己小气，而且招她生气，况且人家是亲戚，难道还不准人家来往吗？假如她同一个男性认识，自己就嫉妒，那也未免太可笑。这是他自己给自己解晓，可是一想起她表哥那样漂亮，又不禁一阵犯酸，爱美是人之常情，不管内心如何，只是一见面就能引起好感是真的。他怕刺激杨隐香，他只有忍耐不言，杨隐香一谈到她表哥，他便谈到别的上去，他不愿意听，听了不好受。杨隐香知道他嫉妒，嫉妒是爱的表现，她也就不再谈了。

过了两天，杨隐香拿了一块石头来，上面刻着字，是一个仿古的图章。她道："我表哥送我不少东西，我想我也应当送他一点东西才合适，可是送什么，总想不出来，最后想给他刻一块图章吧。这是我刻的，你看一看，有什么毛病，你给我修一修。"

杨隐香平时跟李玉生学着刻图章，凡是她刻了图章，李玉生必要给她修改，今天她一提是送给她的表哥的，他竟不愿意修改了，他仍旧把石头给了杨隐香。

杨隐香气道："你这么不了解我，我以为你这是轻视我。"

李玉生道："你说我轻视你也罢，不轻视你也罢，反正我是爱你的，我心里绝没有一点轻视你。"

杨隐香道："那你为什么不管？你不是因为嫉妒吗？因为什么嫉妒？不是因为你把我看错了吗？你不了解我，便是轻视我。"

李玉生道："我也不是轻视你，我也不是嫉妒，更不是疑你什么，只是我看见它，我就不好受，为什么不好受也要看它呢？为什么要这样摧残自己的性灵呢？"

杨隐香道："哼，你这人，真没办法。你爱管不管，我知道你至少在这个时候是不爱我的。"

李玉生道："怎见得我不爱呢？"

杨隐香道："你若爱我，你为什么不管我的事，不理我的请求？"

李玉生道："因为我爱你，我才不能任什么都允许你，譬如你要吃毒药，难道我就允许你吃吗？"

杨隐香道："你不必强辩，反正你这时是不尊重我。"

李玉生道："为了我们的爱情，我有时不能曲从你的要求。"

杨隐香气得也不和他辩白，一赌气把图章给毁了，也不赠给表哥什么礼物了，省得他多疑。

又过了许多日子，他们每天都在一起玩。星期日李玉生必要到她家去玩，他们也不必特别约言，到时候自会遇到一起。

这天礼拜日，李玉生刚要出门到杨隐香家里去，忽然有几个女生跑来，非要他跟着她们到郊外写生不可。李玉生无法，如果不去，未免太死板了，况且和杨隐香也没什么要紧事，他遂同她们骑着车到郊外写生。他给她们选择目标，选择地方方向，然后一一告诉她们如何找焦点，怎么表出光线，一直画了半天才回来。

李玉生本来想着由郊外回来再到杨隐香家里去，可是回来太晚了，只得先回到学校吃饭，吃完饭后，感到有些疲倦，找杨隐香不找呢？他心里来回地盘算，找吧，天太晚了，自己又疲倦；不找吧，自己又想她，同时她也会想自己。假如不去，她也许不高兴的。他来回地想了半天，到底又骑了车去杨隐香家。

杨隐香吃完午饭就等他，一直等了半天，也不见他来。她很生气，晚饭她也没吃好，心里想着他也许临时有了事，或是刘晓川等又找他去玩。可是他若想念自己的话，怎么也可以托词脱身来到自己家里。

她正自埋怨，李玉生来了，她一见，又是喜欢又是生气。

李玉生见她生气的样子，便知道是因为自己今天没有来，便问道："你干吗又这样？"

杨隐香道："我问你，你今天上哪儿了？"

李玉生一想没有说瞎话的必要，遂道："到郊外写生去了。"

杨隐香道："你为什么不找我去？"

李玉生道："我本来要找你玩，我刚要出门，你们几个同学跑来了，非要我同她们出去写生不可。你说不同她们去，也怪不合适的。"

杨隐香道："那有什么不合适？还是你乐意同她们去就是了。"

李玉生道："我干吗乐意同她们去？我是不得已呀。"

杨隐香道："哼，不得已，你不会不得已不同她们去吗？"

李玉生道："我想去也没有什么关系，好在我也没跟你约定必须要找你。"

杨隐香道："噢，还是跟她们玩快乐。"

李玉生道："你这话说得多么可笑，我不是跟她们玩，而是她们请我指导写生。难道你还怀疑有什么其他吗？你不是说情人之间要互相信任，我若有一点猜忌，你便七个八个地说我一大套，现在为什么你也这样呢？"

杨隐香道："我不是嫉妒，我相信你不会爱她们。可是当你同她们在一起的时候，至少你是把我忘掉了。我不愿意你忘掉了我，我要你时时想着我，就如同我时时想着你一个样。"

李玉生道："是呀，我并没有忘掉你，我虽然同她们在一起，可是我的心没一秒钟不萦绕着你的。"

杨隐香道："你怎么也学了这些油嘴滑舌的？"

李玉生道："我这是实话呀。"

他们正说着，杨老太太进来，把他们的话打断，杨隐香又表示亲密的样子。她想到为了爱人而这样忍痛欺骗母亲，而李玉生总使自己不满意，他是真可气！李玉生坐了一会儿，因为时间太晚了，他忙又回到学校。

又过了许多日子，两个人的感情越发深厚，热度已到达顶点。

彼此了解益清，信心益深，两个人便谈到婚姻问题。杨隐香总想大学毕了业，有了相当工作，经济可以独立，然后再结婚，多少也可以帮助李玉生的收入。若是马上结婚，那就不能再求学了，也不能再做事了。为了目前的结婚，而牺牲永久的幸福，这是不合算的。

李玉生也以为两个人的年岁还轻，而且自己的经济基础还未稳固，骤然结婚，不但马上得拿出一笔巨费来，而且生活也就成了问题，自己多做几年事，多储蓄几个钱，将来不致发生困难。这样的生活越长，也越有滋味。许多人说，结婚是恋爱的坟墓，恋爱是甜蜜的，一结婚就完了。那么老过着这种情人生活，不是更好吗？

他们就这样甜蜜地过了两三年，一般人都很羡慕说他们爱情始终如一，其亲密有时甚于夫妇。

这年，杨隐香的父亲死了，自然她们都很哀痛的。她的父亲一死，经济来源断绝，她的兄弟都很年轻，尚未做事，他们又奢华惯了，日子不多，财产渐渐减少，而家里又几次事故，花了很多，动产是没有了，只有变卖不动产。不动产也渐渐随着动产而减少，于是她的哥哥便不得不辍学而外出谋事，一方面减轻家庭负担，一方面也可以补助家庭费用。

杨隐香中学快毕业了，她不忍牺牲学业，但又不愿叫母亲多担负自己的教育费，本来家庭人口多，亲友也多，常年地留亲友在家里住。而一切往来应酬，为了子女的出路，也更加多。家庭的开销不减，生活程度一年比一年高，虽然生活不致发生问题，但生活以外的费用，总要能俭便好。

杨老太太以为趁着杨老先生新故，给子女谋个职业，那是不成问题的。可是又想子女都年轻，做事恐怕不成。即或做事，也挣不了多少钱，也就做个小职员，这一辈子就没希望发达了，所以仍然想努力供给他们升学。

杨隐香的哥哥不愿意这种挣扎读书，他毅然自己出外谋事。以他的聪明与努力，果然得了一个位置，虽然挣钱不多，但对家庭方面，总算尽了为儿女的心。

杨隐香看见哥哥如此发奋，自己也想跟他学，她便同李玉生商量。李玉生认为她和她的哥哥不同，她哥哥可以从小事做起，而女孩子做一点小事，不但无补实际，反而毁了前途。他主张杨隐香仍然去读书，至于教育费，他可以完全担负，在他的收入里预备出她的教育费，还不成问题。

杨隐香也觉得李玉生就是将来的夫婿，朋友还可以帮忙，而夫妻还花不着这一点儿钱吗？并且自己求学毕业，将来走入社会能挣钱做事，不仍旧能帮助李玉生的吗？好在家里还用不着自己操劳，于是她便和母亲说了，仍然升学，由李玉生帮助她。杨老太太也以为升学是他们未来的幸福，现在家里还不需要她来帮着挣钱，自然便答应了她的请求。于是杨隐香仍旧继续求学，由李玉生帮助她的费用。他们的感情便更深了。

高中毕业，她哥哥的事情好起来，足可以担负全家的生活费了，杨隐香仍然想升入大学，她仍然不想用家里的钱，女孩终究是别人家的人，为什么要家里钱呢？李玉生也主张由他供给考入大学，倒可以给她家里人看，自己是有这能力的。杨隐香也喜欢李玉生这样做，可以叫母亲对于李玉生更加喜欢。于是她又考入大学，在大学里必须住宿的，她就搬到学校里去，除了做衣服外，索性不用家里一个钱了。不过和李玉生见面的日子少了，只有星期六和星期日，回到家里看看母亲。李玉生也就到她家，两个人才能相见。见面的机会少，便越觉得见面时的快乐。

如此又过了两年，杨隐香的知识更加丰富了，她又聪明，又用功，所以她每考试必第一，于是她便拥得全校皇后的徽号。这时，她渐渐有些骄傲，而男同学追逐的不知有多少。以前杨隐香所处的环境，没有这些异性，现在突被异性包围，自然心情也有了变化。

她以前很看不起男性，尤其向她追逐的男性，后来这些男性用尽了他们的智慧，想尽方法，炫耀了他们的钱财和知识。杨隐香是一个很坦白的姑娘，因为她太坦白，而追求的人便更认为她是有意，因而叫杨隐香生出一种男性并不讨厌的感觉。一封信一封信地投来，篇篇都写得那么动人，词句的委婉、俏媚，就是铁石心肠的人也要感动。

杨隐香虽然总保持她的坦白，但是对于这些男性的追求，也不表示坚拒。她说："我虽然不爱人，但我不能阻止别人爱我。"

这时的女同学，见她有这些男同学追逐，自然羡慕得不得了，她们都以男性追逐的多少而定自己的荣耀程度，越是追逐的男性多，越是光荣的，这是虚荣心也是好胜心。杨隐香处在这种环境，不但别人提高了她的身价，就是她自己也估价得比以前高多了，她又看不起人，又喜欢人家这样。总而言之，宁肯她轻视人，不叫人轻视她。假如没有男人来追逐她，她就如同受了侮辱一般。像她这样美丽智慧的女人，焉能没有男人追逐呢?

她把那些男人们给她的信，并不撕掉，她会一一保存着，收在一起，拿来给人家看，说是好玩，实际是炫耀她的光荣。

她有时把这些信带回家里，给李玉生看，并且说："你看男人们多么无聊，有这工夫，有这脑子，干一点别的用好不好?"

李玉生道："你都回复了吗?"

杨隐香道："有的我回复了，有的我根本不理。"

李玉生道：“要回复全都回复，要不理全不理，不然的话，容易露出闲言来。对于这种人还有厚薄吗？”

杨隐香道：“我是看信写得好，词句诚恳的，我若不回答，太给他难堪了。那满篇白字的，我就不理了，那不配我理的。”

李玉生道：“你怎么回复那些人的呢？”

杨隐香想了想道：“我就说我现在求学时候，除了功课以外，一切问题我都不去理会，我现在还不需要这些安慰。”

李玉生摇头道：“我认为这种回答不妥，你没有提到你已经有了我了吗？”

杨隐香道：“我没有，我以为犯不上和他们说这些，说了之后，他们更有借口，说你既不需要安慰，为什么还有爱人呢？”

李玉生道：“话不是这样说，你若提说有我，他们也就不会这么给你写信了。”

杨隐香道：“写信怕什么？反正我有我的把握。”

李玉生道：“把握不把握是一层，我以为根本不引起他们这种念头，不是省事得多吗？”

杨隐香道：“可是，你的爱人如果有人追逐，你也是光荣的呀。”

李玉生一听，竟自哑然无言，他说不清这个究竟是自己的光荣呢，还是不光荣，反正心里总不大得劲。他怕杨隐香不愿意，他也就不再说什么了。不过他是知道杨隐香爱自己的，他相信她，尤其她现在程度这样高，越发能看清人心的。她自己说有把握，这并不是自夸的话呀，无论如何，她不会做出叫自己痛苦的事，所以他不再说这话了。

杨隐香又谈到同学追逐她的情形，非常可笑，她说有的给她写信说要自杀，有的报告他家里有什么人和多少钱，有的还说只要把给别人的爱分给他一点，他就死而无憾，男人们都是这么可笑，细想起来，多么幼稚呀！她又说，有几封信写得倒很诗意，意思也诚恳，可是自己不能爱他，也是无用。李玉生听了，也不免庆幸自己有这么一个爱人，居然不被外界所诱惑，这的确是一件光荣的事。

杨隐香又谈到女同学，有不开眼的，贱骨头的，见着男同学就蜜也似的，她批评她们一个钱也不值了。尤其对于有了甲情人，又去爱乙，这种变节的女人，真是卑鄙。李玉生见杨隐香这样说法，越发觉得她的可爱。

每次回来，杨隐香便把男女同学的趣事说个不休，顺手批评他们如何不对，也真奇怪他们学校会有那么些趣事发生。

又过了一年多，杨隐香的年岁增加了，她和李玉生都到了结婚的年龄，可是杨隐香不愿结婚，她以为非得毕业后，做了事才能谈到结婚。

李玉生想，已经等了好多年，离毕业还有一年多，就不能等了吗？可是这时候杨隐香的交际比以前广了，她对人永远那么亲切，不管是生熟朋友，只要一见面，就和亲的一样。她富于情感，好交朋友，热心，好胜。现在又搭着她的知识丰富，思想也透彻了，她说男女的界限根本应当打破，同时把女人的地位增高起来，虽然不必以女人为社会中心，但至少男人不应当拿女人做附属物，那玩弄女性的人，应当彻底加以攻击。

站在客观上说，她说的真是句句中肯，可是一到实际批评上，就加了主观见解，比方一个女同学密司王，爱了一个男同学密司特张，于是她说："密司王简直没有眼光，竟会爱上了张，张那个人是个流氓，玩弄女性，他以前跟密司李很好，现在把李甩了，这种人还要爱他？终究非被他甩了不可。"

后来密司王果然被张抛弃了，密司王很痛苦，她气得不得了，说道："你看，我说的话一点儿也不假吧？张那个人根本是玩弄女人的人。"

后来张又来追求她，她于是不再说张不好了，人家说张不好时，她还替张辩护。她的批评人，就是如此主观，多一半是感情的。不过她这时一点儿也没有离开李玉生的意思，这不是她的理智，而是她没有发现一个比李玉生好的。

又过了一年，杨隐香毕业了，因为她的功课太好，有位主任教授保举她留校做助校，学校当局当然通过了，杨隐香对于这位教授非常感激，这时自己的经济能够独立，这是多么可喜的事呀！

教授姓马叫能行，马教授是外国留学生，外国语自然说得非常好，年纪不大，有三十多岁，不到四十岁的样子，他自己说没有太太，许多人给他介绍女人，他总是说先交朋友，太太不是随便娶的，必须双方认识清楚。

他交了很多次朋友，结果都没有娶就散了，有的是他不喜欢人家，玩够再交新的，娶太太就不能再交朋友，限制自由太大。有的是人家不喜欢他，交了许多日子，知道他并无诚意，或是见他只是皮毛的外国语就是了，实际上他的知识并没有的。不过没有交过他的人，或是初交他的人，往往被他的留学生和教授的招牌与他的皮毛的新名词所惑，而觉得他不错似的。

他平常对于杨隐香就非常垂慕，杨隐香苟有询问，必是尽力答复。他时常鼓励她学外国语，说她有外国语天才。杨隐香见先生对自己这样热心，十分感佩。一个教授，地位很高，同学巴结教授，很不容易呢，现在居然能叫先生这样热心指导，那是多么可感呢。

马教授的洋服，比别人都穿得讲究，他一个人又没家——他的家在乡下，他并不管——薪水自己拿着花，自然花不了的，于是便显着他多么有钱了。像这样的教授，他的对象也就应当像野鸡郭老西之流，为人之师，实在不大够格。可是现在潮流把马教授的身份提高了。

马教授说："现在社会还是腐化得厉害，比起外国来，差得太远，太落伍了。现代潮流应当社会公开，男女平等，恋爱自由，恋爱没有阶级，没有条件。"

杨隐香听到他的话，觉得很对，这才是时代的思想家，思想界的权威者，所以对马教授越发钦佩。但是她并没有忘掉李玉生，她时常对李玉生说马教授如何有学识，如何对她好，爱惜人才，如何思想超时代。李玉生以为教授当然有很高的学识，人家的话，当然合乎原理的，所以也钦敬马教授。

后来，杨隐香就渐渐不提马教授了，有时显而易见地避讳马教授而不谈，这其中就有文章了。原来马教授对于杨隐香，追逐不止一日，他暗示给杨隐香是坦白的，她没有注意，她根本亦没往那里去想。她想到一个大教授如何能爱自己呢？可是她一坦白，马教授却以为她是默许，而进攻越紧了。

杨隐香有几个同学，马教授对于那些同学，时常拿出主任的态度，常常发些脾气。他唯恐人家少做工作。他派人家工作，一天也没有闲着时候，而杨隐香却整天无事，如果她做一点儿事，马教授却拿走让别人做。这样待遇不平等，如果杨隐香明白的话，她应当看出这种行为是不对的，可是她因为马教授对她好，她便看不出马教授人格不地道的地方。

马教授喜欢听戏，而又听不懂，他爱看国产影片，尤推崇武松与潘金莲，只要一换片子，他必去看。他听戏不是为戏，而是捧角，所以他爱看坤角的戏。他看电影是因为电影院的环境好。他时常约杨隐香去看电影，杨隐香本来不爱看国产片子，但是大教授既然推崇备至，自己对于国产片也就改了评价。可见她对影片的评价，根本不是艺术的眼光，而是趣味的附和了。杨隐香觉得大教授能够请自己看电影是光荣的事，自然答应了，日子是星期日。

李玉生每星期日都去找她，这回却碰了钉子，杨隐香陪着马教授看电影去了。片子是中国的《魂断蓝桥》，那女主角在临死的时候还要唱一个曲子，幼稚到这种地步，而马教授看得津津有味，一边看着一边对杨隐香说那片子的优点。

杨隐香这时是高兴的，说什么都对。

看完了电影，马教授还要请她吃饭，其实她是愿意和马教授在一块儿吃饭，可是她想到李玉生还在家里等着自己，她道："那太打扰了，实在不敢当。"

马教授道："那有什么？反正我一个人也是吃饭，两个人吃热闹些，杨小姐不必客气了。"

杨隐香遂答应了，两个人进了西餐馆，一边吃饭一边谈天，马教授又要了啤酒。

杨隐香道："我不会喝。"

马教授道："少喝一点儿，我一个人喝着多没意思。"说着，便倒了酒。

马教授倾怀而谈，谈到他留学时的情形，说到他家庭的情形。杨隐香见马教授这种地位，居然拿自己当作一个知己，真是瞧得起自己呀。

吃完了之后，马教授有点醉了，不知是真醉，还是假醉。他站起来的时候，竟自没有站稳，手扶着了杨隐香的肩，几乎倒在她的怀里。她一扶他，手和手碰到一起，马教授有一种说不出来的好受。

他真的沉醉了，惺忪的眼睛，看着杨隐香笑道："我今天喝多了，你不怪罪吗？"

杨隐香道："那我怎么敢呢？"

说着，马教授付了钱，一同走出来，马教授道："我需要散散步。"

杨隐香道："我给你雇车吧？"

马教授道："不，还不致醉到那样，我每饭后必须散步的。"

杨隐香怕他栽倒，只得陪着他一块儿走，走到饭店，马教授是住在饭店里的。马教授邀她进饭店坐，杨隐香说："改天再来吧，今天太晚了，怕我母亲等着我。"马教授也怕杨隐香看出自己的破绽来，只得又给她雇车回去。

杨隐香坐在车上，想着马教授这个人太好了，这样富于热情的人，叫他一个人过着单调生活，实在不幸。

回到家里，爱人还在家里等着她呢，她欢喜极了，她和他接了一个吻，她都来不及换衣服，便拉着李玉生的手进到自己屋，说道："你什么时候来的？"

李玉生道："我吃过午饭就来了，一直等到这个时候，你上哪里去了？"

杨隐香道："马教授请我看电影，看完电影非要约我吃饭不可，所以回来晚了。马教授真可怜，像他那样的人，竟过这种枯闷的生活，今天他跟我说了许多真心的话，唉。"

李玉生因为马教授是她的上司，又待她挺好，所以也不再说什么，觉得她这种应酬也是应该的。他们没有说了几句话，杨隐香觉得疲乏了，躺在床上，叫李玉生给她倒一杯茶。李玉生给她倒了茶之后，见时间已经不早，她也得歇着了，明天自己也还有课，今天见着了她，总算心里安然，便别了杨隐香，回到自己学校。

第二天，杨隐香一早起来也到学校，照旧办公。昨天马教授请她看电影的事，她没有对人家提，她是怕人家误解她。但是不知怎么这事叫人家知道了，消息传得真快。杨隐香一想，大概是昨天有人在电影院里遇见他们，这事她是很坦白的，一点不在意，只是有些生气，觉得说这话的人，太误解自己，也误解了马教授，她一声也不语。

大家都这样说："咱们的皇后昨天同马教授看电影去了，我们未来的皇帝，大概马教授很有希望。"

杨隐香本来坦白大方，但这样被大家一哄，见了马教授，竟有点不好意思似的，竟仿佛马教授真的要做皇帝，环境的作谑，往往倒促成两个人的速率。

马教授来了，见了杨隐香微微一笑，今天捯饬得越发年轻了似的。

杨隐香仍然像往常那样办公，马教授趁着人家不注意的当儿，忽然递给杨隐香一封信，杨隐香顿觉心跳，而且脸也红了。

马教授道："没关系，不必叫别人看见。"

杨隐香只得把信先压在讲义底下，等到别人都在忙的时候，然后她怦怦然地打开信，仍旧夹在讲义里，慢慢地看。只见上面写道："昨天我喝醉了，大概有什么失礼的地方。蒙你并不见怪，我说不出我的感激的。我本来不会喝酒的，可是最近因为心里无数的烦恼，怎么也去不掉，听说酒可以解愁，所以我才学会了喝酒，我的喝酒，纯粹是不得已呀。假如我现在有精神寄托，何必喝这种有害于身体的酒呢？昨天和你谈得很高兴，难得遇到你这么一位知己，我是十分欣幸。可是当我离开你而回到我的寂寞屋里时，我却感到万分难过了。我是一个没有希望的人了，我虽有我的伟大的前途，我虽有我未完成的事业，可是我这生活，意义在哪里呢？我还有什么生趣呢？”仿佛他生活的意义就在女人的身上。

杨隐香又往下看，见他又述说他的苦恼，仿佛当教授的不应当有的苦恼，后来又说有人给他介绍好多女朋友，他都不喜欢，因为那些女人都是为钱而来，他看不起她们，虽然他很有钱。他又认为没有一人可做自己的知己，自己遇到杨隐香，仿佛就增加了他的生活素，他愿意和杨隐香时常在一起玩，做一个红尘知己。

杨隐香看完了之后，觉得这位大教授太可怜了。她是诚实的，所以把马教授的话也看成诚恳了，她以为这样一个艺术崇高的大教授，竟会没有一个知己，诚然是一件不平的事。她很想做他的一个伴侣，但是自己已经有了李玉生，如何能再做他的安慰者？可是不答应吧，他的确可怜，这种人才，正是给国家成就多少事业，给人民造多少幸福。倘若他竟灰了人生，这是多么不幸呀！

她没有主意了，她想只能做他的一个朋友，分出一些时间与精神，和他在一起，给他一点安慰，调剂他生活的枯燥。这样一来既可以不负李玉生，又可以成就一个伟大的人才。

她这样想好了，到了下课，故意在研究室里多停了一会儿，马教授以为她真的答应了自己的要求，他欢喜极了。可是他仍旧装作苦闷的样子，他见屋里并没有别人，他叹了一口气。

杨隐香知道他又在苦恼，想用话来安慰他，她还没说出来，马教授先说道：“杨小姐，你看了我的信了吗？”

杨隐香道：“看见了，我很同情你的境遇。”

马教授一听，越发心里喜欢，他道：“杨小姐下课没有事了吗？”

杨隐香道："没有了。"

马教授道："我们到别处玩玩，或是看看电影，好不好?"

杨隐香道："我觉得出去玩没有什么意思，不如在屋里谈谈，也倒不错，又省钱又能谈话。"

马教授道："还是杨小姐聪明而且有见解，不像别的女人，天天看电影逛公园，追求那物质享受，我觉得她们太没有灵魂了，杨小姐的确是我的知己。"

杨隐香见马教授这样夸奖自己，自然心里也是欢喜的。她道："你太过奖了。"

马教授道："一点儿也不是夸大说法，我早就推许杨小姐了。那么，到我那里谈谈天好不?我那里有留声机，新买的不少片子，还可以听。"

杨隐香道："好吧。"

马教授高兴极了，两个人一同走出来，坐了洋车，一直来到饭店。马教授道："因为没有家眷，租房是非常困难，公寓我又嫌太杂乱，饭店虽然不经济，可是舒适得多了。"

杨隐香道："可不是?"她看他的房间里，并没有什么书。

马教授见她望着书，便道："我的书真可惜呀，都丢在外国了，我的书可以开一个小图书馆，因为运费太重，我一起捐助外国图书馆了，这时想起来，也怪可惜的。"

杨隐香道："可惜固然可惜，但是能公诸同好，也是一个好办法。"

马教授忙张罗茶水，从柜里拿出许多糖果点心什么的，那是专为招待女朋友用的。

杨隐香见他屋里陈设，像相片等物都杂乱无章，她不想马教授的没有艺术眼光，而叹息没有太太的人多么可怜。她又看见墙上挂着许多中国女明星的照片。她不想到马教授的见识如此之浅，而感到连个女朋友的相片都没有，多么可怜。

马教授把唱片拿了出来，杨隐香道：“有音乐片子吗？”

马教授道：“有，除了几片京戏外，全是音乐的，杨小姐喜欢音乐我是知道的，请过来看看，你喜欢听什么？”

杨隐香过来一看，没有一张是西洋音乐，都是中国歌曲，有什么《何日君再来》《苏三不要哭》《我如何忘了你》《你不要说不》《吻着陶醉吧》《叮当太太》《送情郎》……

杨隐香有点失望，可是她却原谅马教授，同情马教授，说马教授是一种不得已，在极度的苦闷下，不得不找些低级趣味来麻醉自己，这是多么可怜呢。

马教授特别找出一张《爱由何处寻》来，一边转着，一边跟着留声机唱，马教授把这种曲子唱得非常熟，他唱道：“听人说恋爱是甜蜜的，能使人生愉快。但我从来没有恋爱过，所以我心中难以捉摸。啊，我的爱，爱我吧，奏响我的四弦琴，爱我吧，向你诉诉哀音，我献给你的一颗心，终未献给过别人。比上黄金还要真，可惜你不能听我奏琴，可惜你不能听我诉情，彷徨，彷徨，爱向何处寻？多惆怅，好清凉，我的爱，爱！”

马教授唱得津津有味，杨隐香知道他是向自己表示，用歌词来表示他的意思，可是她没有表示，因为她随时想念着李玉生。一想到李玉生，就把其他的念头驱逐没了。她虽然没有理智，但她可以用感情来驱逐感情，以对李玉生的感情来驱逐对马教授的感情，这种方法固然有效，但是一遇到驱逐不了，或是这边感情更加厚，反而把那边感情驱逐时，那就危险了。杨隐香也知道这种危险，所以她时时想念李玉生。

马教授又找出一片《满场飞》来，他道："杨小姐一定也会满场飞，这是一个最流行的舞曲。"说着，便唱了起来："香槟酒气满场飞，钗光鬓影晃未回。你这样乱摆我这样随，你这样美丽我这样醉。勾肩搭背，进进退退，步也徘徊，爱也徘徊。你这样对我，媚眼乱飞，害我今晚，不得安睡……"

一边唱着一边脚底下跳着，他道："杨小姐一定会跳舞。"他心想和她搂抱着跳一回。

杨隐香道："我不会。"

马教授道："不能不会，杨小姐是摩登人物，哪能不会跳舞？"他以为会跳舞就是摩登。

杨隐香道："我真不会。"

马教授道："唱片说得好，乱跳乱摆才够味，喂，你来，我可以教给你。"

杨隐香道："不，我们谈谈天好吧？"

马教授立刻顺从她的意思，把唱片也收了起来。谈什么呢？他找一个题目。杨隐香便问到外国的情形，于是马教授有了材料，把他留学的情形，一样一样说个没完。什么女店员怎么漂亮，海水浴怎么写意，他一说起来，便把他的假面具忘了，什么伟大的前途，未完成的事业，全不提了。

谈了许久，杨隐香要回去，但是马教授非要叫她吃完饭再回去不可，他说："你一走，我这顿饭便吃不下去了。"

杨隐香只得陪他吃饭，吃完饭又谈了一会儿，马教授总想往爱情道路上引她，杨隐香总是往旁处躲避。她说时间不早了，道声谢谢，她站了起来，她说："学校关门很早，必须早些回去，还有功课也要整理。”

马教授恨不能把她留下，明天再一同到学校去，可是他知道这是不可能，不能这么快，慢慢来吧。杨隐香回去了。

从此，马教授时常约她到他那里去玩，杨隐香总不好意思拒绝，两个人相处久了，感情越增，她是越不能拒绝跟他在一起玩。这个礼拜必须不同他玩了，但是马教授却苦苦哀求，假如她不允许，他要自杀。杨隐香实在无法，只得答应找他。

到礼拜这天，李玉生当然要到杨隐香家会他的爱人，谁知杨隐香又没有在家。

第四章　归去来兮

李玉生在礼拜日找杨隐香，而杨隐香又没在家，问她上哪里去了，谁也不知道。他十分难过，可是以为杨隐香一定很忙，或是同学又找去玩。现在做了事，就不得不应酬。他等了一会儿，觉得短时间内她难以回来，便失望而去。

到晚上他又禁不住想她，又骑车找了她来，他以为她一定可以回来了，谁知仍然没有回来。他实在难过，只得等她吧，想她无论如何也快回来的，难道她就不知道自己今天要找她来吗？

又一直等到很晚，杨隐香才回来。回来之后，就躺在床上，仿佛很疲倦的样子，李玉生走过去一抱她，才闻出她酒气喷人，仿佛醉了的神气。

李玉生惊讶道："呀，你怎么喝酒？喝得这么多？"

杨隐香道："我难过，你给我一杯水喝。"

李玉生道："我给你削个梨吧？"

杨隐香道："好吧。"

李玉生很快地给削完了，又削成一块儿一块儿地给杨隐香吃。他道："你上哪里去了？喝得这么多？"

杨隐香道："我这时候心里乱，叫我安静一会儿吧。"

李玉生一看，只得退到一旁，说道：“用不用我服侍你？”

杨隐香想了想道：“不用，我静静歇一会儿就得了。”

李玉生见时间已经不早，便骑车回去了。

杨隐香睡到夜里，酒醒了，她想起白天的经过，一幕一幕地又在脑子里反应起来。马教授很殷勤地劝她喝酒，她一高兴，又不好拒绝马教授的盛意，她喝了，喝了很多，头有些晕，她坐不住了，马教授扶她到床上，顺手把她抱在怀里，她一点力量都没有了。

马教授又吻她，她忽然想起李玉生，立刻说道：“你不能吻我，你这样是失礼了。”

马教授却跪在她的面前，说道：“我爱你，我真正地爱你。我没有一点儿玩弄的意思，我敢起誓，我是真心爱你的。我一见了你，我就爱了你。你是我生活的源泉，你是我唯一的知己，倘若你不爱我，我只有自杀。”

她一见，心里软了，没想到素所钦佩的马教授，今天会对自己这样，她很同情马教授。但是她有李玉生的，焉能再接受马教授的爱？可是马教授这样恳切哀求，又实在难以拒绝。

她正在犹豫，马教授又抱了她道：“我的爱人，你一点不可怜我吗？”她便倒在他的怀里了。

杨隐香想到这里，心里又乱了起来，仿佛有许多事都涌在心头，不能解决似的。她越想越不好受，最后她想出三个办法来，第一，是拒绝了马教授的爱，仍旧爱李玉生；第二，放弃了李玉生，而爱马教授。这两个办法，都不可能，马教授和李玉生两个人在自己心的天平上称，虽然马教授重于李玉生，可是李玉生倒是因多少年的关系，不可磨灭。除了这两个方法外，只有两个人都爱。可是这又不可能，两个人都不爱，这时又全舍不得。

她想跟李玉生说，把给他的爱分给马教授一点儿，马教授是如何的可怜，如何地需要她的爱。李玉生是个明白人，或者他能够体谅自己而允许这要求的。偶尔一阵理智的，觉得这样做是不对。但感情上总觉得自己仿佛有了一种意外的收获，至少有一点新鲜滋味在里头。人生似乎不应当太平凡了，有天才的人，似乎应当享受一点别人不能享受的享受，同时我又是一个感情人物，从此便对马教授有了很厚的感情。她几乎每天和马教授在一起，马教授把他的赤诚热情，一股脑儿发泄出来。凭他天花乱坠的嘴，感动得杨隐香越发爱他，甚至她竟忘了李玉生。

到星期日的时候，她竟整天陪着马教授玩，她置李玉生于不顾了。她觉得和马教授在一起，比和李玉生在一起快乐。这是她喜新厌旧的心理，她现在已经身心都不健康起来，不但她的体格不健康，就是心理也变为病态的了。

她这时对于李玉生，不像从前那样坦白。以前还说同马教授在一起玩，现在却不说了，若问她星期日上哪儿去了，不是学校的事忙，就是同事有应酬，再往后连谎话也不说了，根本不叫李玉生来问。如果李玉生一问，她便说李玉生这是侮辱她，说李玉生轻视她。

她说："宁肯叫人不爱我，不能叫人轻视我。"其实她做的这种事情，如何能不叫人轻视呢？

李玉生以前对于她还非常相信，因为她时常骂人家女人如何喜新厌旧，如何爱情不专一，她既然明白，自然不会这样做的。并且她总表示她如何纯洁，如何男人追逐她而她不理，越发叫李玉生相信她。不但李玉生相信她，就是别人也都觉得她是一个思想健全的女性。

后来，别人先看出她不是那么一回事了，继而李玉生才有些怀疑。别人自然比李玉生看得清楚得多，而且杨隐香瞒别人比瞒李玉生也轻些。可是别人怎能向李玉生说呢？大家都知道李玉生对她感情特别好，什么话都对她说，假如对李玉生说杨隐香如何如何，倒显着别人是在挑拨是非似的。所以人都不多语，不过心里对于杨隐香都很惋惜。

李玉生虽然没有经别人的告诉，可是他也看出杨隐香的形迹可疑起来。他有时一个月也不见她一次面，一问她，她就说在外做事，不能不应酬。李玉生很纳闷，一个女人在外头做事，何必要许多应酬？但也不便和她抬杠，因为爱她，所以也就含糊一点，只要她不放弃自己，总是好的。

又过了许多日子，杨隐香居然把马教授让到家里来玩。李玉生遇见过两三次，觉得他是个教授，也不怀疑有什么缘故。后来接二连三遇见他在杨隐香家里，几乎他到杨隐香家去的时候，没有马教授不在那里的，只有他没去而马教授去了的。李玉生又以为杨隐香是个脸熟的人，最好交朋友，现在在社会上做事，自然朋友越多越好，也能够原谅她。谁知后来看他们的情形，已不是一种友谊的态度了。他和马教授一同在杨隐香家里，而杨隐香总是同马教授在一起谈天，她就不理李玉生，甚至李玉生要参加其间，杨隐香还以白眼相加。

李玉生难过极了，眼看着自己的爱人向别人温存，这是多么难过的一件事。他一语不发，回到自己学校，暗自难过。他到夜里也睡不着了，一想到这件事，不由得一阵阵起急，恨不能毁灭了自己，毁灭了她，毁灭了全世界。男儿是不应落一滴泪，可是除了落泪，他有什么办法呢？他最后想到还是对杨隐香哀求一番吧，如果她不抛弃自己，自己仍然爱她。哀求不应，只有加以劝告，对她解释这种行为是如何不对；她再不听，那便和她最后谈判，她若诚意表明不爱自己的时候，那么自己只有引身而退，或是自杀，或是出走。

想好了主意，便到杨隐香家里。因为正赶上放寒假，所以她天天在家。他去到她家，马教授早在那里又谈又唱，唱一些素日杨隐香最不喜欢的流行歌，而现在杨隐香听来都很动容似的。

李玉生没想到一个人的变化，竟如此之厉害。其实他不懂得医理，这完全是杨隐香病态，因为身体不健全，而思想也容易有缺陷。她不是不聪明，她不是没有知识，她也懂笑话别人这样做，可是她现在竟这样做了，这不是病态心理吗？对于这种人，不限于女人，唯有先恢复他的身心健康，然后才能建筑伟大人格。理智虽然克服感情，但身心不健全时，虽有很高知识，一样没用，有时知识反而被利用为误解的盾牌，她能为她的错误而辩护得很周到。所以越是有知识的人，倒容易做出旁人不能做的事。

杨隐香知道自己身体多病，然而不知道这病是容易影响思想的，一般处女未婚而疯狂的很多，那都是身心不健康的缘故呀。

李玉生只觉得她变得如此厉害，十分奇怪，于是又把十年前的旧账翻了回来。他想：也许是她嫌自己太穷吗？以前是感情的冲动，这时又后悔了吗？也许是她嫌自己没有出息吗？他实在无法可解，便找到杨隐香家去问。可是一见了她，又不想说出来，犹豫了很多次。

这天他走到她家里去，正见她和马教授并肩而坐，挨挨靠靠，意态十分缠绵，他不由一阵难过，跟着怒气满胸，恨不能自己变个炸弹，当时三个人全毁在那里，可是他忍住了。

杨隐香见他进来，并不移开她的座位。马教授知道李玉生是杨隐香的未婚夫，他怕李玉生对他有什么动作，一看李玉生是个软弱无能的男子，也就坦然无惧。

李玉生道："隐香，我有两句话和你谈谈，我们到客厅去坐吧。"

杨隐香迟疑了一会儿，说道："好吧。"她又对马教授道，"你在这里坐一坐。"说着，她便同李玉生走到客厅。

李玉生道："我现在问你，你对于我是什么意思，你为什么这样刺激我？"

杨隐香道："我怎么刺激你呢？"

李玉生道："你同马教授这样，简直是侮辱我呀。"

杨隐香道："什么叫侮辱？社交是公开的，交朋友是自由的。你这样轻视我，你才是侮辱我呢。"

李玉生听了这话，仍然是平心静气地说道："隐香，我们不是意气之争，我现在和你谈坦白的话。你一向是坦白的，我很相信你，可是你近来变了，至少对我冷淡了，我很难过，我不能安慰你到十分，我有我的缺陷，我不会甜言蜜语，可是我现在要你说一句坦白的话，你还爱我不爱我？"

杨隐香道："这是什么话呢？爱不是由嘴里说的，你可爱，自然爱你，你轻视我的时候，我自然不爱你。"

李玉生道："好，我告诉你，我并不轻视你，我永远尊敬你，我现在希望你只爱我一个人。"

杨隐香道："你从什么地方知道我又爱了别人？"

李玉生道："我并没有说你爱了别人，可是你对于马教授这种态度，已经超过了友谊，很使我难过。"

杨隐香道："你是希望我不再理马教授吗？"

李玉生道："我觉得他那人品也不见得可以做朋友。"

杨隐香道："不成，我是为了我的前途，我在人家手下做事，我不能不应酬，况且马教授人格很伟大，他的前途也无限，至少是比你有希望的。”

李玉生一听，几乎要哭出来，他叹了一口气道：“我知道你是不再爱我了，好吧，我也不再打扰你们的好梦，再见吧。谁叫我没有能力，没有本事，没有金钱。”说着，他竟走了出去。

杨隐香也没有拦他，由他去了，以为他不会去而不返的。况且去了也好，反正分裂不是由自己起的，自己不负这责任。她仍然和马教授一起玩，甚而更加亲密起来。

李玉生离开了杨隐香，他是下了决心不再来的。可是每到寂寞无聊的时候，他便想起杨隐香，想起以往和杨隐香的甜蜜，不由一阵阵愤怒，他的事业也搁下了，不想干，一切事都不想干。玩也不想玩，朋友们约他一块儿玩，他却一声不语地待着。在极热闹的环境里，他更觉得寂寞，他愿意永远在杨隐香身旁，但是一想到杨隐香身旁的马教授，他又怒火燃烧起来，烧得全身都是热的，他恨不能把自己焚得成了灰，然后撒在空中，这才解了心头的郁结。

大家见他终日怔怔的，想去和他说话，他也说不下去。问五句话也就听见两句，说他脑子想什么，但也想不出什么来；说他不想什么，杨隐香的影子却总在脑子里转，一时一刻都去不掉。苦啊，苦在不能摆脱她的影子，没有记忆固然是一种苦事，但有记忆也是一种苦事。

他想，这一辈子也不会把杨隐香忘掉，除非死了。这时他想到自杀的人，他以前总笑话自杀的人是愚者，现在他明白了，自杀的人并不是为失恋而自杀，乃是想忘掉对方的影子啊。

爱情本来是单纯的，但和社会人情同时并存，便觉得复杂多了。爱就爱，不爱就不爱，爱与不爱，只是两种情绪。但和社会人情一搅乱，就觉得除了这两种情绪外，还有嫉妒、猜疑、忧惧、侮辱、欺骗、竞胜、自尊等等心情随之发生。社会对于被遗弃的人，同情者少而视为低能的却多。所以情人们往往觉得不爱也没有关系，但不能被人轻视。不爱，就变为一种轻视了，于是爱情便不再单纯了。

李玉生被这些情绪搅得夜不能安眠，日不思饮食。有时稍微安静一些，偶然想起杨隐香来，便是一阵心血如潮涌，再也安宁不下。有时睡得沉沉，忽然醒来，想起杨隐香来，立刻心血上涌，再也睡不着了。如此过了许多天，杨隐香也不再找他，他竟得了心脏病。这样不眠不休的思虑，使得他心脏衰弱，精神萎靡。朋友都劝他出去旅行一趟，比较好些，他这时忽然想到只有出走，才是好办法，走到见不着一个故人，那是最好了。

他听从了朋友的劝告，一个人竟到南洋去了。

南洋群岛，曾是他的理想退隐地，他曾经和杨隐香说过，将来他们结婚后，必到南洋度蜜月。以后如果储蓄了钱，两个人便不再做事，到南洋来享清福。杨隐香也很赞成这意见。没想到现在他竟一个人去了。朋友们都以为他去旅行，并且他还说到南洋找刘晓川去，因为刘晓川在南洋呢。大家一听越发放心，谁知他一去竟无消息。

杨隐香对于李玉生这出走似乎不甚关心，而且还有点生气，觉得他太不尊重她，而且也太想不开。她仍旧是每天和马教授在一起。马教授起初还抱着玩的态度，只要玩腻了便抛弃她。可是必须要遇到一个比杨隐香还美丽的女人，他才能放弃杨隐香，遇不到比杨隐香美丽的女人，便永远不放弃杨隐香。过了许多日子，他觉得实在没有比杨隐香再美丽的了，杨隐香真可以说是最美丽的女人，很多很多人都艳羡他的福气，很多很多人都想追逐杨隐香，于是马教授便想占有了杨隐香。他便向杨隐香求婚。

杨隐香因为气恨李玉生离开她，于是她便答应了马教授的请求，而和马教授结婚。她以为和马教授结婚，才珠联璧合，不失身份。

马教授得了杨隐香的应允，真是喜欢不尽，立刻筹备结婚，买了许多东西，租了一所房子，雇了底下人，借了许多债，这是瞒着杨隐香的。

结婚这天，杨隐香穿着新娘子的衣服，越发显得美丽。马教授精神焕发，面带微笑，这时贺客盈门，没有不赞美新娘子美丽的。大家庆贺欢忭，十分热闹。

杨隐香这时感到结婚时的愉快心情，而且有些羞赧，这是她的处女的娇羞，从此，洁白的纯洁的女儿，一变而为新妇了。家庭的生活，在这新的条件下，一切都感到愉快。两个人每天早晨一同出门，晚上一同回家，没有人不羡慕他们的幸福的。

度过了蜜月，杨隐香享受温存未艾，而马教授渐渐旧态复萌，同时一切短处，渐渐瞒不住杨隐香。以前杨隐香所看到的长处，这时都觉得是短处了，不过杨隐香为维持夫妇的感情，为享受家庭的温存，她努力来维持她的愉快的心，不叫它稍微衰落一些。她怕恐怖的悲剧生出，她竭力驱逐自己种种不愉快的心情。

但是，她的力量太小了，失望渐渐袭上心来。而她仍自挣扎忍耐，一来为了自尊，唯恐给了别人笑柄；二来她怕发生不好的结果。

又过了许多日子，马教授的脾气也不知都从什么地方发泄出来，以前不知这些脾气都隐藏在什么地方。过去的谦蔼柔和，谄媚殷勤，现在也不知跑到哪里去了。两个人常为了一点小事吵嘴。杨隐香忍住了气，一个人背地里哭。这时她才看出马教授原来是一个俗不可耐的人，而且马教授也不同她一块儿玩了，每到放假日子，他总是一个人跑出去，把杨隐香放在家里。他总是很晚才回来，有时就不回来，也不知他上哪里去了。

又过了些时日，杨隐香的肚子渐渐增大，美丽虽然未减，而首先失去了苗条。马教授越发不愿意和她一同出门，但是马教授并不想把她抛弃，因为她还有美丽存在，她还可以做一泄欲机器。杨隐香仍然想，假如生出小孩来，大概夫妻的感情，又重新融洽起来。

这天，她坐着车出去，回来的时候，路过那艺术学校，是李玉生曾经住过的学校。以前她每天从这学校的大门，出入至少两次。今天看见，猛然想起十年前的情景，她想到李玉生骑车送她回家，那条路是他们走过的，那个铺子是他们进去买过东西的，那个门牌号数是他们曾经数过的。道路房屋依旧，而人事已非。十年前的影子，又在脑子里映出来，就如同昨天一样。陡地心里一阵难过。她想到李玉生的模样，她想到李玉生的衣服，她想到李玉生的声音，她想到李玉生的动作，她想到李玉生的精神。她要哭，她几乎支持不住这种心的颤抖，她甚至觉得车都随着颤动了。她闭了眼睛，但是她仍然是想，越想越难过。一直到车夫说了话，她才醒过来。

车夫道："太太，您认识是哪个门吧？"

她睁眼一看，才发觉车已经拉过去了，遂又拉回来，下了车，给了钱，进到屋里，躺在床上，再也起不来，就觉得心好像一块大石头往下坠。

她想到李玉生出去的情形，想到他是怎样的痛苦，怎样的难过。于是她更难过起来，她恨不能马上跑到李玉生跟前，向他请求宽恕，这才心安。可是这时哪里去找李玉生呢？她万分难过。以前也曾有过痛苦，这痛苦里有着恨，现在的痛苦，完全是悔。而这悔又没有地方表示去，这才痛苦呢。

她病了，她晚饭也没有吃，浑身发烧，两只眼睛无神，低迷思睡，可是又睡不着，昏昏沉沉的，就觉有人走了进来，她一看，是李玉生，不由喜欢道：“哥哥，我正等着你呢。”说着，便哭了出来，自己把自己哭醒了，这时她才知道是个梦。虽然是梦，但眼角却流着泪，枕头也湿了，一个人躺着，没有人来看自己。马教授也不知上哪儿去了，直到夜里，他也没有回来。

等到马教授回来，见她又病了，不但不安慰她，反而觉得讨厌，第一，妨碍他做事，不能挣钱；第二，不能伺候他，他越发不愿意在家里了。

杨隐香辗转床榻，身体越来越弱，精神越来越坏，她只有忍耐着，忍耐着生下孩子，她一个人遍走天涯，去找她的爱人李玉生去。一天挨一天，真是度日如年的样子。假如她不是为了孩子，她真要自杀了才觉得痛快。这种地狱的生活，无法再活下去。以前哪里过过这种生活呢？孩子虽然是马教授的，但是也有自己的一半儿，女人一有了孩子，虽然不爱她的丈夫，也会爱她的孩子的。平常不是自己的孩子，都不忍得叫他吃苦挨饿，何况是自己的孩子呢？

过了些日子，她每天无不在药锅旁过着生活，她除了对李玉生和孩子而保持着一线生机外，对一切都不在怀，心里倒仿佛安静了许多。

这天她一个人正在家里躺着，忽然由外面闯进一个乡下女人来，进门就摔东西，大骂不绝声。杨隐香吓了一跳，不知是怎么一回事，她急忙爬起来，就听这女人骂道：“你这骚娘儿们，狐狸精，霸占我的爷们儿。”说着便走了过来。

杨隐香吓得赶紧又缩作一团，问道：“这位太太贵姓？”

那妇人道：“我姓马，马能行是我的爷们儿，你不用装傻，骚娘儿们。”说着打了杨隐香一个嘴巴，打得杨隐香哭起来。

她这时才知道马教授还有太太，她连忙说道：“你先别打我，我也不知道他有太太，他有太太，我还不嫁给他呢。现在你既然来了，好了，我离开他好了。”

那妇人一听，便住了手，但仍然骂道：“要不是你惑乱他的心，他能撇开俺们不管了？他的爹妈现在饿得吃树皮，问问他知道不知道。”

杨隐香一听，心里难过，自己完全被马教授骗了，可是这怨谁呢？她哭了起来。

那妇人还骂道：“不要脸，还假装哭哪，反正跟你没完。”

杨隐香这时一切都不顾了，说道：“你也不必找寻我，我死了你也就放心了。”说着由抽屉里抽出一盒火柴来，她把火柴的头儿全都掐下，放在手心里，便往嘴里一搁。

那妇人看见，吓得慌了，她怕打人命官司，说是她逼死的，可了不得。急忙过来抢，但一大半都咽到嘴里去了。

杨隐香道：“你也不必害怕，我绝不连累你，这是我情愿自杀，我给他们留个字据吧。”说着，伏在桌上，随便找了一张纸，拿起钢笔，蘸了墨水，便写起来。那妇人不知道她写的是什么，怕她是写状子告她。她急忙嚷了起来，把街坊四邻都嚷了过来。这时杨隐香还挣扎着写，但她实在忍不住了，伏在桌上都伏不住，想回到床上躺着，但还没站好，便倒在地上。

街坊跑进屋里一看，慌忙去扶。那妇人便说她吃了多少火柴，邻人说：“趁着毒还未发散，赶快弄到医院去吧。”于是一面雇车给拉到医院，一面给马教授打电话。

马教授回到家来，杨隐香已经住到医院了。马教授一见自己原配来了，不由一怔，不知她怎么会打听到这里来。他也无暇细问，立刻生起气来。他气的并不是因为她逼杨隐香服毒，而是气她给自己丢人现眼。她这一来，自己的一切都瞒不住人家了。

那妇人说："你还别生气，你把我扔在家里不理还不用说，你的爹娘你都不管了？你的爹妈全快饿死了。"

马教授一听，越发生气，过去便打他太太。两口子一打起来，邻人都过来劝架。结果，马教授的威信扫地，他觉得再也不能在北京混了，人家对他都失去了尊重，他只得带着太太走了。到哪儿去，没有人知道。杨隐香也抛在医院里不管，他知道自己的面具揭了，杨隐香也绝不会爱他。

杨隐香在医院里住了几天，孩子是流产了，自己的性命算是保住了，身体还没有恢复健康，而钱已经花没了。她想回到母亲的身旁，但她又羞见自己的母亲。回首四顾，竟没有一个亲近的人来看自己。

她极想李玉生，她想李玉生到底上哪里去了呢？自己能够找他去吗？

她正梦想着，忽然刘晓川看她来了。她当真怀疑仍是在做梦，她欢喜得了不得。虽然刘晓川不是李玉生，但是见着刘晓川，也和见着李玉生一个样，因为李玉生的消息，只有刘晓川知道。

刘晓川是从南洋回来的，他本来是到南洋去教书，在那里储了几个钱。除教书之外，又做了些稿子，编了几本书，发了一笔财。他曾屡次写信叫李玉生去南洋一块儿做事，他说他计划着开个学校，两个人合着干一种事业。但李玉生不愿意去，他那时舍不得杨隐香，他说等杨隐香毕业后结了婚，再一同到那里度蜜月。如果她喜欢的话，还可全留在那里一块儿做事。后来他们结婚始终也没有消息，刘晓川也就不再邀他了。

这天李玉生忽然找到了他，他还很奇怪，他问杨小姐呢？李玉生说仍在北京，别的什么也没说。刘晓川也就没有往下问，他们天天过着快活的日子，李玉生帮助刘晓川计划学校的事情，无事时便到海滨去玩。那里没有冬天，一年四季，都是绿茵满地。

李玉生渐渐心安定了，可是杨隐香的影子，总还去不掉，除非死掉以后，这影子是无法去了。只是能够偶尔忘却，已经很好了。

住了许多日子，忽然接到史经五的一封信，谓："李玉生因婚变出走，迄无音信，彼声称赴我兄处，但不知是否已与吾兄晤见，望速示知，以释挂念。"

刘晓川一看，不由大吃一惊，怨不得李玉生一个人来了，而且矢口不谈杨隐香，原来有这么一档子事。他便去问李玉生。

李玉生道："唉，我本想不再谈她了，能够把她忘了，也就完了。这些日子玩得高兴，好容易渐渐忘了她，你又提起她来。"

刘晓川道："互相忘了也倒好，可是你准知道她忘了你了吗？"

李玉生道："她，不会再想起我来的。"

刘晓川道："到底是怎么一回事？"

李玉生道："不必再谈了。"

刘晓川见他绝口不谈，也就不再问了，不过总纳闷这回事。看杨隐香那人，虽然活泼，但还不致负心至此。史经五来信也没有说明。他想回到北京一趟，一来想知道这件事的究竟，能够给他们再说和好了，也倒不错，以前曾经管过他们这一档子事，现在又要管一管；二来看看北京的朋友，离开北京很久了，回来看看也是好的。同时他还想到北京买点东西，找点旧书籍，他便把这意思同李玉生说了。

他先看看李玉生的态度，是不是坚决地反对，如果他意志很坚，他便不再找杨隐香；如果他对杨隐香仍有意不舍，他便向杨隐香解说。他又不敢对李玉生明说给他们说和，因为他不知道杨隐香是否乐意。如果杨隐香不乐意，岂不更叫李玉生失望？他试探着李玉生的意思，见李玉生虽然不愿再谈杨隐香，但杨隐香如果仍回到他身边时，他仍然是爱她的。刘晓川得了这个意思，便起身来到北京。

到了北京先找史经五，史经五一见刘晓川，劈头就问李玉生的情况，然后就一五一十地说杨隐香的事。他说："我说，我没有说在后头吧，十年前我就曾经说到杨小姐不把牢，现在怎么样？老李失恋走了，人家却享起福来，这时大概把李玉生忘得连影儿都没了。"

刘晓川道："我想不会吧，杨隐香那个人不是不聪明的人，即或糊涂一时，但她不会对李玉生决然无情的。况且他们的关系太久了，按日子说，他们也不能彼此相忘。同时李玉生没有一点坏印象给杨隐香，除非杨隐香生理上有了变化，她不会对李玉生负情的。"

史经五说："说理论是无济于事，现在杨隐香和一个马教授结婚多日了。"说着便把听到的话都一一说了出来，并说："马教授那个人，听说人格太次，杨小姐能够爱上了他，真是奇怪极了。"

刘晓川道："这也许是她一时的感情冲动，她本来是感情过重的人，对人又太坦白，所以容易上人家的当。这样一说，她既然很得意她的婚姻，那我也就不必费事了。"

史经五道："你费什么事？你还想把她说转了心，再爱李玉生吗？"

刘晓川道："是的。"

史经五道："我看不大容易。"

刘晓川道："所以我说我不再管了，和老朋友盘桓些天，也不虚此行啊。”

他们一块儿盘桓了几天，买了许多书籍。这天，刘晓川看见报上登着一个消息，在大饭店里有一个舞会，特别加入新由国外归来的黎静贤女士独唱。他一看，欢喜不尽，当晚便去了。

会里人很多，男女老少，非常热闹，音乐台正奏着音乐，这时音乐戛然而止，主人走出来，向大家介绍黎静贤小姐。说黎静贤小姐研究音乐十数年，有天赋喉咙，美妙婉转，今天能够允诺我们的请求，惠然降临，十分荣幸。说完之后，在众人的鼓掌声中，黎静贤小姐走出来，大家掌声越发震耳。

刘晓川一看，黎静贤的精神姿态比以前活跃多了，脸上也显得丰润而好看，这大概因为她专心研究音乐的缘故，十数年来居然有此成就，诚是可敬。只见黎静贤向来客微笑鞠躬，然后音乐起奏，她便唱起来，歌声委婉，凄哀欲绝，大家都为之感动。唱到声音低的时候，大家静静地听着，有的都流了眼泪。

刘晓川暗自赞赏，比之世界歌唱家，亦不在以下。唱完了一首曲子之后，大家鼓掌要求再唱一曲，黎静贤情不可却，便又唱了一首曲子，唱完了之后，掌声数分钟不停。

刘晓川见黎静贤退了下去，到另一个屋子去更换衣服，这时音乐响了，大家跳起舞来。刘晓川在一个角落里，等着黎静贤出来，再找她谈话。

谁知黎静贤出来后，却被一个青年要求共舞。刘晓川一看，不认识这青年，他猜到是她的朋友，也许是丈夫，也许是未婚夫，最低的限度，也得是个情人。他无法打听，更不能问黎静贤结婚了没有。他想到十年的工夫，她不能不结婚，这里看不出哪一个是她丈夫，那么同她一块儿跳舞的青年，就许是她的丈夫了吧。他一声不说，也不便去向她招呼。看黎静贤对那青年并不十分亲昵的样子，他很奇怪。

这时黎静贤转到这个角落里来，忽然看到刘晓川了，先不觉一怔，后来见刘晓川向她一笑，她也微笑向刘晓川点了点头。跳完了，便找刘晓川来谈话。

刘晓川道："十年阔别，你的音乐修养得这么好了。"

黎静贤笑道："没有进步，你现在……"

刘晓川便把在南洋的情形说了。黎静贤道："哎呀，那个地方太好了，我非常羡慕那个地方，我无论如何也必须到那个地方去一趟不可。"

刘晓川道："你可以去吗？我愿意请你去开个独唱会，一切旅行手续等等，都由我来办理，你看好吧？"

黎静贤道："那好极了，你什么日子去呢？"

刘晓川道："我哪天去都没关系，如果需要我做案内，我可以听你选择日子，你不要先征求别人的同意吗？"

黎静贤道："别人是谁？我现在就是一个人，我愿意上哪儿，提着箱子便走，谁也拦不住。"

刘晓川道："你还没结婚吗？"

黎静贤道："结婚？结婚就没有我这样的成就了。不但结婚，恋爱都能影响天才的发展。"

刘晓川道："这话一点不错。可是能够有志同道合的人做伴侣，不是更能相得益彰吗？"

黎静贤道："哪有这么容易事？杨隐香倒是结婚了，闹得结果这么惨。"

刘晓川道："什么结果？她不是很得意吗？"

黎静贤道："我先是以为她很舒适。我回国后，老想看她，因太忙，所以没有去。昨天我到她家去看她，并约她今天到这里来，谁知去到那里，她已经不住在那里，据街坊说那马教授同着她的太太走了，把杨隐香抛在这里，现在杨隐香住在医院里，听说她曾经服毒自杀过。"

刘晓川道："是吗？那太可怜了。她住在哪个医院？"

黎静贤道："就是十年前我住的那个医院。"刘晓川惨笑了笑。

这时音乐又奏起来，刘晓川便约黎静贤跳舞，黎静贤欣然站起，和刘晓川舞着。

刘晓川道："你怎么知道杨隐香的消息？"

黎静贤道："马教授那个人我知道，我在外国的时候，就知道他的品格不好，被学校开革了。等我回来，听说马教授娶了杨隐香，我还很纳闷，杨隐香怎么会嫁了他？等我找她时，他们已经搬走了。过两天也许到医院去看她，你也去吗？"

刘晓川道："好，我们过两天一同去。"

他们舞完了，又退回座位，刘晓川把自己的住处告诉了她，她也把她的住处告诉了刘晓川，他们谈得很是高兴。刘晓川忽然想起，假如杨隐香回去不可能的话，那么黎静贤嫁给李玉生，也是好的。他有了这个主意，先不说。舞会散场，刘晓川送她回家，这时他才晓得她确是没有情人的。

黎静贤一边走着一边说："这时，我想到十年前你送我回家的情形，就跟昨天一样。那时我感到关切我的，就只有你一个人。不料过十年后，居然在同样的道路，同样的环境，我们又同样地走着，于是又勾起我十年前的心情来了。唉，有时想起来，人生究竟为了什么？"

刘晓川见她说这些话，似乎都有含义，但是他想把她带给李玉生，所以他不敢有什么表示，虽然他很爱她。

第二天，他便一个人去看杨隐香，因为若同黎静贤一块儿去，有许多话不能说。

杨隐香见了他，非常欢喜，便问到他的近况和李玉生的消息。刘晓川便把他们在一处的事说了，然后说他们在那里怎么悠然自得。

杨隐香听了，非常羡慕，又问道："他结婚了吗？"

刘晓川道："他还在期待着你。"

杨隐香一听，她的眼泪落下来了，叹了一口气道："我对不起他，我现在很想他，可是我太惭愧了。"

刘晓川一听她还惦记李玉生，不由十分欢喜，遂道："回去吧，跟我一块儿去，到那里一块儿做事。那里空气真好，没有这样的冷天，永远是暖的。一清早，穿着树林，听着鸟鸣，来到学校，上了课，我们一同吃午饭，到放学一块儿到公园转。吃完晚饭，在灯下谈谈诗词，奏奏音乐，每星期日或放假日，一同到海滨，望望波涛汹涌，躺在沙滩上，带着七弦琴，吭音高歌。或是划个小船在海里，晚上回来，夕阳沉在海上，金光照着灿霞，海风吹着我们的衣襟，回来我们自己做着晚饭，这是多么舒服的生活呀。"

杨隐香听着，恨不能马上到李玉生的旁边。她躺在床上，闭着眼睛想象那种诗意的生活，精神立刻觉得愉快多了，越想到同马教授的婚后生活越后悔，已往的不可追了，未来的还可憧憬，她道："李玉生一定恨我吧。"

刘晓川道："不，他永远爱你的。"

杨隐香的眼泪又流出来了，她道："唉，我给了他许多痛苦。"

刘晓川道："以前的事不必再想了，只要你仍旧爱他，不一样是快活的吗？”

杨隐香道：“这个痕迹，不会去掉了吧？”

刘晓川道：“不，只要你忘了它，别人都会忘了的。你好好保养吧，过几天我们一同回去，玉生见了你，那是该多么欢喜呢。”

杨隐香在笑里含着眼泪，说道：“我应怎样感谢你呢？”

刘晓川道：“那更提不到了。”说着，便给她留下许多钱。

杨隐香道：“将来我同李玉生一块儿做事挣钱还你吧。”

刘晓川笑道：“真是笑话了，回见吧，明天我再来。”

杨隐香把手递给了他，他在她的手背上吻了一下，然后说道：“好好保养吧。”说着，他准备要走。

杨隐香道：“我问你，你怎么知道我住在这里？”

刘晓川遂又把遇到黎静贤的话说了一遍。

杨隐香道：“黎静贤，我很久没有见她了，她居然有了这种成就，真可庆幸。”

刘晓川道：“过两天我同她一块儿来看你。”

杨隐香道：“谢谢。”

刘晓川出去了，杨隐香的病立刻就好了，精神也略为增加，心情也安慰了好多。她想到同刘晓川到了南洋，和李玉生结婚，然后共同组织家庭，一块儿做事，享受快乐，这是多么诗意的生活呀！她又想到李玉生还在期待着自己，他是多么可爱呢。

不提杨隐香，且说刘晓川。刘晓川回去之后，想到杨隐香答应同他去找李玉生——这是十分可喜的事，可是他又想黎静贤，假如杨隐香和李玉生结婚，那黎静贤怎么办呢？到那里再说吧。

他又找到黎静贤，把见着杨隐香的情形对她说了，她也为之黯然长叹，说道：“既然她能够再和李玉生结婚，也未尝不是件幸福的事。”她又感叹自己的身世了。

刘晓川又和她说明天一同去看杨隐香，黎静贤答应了。

第二天，他们两个人果然一同去医院看杨隐香。杨隐香见了黎静贤，便握了她的手，两个人全落了泪。黎静贤劝她好好休养，好早日到南洋去，她又提到上她家去的事。

杨隐香道：“我都听刘先生说了，你的成就比我强多了。”

黎静贤道：“你不要这样说啊，你还有你伟大的前途呢。”

杨隐香在十年前就有把黎静贤和刘晓川撮合一块儿的意思，那时跟李玉生也商量过。因为那时他们都无意，而黎静贤又病着，所以把这个事放下了。

今天她忽然又想起来，遂道：“听刘先生说，你还没有结婚，是不是？”

黎静贤看了刘晓川一眼，笑道：“刘先生还是爱多说话。”

刘晓川笑道：“那有什么？”

杨隐香笑道：“今天你能够不走吗？我们谈一谈好不好？”

黎静贤道：“你还是多休息吧，一谈话又损失你的精神了。”

杨隐香道：“不，我很久没跟你谈了，不但没跟你谈天，就是任何人也都没谈一句，我真寂寞极了，你无论如何是不能走的。”

刘晓川道：“对了，黎小姐可以在这里同她谈一夜，把十年的离情都吐一吐，也是一件畅快的事。好吧，你们谈着，我还有我的事，我先走了，你们商量商量哪天走，我们好准备起身。”

杨隐香道：“你也别忙，我们多谈一谈，我准备明天出院了，我住在哪里好呢？”

黎静贤道：“住在我那里吧。”

杨隐香道：“也好。”

刘晓川道："那么明天我再来接你出院吧。"说着，他走了，这里只剩下杨隐香和黎静贤两个人。

杨隐香便问她对于刘晓川的印象如何，黎静贤叹口气道："总算是个知己。"

杨隐香道："你知道吗？在十年前，我便有意给你和刘晓川撮合，后来因为你出院就到外国去了，所以把这件事情搁下。现在彼此已经十年，难得你们两个人全都未婚，现在何妨旧话重提呢？"黎静贤低下头去了。

杨隐香道："真的，你的意见怎样？"

黎静贤道："刘晓川未必能同意吧？"

杨隐香道："没有不同意的，我明天就对他说好不好？"

黎静贤道："先不用吧，以后的日子很长，这回又一同到南洋去，机会是多得很，何必这么早就说呢。并且……"

杨隐香道："并且什么？"

黎静贤羞笑道："并且到时候也许用不着你们来提吧？"

杨隐香笑了起来，紧握了她的手道："我觉得你们太合适了。"

黎静贤道："你觉得合适不成，你的眼光未必准确。"

杨隐香惊讶道："怎么？"

黎静贤道："譬如马教授……"

她刚说出口，就见杨隐香的脸红了，眼睛又含了泪。她知道说走了嘴，立刻又谈了些别的，她道："我说着玩呢，你可别多心哪。"

杨隐香道："唉，一生洗不掉的污痕。"

黎静贤道："你又往心里去。过去事就不必管，以后另创造新生活，伟大在将来，何必管以前的呢？"说着，又再三安慰她，这才止住眼泪，她们又谈了一夜。

第二天刘晓川来接她出院，办了出院手续，然后一同到黎静贤家里。

刘晓川道："到底我们哪天起身呢？我好给李玉生打电报，你们昨天商量得怎么样？"

黎静贤道："我们昨天就没有商量。"

刘晓川道："好，你们昨天都谈什么来着？"

杨隐香道："我们谈你来着。"

刘晓川道："谈我什么？"

杨隐香道："我打算给你说一个好太太。"

黎静贤连忙瞪了她一眼，刘晓川明白她们昨天谈的是什么了，遂道："我们先不谈那个，最好先商量商量哪天走吧。"

黎静贤道："我哪天走都没有关系。不过我看越早越好，因为有个人的心已经飞到那里去了，恨不能马上就到才好。"

杨隐香打了她一下道："你要这样说，我可也有的说呀。"

刘晓川忙说道："这样吧，后天就走好不好？"

她们没有什么异议，她们的朋友近来很少，即或有，也不是什么必须要宴会辞行的。于是打点行囊，黎静贤的东西很简单，杨隐香的东西也简单，刘晓川的东西早就打邮便寄走了，所以第三天便如约起身。

史经五还到车站送行，跟刘晓川说，希望到那里有好消息寄给他。刘晓川答应着，乘着火车离开了北京。火车飞一般地驰着，而他们总还嫌它慢，地球这么大，也不知有什么用？可是他们虽然心急，而在车上便不寂寞，而且还感到一种旅行的愉快。又改乘轮船，在轮船上更有意思了，有时在甲板上看看海景，有时坐在客厅里谈天，有时躺在客室里看书，非常快乐。

有一天，在傍晚的时候，刚在食堂里吃完晚饭，杨隐香到浴室里去洗澡。洗完了回到屋里，一见黎静贤不在屋，她换了服装便到甲板上来，因为知道他们吃完了饭必定在甲板上散步。

她到甲板上，果见黎静贤和刘晓川正倚着栏杆谈天，月亮已经上来了，照得海面非常美丽，令人有一种安静和深邃的感觉。

她道："这月色真美呀。"

他们回头一看，见杨隐香来了，便道："我们正在说着缅甸之月的风光。"

杨隐香道："我不打搅你们的清谈吗？"

刘晓川道："嗬，我们正欢迎你来呢。"

杨隐香便走到他们的旁边说道："我第一次见着这么美的月亮。"

刘晓川道："还有比这更美的呢。"

杨隐香道："是吗？这已经使我神往了。"

刘晓川道："如果到了学校，这时坐在海边上，看着月亮，衬着高大参天的树木，配上一种夏威夷的音乐，那才更有诗意呢。"

杨隐香道："哎呀，真羡慕死我了，我听着都仿佛身临其境似的。"

黎静贤道："我也这样感觉，我想我若能够终身不离开那里的话，我就终身不离开的。在海边上唱唱歌，那是多么痛快的事呀。"

刘晓川道："这时候何不唱一首曲子让我们饱饱耳福呢？"

黎静贤果然高兴起来，立刻展开歌喉唱一首极其婉转动听的曲子，杨隐香听得眼泪流了出来。那些在甲板上散步的客人，全都驻足而听，连在客室里的人都跑了出来，大家都赞不绝口。立刻有人提议临时开个客人联欢舞会，特请黎静贤表演一段独唱，大家都鼓掌赞成。立刻有的拿出口琴，有的拿出手风琴，有的拿出提琴，有的拿出吉他，奏起音乐，由黎静贤唱了一段歌剧里的曲子，大家都听得入神。唱完之后，全体鼓掌欢忭，大家乱跳起舞来。

那真是最快活的一夜，有许多人都上前和黎静贤换名片。

杨隐香一看黎静贤有了这种成就，心里真是羡慕，同时感到自己的没落，不由又扫兴了。一个人回到屋里，越想越难过，好好的幸福不去享，为了一时的感情冲动嫁给马教授，这真是自己的耻辱。越想越悲观，眼看着快见着李玉生，固然，他不会责问自己，叫自己难堪，因为他是爱自己的。可是自己又有什么脸面见他呢？那时给他那么大的痛苦，现在又去找他，多么不好看呢！想到末了，觉得只有自杀，才能谢他，而免掉自己的终身痛苦。幸福是不能享了，自己也没有脸再享受幸福。

她伏在桌上，便给刘晓川写了一封信，放在桌子上，然后又走出来，来到甲板上。

这时甲板上的人，渐渐都回到卧室，没有什么人了，黎静贤和刘晓川也不知到哪里去了。她倚着栏杆，长叹了一声，说道："月亮，这是我最后一次看你了，唉。"说完，一狠心，爬上栏杆，往海里便跳了下去。一个活泼聪明的女郎，就这样随波逐流地葬送在大海里了。

这时刘晓川正躺在屋里看书，猛然黎静贤跑了进来，大惊失色的样子，嚷道："不好了，不好了！"

刘晓川连忙爬起来道："怎么？"

黎静贤道："你看，这有一封信。"

刘晓川见她抖颤着，面色苍白。他急忙把信打开看，只见上面写着："晓川，我因为不愿意把耻辱带到玉生的身旁，我决心要离开你们了，波涛汹涌的海水，或许能够洗掉我的悔恨。希望你们努力你们的前途！杨隐香绝笔。”

刘晓川一看，眼泪流了出来，急忙跑了出去，先到甲板上，看甲板上已经没有一个人影了，他心知不好，急忙报告船长，全体各处都找了，并没有杨隐香的影子。

刘晓川问能不能打捞，船长说：“船已经走出二三十里了，在这漫漫黑夜，哪里找尸首去呀？”

刘晓川一听，不禁哭了，连黎静贤也哭了，他们只得埋怨自己疏忽。可是他们谁也没想到她会自杀，因为她这两天非常快活呀。无法，只得把杨隐香的东西收拾收拾，见提箱有她的照片，栩栩欲活，非常美丽，刘晓川又哭了。

他对黎静贤道：“我们如何对李玉生说？”

黎静贤道：“就同他实说得了，这也瞒不住的。”

刘晓川道：“那样岂不给他很大的痛苦吗？”

黎静贤道：“不说也不成呀。”

刘晓川唉声叹气的，坐在一旁想办法，想了许久，只是想不出。

黎静贤道：“这若是没有我，她也就不会自杀了。”

刘晓川惊讶道：“怎么？”

黎静贤道：“船上只有你们两个人，你随时总陪伴着她，她也没有机会自杀的。”

刘晓川道：“那个不见得，她若是在睡眠的时候出去，我哪里知道呀？”

他们看着杨隐香的照片，十分伤感，那美丽的容颜，竟葬埋到鱼腹了。她死了，固然她的痛苦没有了，可是李玉生怎么办呢？他忽然想起来，这里还有一个黎静贤，黎静贤不是和杨隐香同时追李玉生，而李玉生也曾一度爱过她吗？假如黎静贤仍能爱他的话，这事就没问题了。只有可怜的杨隐香，一失足成千古恨！想起来，他就要哭，黎静贤反而倒安慰他。

到了南洋，李玉生正来接他们，一看没有杨隐香，他不觉怔了。但他不得不勉强欢笑，他还以为杨隐香仍是不爱他呢。他们互相寒暄几句，李玉生见了黎静贤，自然也有一种说不出来的难过。

回到学校，刘晓川把杨隐香的东西拿出来，李玉生一看，又不禁大喜，以为杨隐香必是来了，现在到别处去，一会儿就回来的。他笑道："隐香呢？"

刘晓川还没有说，眼泪就流出来了，李玉生一看，就知不好。

刘晓川呜咽地说道："这里有封信，你看吧。"说着，把杨隐香在船上留下的那封信拿出来，递给李玉生。李玉生一看，眼泪也流了出来，他强自压抑自己感情的澎湃，坐在一旁，默然不语。

刘晓川只得安慰他道："隐香这么办法，也是她一个好的归宿，不然她回到你的身旁，终身隐郁着一种说不出的痛苦，那更害了她。与其给她一生悔痛的惩罚，不如这样回到天国要好得多。你也不必哀痛了，假如你总是悲伤的，那她在天之灵，也是不安的呀。"

李玉生始终不语，把悲痛藏在心里，他不愿意叫老友陪着难过，况且又有黎静贤在旁，也不能哀痛过甚，勉强打起精神来，和他们谈笑。

刘晓川给黎静贤腾出房子，让她搬了进去。

到了晚上，刘晓川和李玉生在一块儿谈天，刘晓川便把黎静贤的音乐成就如何伟大，成绩如何惊人，然后又提到十年前，黎静贤也追过他，他也爱过黎静贤，这时候不正是好机缘吗？

李玉生一听，表示决不再结婚了，他要独身到老。刘晓川说这样并不算叫杨隐香瞑目，李玉生仍是不听。刘晓川见他意思很坚决，自然也就不再说了。

这天，刘晓川招待朋友们宴会，并为黎静贤洗尘。到了晚上，朋友太太小姐们来得很多，李玉生本来不愿参加这种宴会，他想：这若是有杨隐香，是多么高兴呀！杨隐香一死，一个人参加这种宴会，实在无趣。但刘晓川再三请他出席，他不得不出席了。

饭后，大家跳舞，欢乐异常。李玉生一个人坐在旁边，越发感到凄凉。这时音乐止了，刘晓川对大家介绍黎静贤，说黎静贤是中国有名的歌唱家了，现在演唱一曲，请诸位赏音。大家鼓掌欢迎。

黎静贤便运转歌喉，唱了一首美丽动听的曲子，唱得大家都眉飞色舞，连李玉生都惊异了。唱完了之后，大家又鼓掌叫再唱一个，黎静贤便又唱一首悼杨隐香的哀歌：先由刘晓川介绍，说明曲子大意，说完，黎静贤便唱起来，歌声凄切，大家听得都流了眼泪，李玉生更止不住地用手绢擦眼睛。

刘晓川暗中看李玉生对黎静贤的艺术感到惊异的神气，不由暗喜。黎静贤唱完了，便有几个大戏院的经理过来争着要跟黎静贤订合同，定期演唱。

李玉生对于黎静贤的歌，感动异常。这时舞兴未艾，大家又接着跳舞。李玉生过来握黎静贤的手，祝贺她成功，两个人便谈起来。因为环境太乱，便一同走到花园里，望着明亮的月，黎静贤又想起海上的月来，她不由哀念杨隐香，而低声歌唱起来。李玉生静静地在旁边听着，心里因钦佩而爱慕。

黎静贤唱着爱情的曲子，李玉生竟为之感动。等她唱完了，便怔怔地看着她。黎静贤怕他想念杨隐香而难过，便安慰他几句，然后又说：“你今天怎么不高兴的样子？”

李玉生道：“没有不高兴，今天听到你的歌曲，真使我钦佩极了。本来几次给我的刺激，我对于人生冷淡得多了，很想躲开这人世间。今天听了你的音乐，又使我恋着人生了，我很高兴，一直到你离开我的时候。”

黎静贤道：“我离开你，你就不高兴了吗？”

李玉生道：“是的，我愿意永远陪伴你，我永远在你的身旁，你能不叫我失望吗？”

黎静贤没有言语，李玉生道：“噢，你现在功成名就，就不再爱我了。”

黎静贤道：“不是的。”

李玉生道：“那么你还有别的顾恋吗？”

黎静贤又不言语了，等了半天，才说道：“请你给我一夜的考虑如何？我现在心里又乱了。”

李玉生道：“噢，我想起来了，我明白了，你也不必考虑了，我离开你吧，我决不打断了你和刘晓川的快乐。”

黎静贤觉得他一定更难过了，因之她也难过起来。

李玉生道：“再见吧。”说着转身要走。

黎静贤拉住了他道：“不，你不要走，我可以答应你的请求。”

李玉生欢喜了，他道：“但是刘晓川呢？”

黎静贤道：“我虽然很爱他，他也很爱我，可是我们并没有谈过这件事，我想他一定会赞成我们的结合。”

李玉生道：“那么你方才犹豫是为什么呢？”

黎静贤道：“我愿意先告诉他。”

她刚说到这里，就听背后有人说：“不必告诉我了，我非常赞同你们的结合，你们才是艺术的同志呢。”

他们先吓了一跳，后来一看是刘晓川，不由笑了。

刘晓川道："客人全走了，想不到你们两个人，原来在这里，走吧，回到屋里，我们还得各饮一杯，就算是喜酒吧。"说着便拉了他们，进到屋里。

倒上了洋酒，刘晓川举杯道："祝你们幸福无量！"说着，一饮而尽。

李玉生和黎静贤也都喝了。黎静贤道："希望我们三个人从此不离开，完成我们更伟大的事业。"

刘晓川道："那么再干一杯。"于是他们又各饮了一杯。

李玉生道："我们还得感谢晓川，再喝一杯。"于是又各喝了一杯。

时间已经很晚了，刘晓川道："我今天太高兴了，祝你们晚安！"他们也道了晚安，各自回到屋里去了。

刘晓川进到自己屋里，看到杨隐香的照片，有一种说不出的情绪。他把那张照片挂在墙上，同时又找出一本书来，书里夹着一张纸，打开纸一看，那杨隐香指血所书的"恨"字，赫然露出来。他把那张纸用图钉按在杨隐香照片的前面，拿起酒杯来，斟满了酒，举着向杨隐香的照片，祝祷她在天之灵，然后一饮而尽，颓然倒在床上。

时已夜深二时矣。

书说至此，便告结束。

滑稽侠客

闲　　话

人在得意或失意的时候，全容易走入迷信这一途径来。得意的人便寻求长生不老的方法，失意的人寻求怎样一步登天的方法。终日遥遥，都不去想怎样靠着本分一步一步地努力，造成未来的伟业，每天总是算命打卦，或者憧憬着一种理想的生活，这都是中国人几千年来的惰性。

按照人类的进化史来说，人类生于热带的，都是懒惰而不知进取；温带的人也是生活容易，渐渐失去创造的能力；唯有寒带的人，为征服自然，非得继续努力不可，所以他们能够有惊人的进步。现在我们活在世界，一切都感到舒适，于是忘却我们祖先在太古时代，生活创造是那样困难。我们要想吸烟，划一根洋火，马上便点着了。可是这洋火的发明才是近百年的事，我们祖先想得到一点火，或是维持火的继续，是多么不容易。现在我们一切都赠受着古人遗产，一点儿也不用去想怎样征服自然，这是我们的退化。不断努力的，只有寒带的人类。而中国这时还醉生梦死，将来要走入被淘汰的途径上去。

有人说，中国人不是不聪明，比方现在的科学发明，如飞在天上，潜在水底，种种不可思议的事，中国人都曾想到的。像什么

《封神榜》，那许多宝物，想得多么微妙呀。是的，想得实在微妙，可是中国人只是这样想而已，一点儿也不求其实现，并且也以为绝对不能实现，于是最后便归到神。因为想而能快意，所以便永远想下去。想得越久，越想入非非，离着实际便更远了。

我们知道世界上跑得最快的人便是欧文思，欧文思是奥林匹克大会短跑第一的，全世界只有这么一个人。可是我们也没听他说过，他能够日行千里，夜走八百，并且我们还知道他每天是怎样锻炼他的体格，维护他的健康，保持他的纪录。他身边总跟着医师、生理学者，随时检查他的体格，以最科学最有效的方法，保护他的身体。然而他是以十秒钟仅跑一百米的路程，像我们理想的身形无影、来去无踪，是怎样的不可能了。像其他蹿房越脊、渡洋水、踏雪无痕，甚至于口吐白剑，那全是小说家言了，实际上是不会有的。不过迷信这种故事的人，仍然是不在少数。

现代一般青年人在学校里做文章，也都免不掉那种武侠小说的口气，如“闪动身形”“用目一观”，这种话是非常多的。我们假如能利用武侠小说，叫青年们振作精神、实地努力，叫他知道健康才是真实，理想终是迷梦。这样做，或者能够叫人不致批评说有毒。我写这篇小说，目的是在发扬中国侠义的精神，告诉青年们追求不合理的迷梦是一种错误。这时当然免不掉用讽刺和滑稽的笔调。那话本来无须乎说，可是我怕专有鸡蛋壳里挑骨头的人。闲话少说，书归正传。

第一章　寻　　师

在一个岁暮的时候，大家都过着除夕，欢欢喜喜，一派升平气象。这里有一个青年，名字叫华慕侠。他是二十岁的青年，平时是羡慕侠客的生活，济弱扶倾，安良除暴，所以他自己起了一个“慕侠”的名字。在学校里，他仿佛是行侠作义似的人，一举一动，莫不仿效小说里的侠客，有时竟自己以为是个侠客了。在女同学的面前，时常夸大言语，自己给自己起个外号叫“赛徐良”，要不然就是“天下无敌大侠客”。手里拿着镇尺，叫声“着镖”，打在桌上。有时用绳拴起书包，叫着“甩头一子”。走着道儿就打个飞脚，叫作“鹞子翻身”，其实鹞子是不是那么翻身，他也没有看见过。他对于功课都不大喜欢，上课尽看小说，下课也不大喜欢陆上竞技运动，他说那个太机械。可是他爱练武术，说武术就接近侠客了。他以为一练武术就能成为剑侠，可是练了许多日子，不用说蹿房越脊，就是跳高连一米都跳不过去。

后来他连武术都不练了，专门自己理想着，自己造出各种拳术的姿势——连自己都叫不出名称来的姿势。他时常闭着眼睛想：“敌人从这里给我一刀，我往那边一闪，他的刀就空了。我便一个箭步跳过去，劈头一拳。这一拳也不能就打上，一打上就不是对手，不是对手就没劲了。他的技术也很高，所以才能衬得自己也高起来。他又向我左肋斜刺过来，我一转身，用脚一踢，说时迟那时快，这一脚就把他的刀踢飞了，锵啷锵啷落在地平川——（川也是那儿来的?）——然后一把将他擒住。”他就时常这样想着，自然也时常变化姿势和假想着，不过想到终结，总是他占最后胜利。不是把人擒住，就是把人杀了。跟同学说话，也带那种味儿。踢着教鞭，大喝一声：“此山是我开，此树是我栽。要得从此过，须留买路财。”现在买路财没有什么大劲了，没劲。“牙崩半个说不字，一刀一个土里埋。”说了“不”字要把牙崩了半个，这牙也就够不结实的了。

同学里有个叫赵邦杰的，叫快了就成了“灶王爷”，于是便给他起了灶王爷的外号。他是一个没心少肺的人，体格很好，就是脑筋简单。平常也爱好侠客之流，不过比华慕侠强些。华慕侠把赵邦杰引作“合字”，合字就是线上的人。两个人见面，总要说几句江湖黑话，老是那几句，说得黑话都变成白话了。两个人时常各言其志，越说越投机，便拜了盟兄弟。华慕侠是大哥，赵邦杰是二弟。两个人在学校里行侠作义，专找老实的欺侮。

华慕侠有个女朋友，就是他的女同学，名字叫许剑魂。这位小姐很漂亮，心性是非常豪爽。她先见华慕侠志气很高的样子，心里觉得他很不错，两个人的感情渐渐好起来，而成了一对情侣。后来许剑魂见他太不切实际，对于他渐渐失去了崇敬，而开始讨厌他了。华慕侠时常想许剑魂怎么遭难，被贼人绑了走，自己单身闯入虎穴，把许剑魂救了出来，成就姻缘。想着想着，便仿佛成了真事一样，见面就觉得许剑魂应当感激他而嫁给他才满意。许剑魂先还被他的大话蒙住了，后来看他简直是神经病，于是就不再理他。他失恋了，受的刺激很大，越发颠倒得厉害，想得也就越发深刻了。他非要把爱人夺回来不可。怎么能够夺回来呢？就是自己先有了一身本事，本事有了，武艺高强，人人惧怕，自己的名誉也有了，爱人没法儿不回来。那时即或回来，自己拒纳她，使她央求自己半天，这才收了她。然而还使她做二房，原配是娶一个侠女，像十三妹那样的人。想得头头是道。

这天，他与同学一块儿谈天，谈到剑仙问题，有的说有，有的说没有，于是分成两派，越说越激烈。结果说没有的全陆续离开了他们，以为他们简直是疯子。剩下的全是相信有剑仙的了，志同道合，脾味相投，越说越真。

这个说："剑仙一定有，这是可能的。外国人根本不懂中国的情形，所以他们不相信。中国的剑仙是有历史的了，小说固然有点过甚其词，可是古人绝不说谎，什么《大铁椎传》《红拂传》，不都是真的吗？"

那个说："当然全是真的。那不知道的还不知有多少呢？"

又一个说："你说古时候剑客多，这时候怎么没有呢？"

这个说："谁说没有呀？清朝就不少。《施公案》《彭公案》《永庆升平》，这都是真的呀！窦尔墩就实有其人，颜习斋还是窦尔墩的徒弟呢。雍正那么大皇帝，还跟侠客拜把兄弟呢。"

那个道："听说雍正皇帝是被侠客刺死的。你说那么高的紫禁城墙，都能一跃而入，这本事不高成吗？所以说能人是有，不过咱们看不见就是了。"

这个说："你说现在还有没有？"

华慕侠道："有，一定有。不是有一回俄国大力士来北京演技，那时就有人要同他比赛吗？"

那个同学道："这在城里的还不算好的呢，剑仙都在深山里，咱们看不见的。咱们能够看见，就不算有能耐了。”

这个又说：“你说他怎么不叫人看见呢？你说他若是下山杀赃官，除恶霸，用手一指，人头落地，多么痛快！他为什么不管呢？”

华慕侠道：“剑侠修炼得就跟神仙一样了，不能尽下来管闲事。”

这个说：“咱们若是到深山上去找，能够看得见吗？”

华慕侠道：“那没准儿，还得看你的运气怎么样了。假如你的志向坚决，一定能够遇上。我就打算去一趟，破十年的工夫，我非要拜老师不可。回来之后你们看，管保叫许剑魂嫁给我不可。”

大家一听，也都鼓励他，说道：“假如你练好了，我们也跟你练。”

华慕侠道：“那不成。像我这个岁数，就已经晚些了，你们更不成了。我还有点仙根，我由五六岁的时候，就有学剑侠的心，要不然一样不成。”

大家一听，果然有些羡慕的样子，觉得华慕侠当成了剑侠。华慕侠也觉得自己仙根很深似的，一心想访名师，入深山，找剑仙。他以为找到了剑仙，只向他一吹气，他就可以练会了似的。

华慕侠和赵邦杰住在一间屋子里，他们两个人脾味倒是相投。赵邦杰是个脑筋简单的，他就是好玩儿，听了小说里的故事，也觉好玩儿。他不愿意念书，一念起书来，就感觉头疼，可是他又不能不念。他念书完全是敷衍家里，他想有朝一日离开家里，出门老远老远的，逍遥自在，也总比念书强。华慕侠呢，他觉得他念的这点儿书，足够当侠客之用了。侠客是无须乎要多少知识的，自己这点儿知识，真是比侠客还多些呢。

他和赵邦杰在熄灯以后，两个人谈开了话。华慕侠道：“我说合字。”

赵邦杰道："华英雄有何吩咐?"他也会小说上那一套。

华慕侠道："念书真没劲。"

赵邦杰道："谁说不是?"

华慕侠道："咱们还不如不念。"

赵邦杰道："不念书干什么去呢?"

华慕侠道："咱们访访剑仙去好不好?"

赵邦杰道："好是好，可是哪儿访去呀?"

华慕侠道："到深山里去。"

赵邦杰道："那家里呢?"

华慕侠道："那咱们不会给家里留下信，就说咱们到名山访师，十年后学好了武艺才能回来，请家中勿念，这就得了。"

赵邦杰道："咱们没有路费呀!"

华慕侠道："咱们每人凑一二十块钱拿着，走到哪儿就要着吃。倘若中途遇到什么员外的女儿，招为门婿，岂不更好?"

赵邦杰一听这话乐了，道："好极了！就这么办。我要个代战公主回来。"

华慕侠道："这事你可得保守秘密呀!"

赵邦杰道："当然，咱们都得保守秘密。"

他们谈得很有趣，也非常得意，以为一定可以成为剑仙的了。华慕侠道："咱们要是成了剑仙，一定天下无敌，你信不信？咱们的脑子受过科学的洗礼，咱们一定比他们练得还强。咱们的师父也没有咱们强，青出于蓝，是不是？可是咱们的能耐虽然比师父还大，咱们也得尊敬师父，是不是？不能像这儿的老师，这儿的老师都是狗屁，到时候给咱们拜徒孙也不收他们。"

赵邦杰道："咱们若是天下无敌，就没有对手，也没什么意思。

必得有个对手咱们可以打打才好。”

华慕侠道：“咱们可以瞒藏着咱们的能耐，不叫人知道，岂不是有打仗的机会了吗？”

赵邦杰道：“对。可是一听打仗我就忍不住了，非杀个落花流水不可。”

华慕侠道：“不能，咱们是剑仙，得行侠作义，不要杀太多了。咱们回头拟个条约，咱们互相尊照履行。我说，以后咱们也许遇上敌手，那不得而知，天下能人背后有能人，咱们也许看不出来，及至一动手，才知道人家能耐大，那时咱们得互相帮助。倘若真没有对手了，咱们可不能闹意见。我也不是说我的能耐一定比你大，可是我的知识不如你高，咱们若是合作，一定更无敌手了。”

赵邦杰道：“咱们是投一个师父呢，还是各人找各人的师父呢？”

华慕侠一想，万一他找的师父比自己强，那自己的能耐将不如他了，还是找一个师父吧。同时自己再瞒着赵邦杰找高人，叫赵邦杰老靠着一个师父，他的能耐一定不及自己高了。这是他心里的话，还没有找师父就先有了这种坏心，即或天下有剑仙之流，他也成不了。藏奸蓄坏，还谈什么行侠作义呢？而现在满嘴谈行侠作义者，居心或者都跟华慕侠差不多吧？

他道：“当然投一个师父，将来咱们好报字儿。”

赵邦杰道：“咱们也得收徒弟？”

华慕侠道：“那自然。可是这早得很呢，这时先不忙。最要紧的咱们还得先编点儿黑话，就是咱们两个人懂的。”

赵邦杰道：“你编吧，我听着。叫我编我没那才学。”

华慕侠道：“咱们全都记下来，别忘了。”说着两人全拿出笔记本来。

华慕侠道："你还得起一个外号儿。"

赵邦杰道："我不是叫灶王爷吗？"

华慕侠道："灶王爷不像剑仙的名字。"

赵邦杰道："干脆你给我起一个吧。"

华慕侠道："你叫电击剑客好不好？电击战取其快的意思。"

赵邦杰道："好极了！电击剑客赵邦杰，好极了！我说再来一个采花蜂好不好？"

华慕侠道："不成，剑仙不准采花，采花是绿林人干的。"

赵邦杰道："那咱们就不娶女人了？"

华慕侠道："也娶，不过都是女人跟咱们。咱们一个人只准娶五个妻子，过五个就不能要了。"

赵邦杰道："有两个就得，我知足。"

华慕侠道："明儿咱们一块儿印名片去，你印上电击剑客赵邦杰，我印上赛朋克华慕侠。"

赵邦杰道："你不叫赛徐良吗？"

华慕侠道："赛徐良不好，徐良不是剑客，他不会吐剑。"

赵邦杰道："那赛朋克是怎么一回事呢？"

华慕侠道："外国不是有个电影明星叫范朋克的吗？他是三剑客之一。他姓范，名字叫朋克，所以我就叫赛朋克。"

赵邦杰笑道："咱们都有点时代的意味了。"

他们商量好了，便出去印片子，筹划钱。大致都弄好了。华慕侠说："最好在考试以前出发。"

赵邦杰道："好极了！"他最不喜欢考试，为考试都得出走，何况还寻师呢？

他们每个人都给家里写了一封信，信上说："我们皆有仙根，不能久困池中。兹定于某黄道吉日，赴深山访求名师。将来艺成再行返家，请家中勿念，我们去也！电击剑客赵邦杰、赛朋克华慕侠。”

他们又给学校留了一封，也是这种词句。写好了，把行李准备齐妥，把家里的信一发，学校的信就放在屋里。他们一走，学校也就看见了。一切都妥当，头天就把行李暗中携出，说是找人拆洗。其实他们就住在外面，没有回去。

第二天一清早就出发，他们计划先到河南少林寺。那里不是近吗？先在那里学一点儿本事，然后再到四川去访名师。峨眉山上寻师，还在渺茫之中，而少林寺却是真有的。他们便离开北京，向河南出发。他们两个人在天刚破晓出了广安门，顺着大路走下去。他们本想雇洋车，可是雇洋车也没有准地方，坐到哪里算一站呢？洋车夫也不拉呀！坐火车也不好，侠客哪有坐火车的？坐火车访师，一辈子也访不着。所以他们就步行着，按照“晓行夜宿”的话，两个人就走下来了。

一边走着，华慕侠道：“非有这种艰苦卓绝的功夫，不能访着名师。”

赵邦杰道：“这要是绿林中蹿出两位好汉拦住去路，要买路钱，咱们怎么说呢？”

华慕侠道：“这里不会，咱们顺着铁道走。”

赵邦杰道：“若是顺着铁道走，那就遇不到好汉了。”

华慕侠道：“咱们走铁路，不是为了躲避绿林英雄，为的是好知道到了哪里。”

赵邦杰道：“对。”

他们就顺着铁道去走，过时叫守路村民看见了，立刻报告村长，说他们是奸细，给捉了去。先打了一顿，后来一问，才知道两个人想上山修道去。村长说："这两个人是疯子，放了吧。告诉他们，可别在铁道附近走了。"

这两人被放了，心里直窝得慌。这刚走出不远，就挨了一通打。华慕侠说："不能灰心。一灰心就前功尽弃，越是百折不挠，才越显出侠客的精神。我现在倒觉得咱们受罪是一种光荣了。没有这种经验，就成不了剑仙。这经验花钱都买不来。"说着，他们又走下去。

这回是顺着大道走了，走一处打听一处。一打听河南边境早得很，现在离保定府还有三天的路呢。赵邦杰道："那时候还不如坐火车。有这工夫早过了保定了。"

华慕侠道："你外行。剑仙没有坐火车的，非得在乡村野镇才能遇得见。倘若早些遇见，不是更省得到深山里去吗？"

他们赶着，饿了，村庄倒是不少，可是没有饭铺。小巷里有个卖油条烧饼的，两人买些吃了，觉得很有味。吃完又走，一边走一边谈着剑侠的事。这时走到一个大镇店，正赶上集，并且又是黄道吉日，镇里修庙挂匾，吹吹打打，善男信女全来烧香，非常热闹，做买卖的也非常多。华慕侠又想到打擂台，他说："这儿要来个擂台，天下英雄全都来到，那咱们的机会就太多了。"

赵邦杰道："这要是来个抛彩球的，也倒不错，先得个媳妇再说。"赵邦杰尽惦记媳妇问题。

他们进到镇里，华慕侠道："我看今天咱就住这里吧。这里还有店，要不然就上不着村，下不着店了。"

赵邦杰道："好吧，住在店里，来个十三妹什么的也好。"

华慕侠道："你老离不开女色，不好。冲这样就能减去多少年的道行。"

赵邦杰道："对，以后别提了。万一遇到侠客，疑我是采花淫贼，把我结果了性命，多么冤呢！”

他们说着，进到一个店里，住在西厢房。西厢房是一明两暗，两个暗间都住着人。伙计叫他们住在当中那间。他们想包租三间，又怕费钱，两个人住三间房不是折腾吗？

伙计说：“跟您说，您想占三间房都不成。哪间屋里都睡个十口八口的，今天特别挤。还告诉您说，自火车一兴，开店的简直没有了，走个十天二十天的，未必遇得上旅店。”

华慕侠道：“那么以后遇不着店怎么办呢？”

伙计道：“有酒馆儿。酒馆儿后边要是留宿一天两天的还成。你们二位上哪儿呀？”

赵邦杰刚要说，华慕侠怕他露了怯，叫人笑话，他忙道：“我们到河南去。”

伙计道：“到河南？早着呢。您怎么不坐火车呀？”

华慕侠道：“我们为的是访求天下绿林朋友。”

伙计一听，吓了一跳，心说：“这两个人来历不明，没准儿就许是绑票匪，得留着神，别看他们带着家伙，探探他们的口风，有点可疑，马上就报告保卫团。”这是伙计心里的话，他口里却说：“二位访找朋友，现在可困难多了。这地方没有什么朋友。”

华慕侠道：“像保镖什么的总常有来往。”

伙计一听，越发害怕，大概他们是想劫镖呀。他道：“这年头儿没有走镖的了。现在一兴火车汽车，都坐火车了。要是汇钱的话，一个电报就成了。走路的没有带多少钱的，至多……”

华慕侠道：“什么跟什么呀？我们行侠作义的人，就是为交朋友，不劫人家的钱。”

伙计赔笑道：“是，二位好汉爷，您是圣明的，您是江湖上的好朋友。”

伙计一恭维他们，他们更吹起来道：“告诉你，我们走遍天下，还没遇见敌手呢。”

伙计道：“是，您不到关帝庙去看看热闹？那里有练把式的，练了半天要不着钱，挺可怜的。您可以捧他们一场，我想二位一定能叫座儿。”

这两人一听，说道：“不算什么，全是江湖上的朋友，应当尽点义气。”

说完了这话，想起自己并不会把式，怎么能够帮场？可是不去，又叫看小了。只得说道：“走，咱们把活把活去，看看合字的武艺如何。”华慕侠说了两句小说上的江湖黑话，以为漂亮得了不得。

赵邦杰道：“走，这时还早。”

他们两个人走出店来，这时太阳已经平西，街上的人渐渐少了。他们走到西街，果然有个关帝庙，烧香的人络绎不绝。庙前大空场，有个卖艺的在那里练把式。他们挤到场里，华慕侠道：“英雄也有落魄在街头卖艺的时候，这个人别轻看他，也许是江湖大盗。”

赵邦杰道：“可是咱们露什么呢？”他到底还是清醒一点儿，知道自己还没有什么本事。

华慕侠道：“不能这样说，咱们下去一道字号，赛朋克的名儿也弄到江湖上来，不这样你怎么能闯名呢？”

赵邦杰道：“对，下场去，也可以多认识几个朋友。”

华慕侠道：“是呀，叫他们先给咱们传传名，说咱们是怎样的义气。”

赵邦杰道：“对，你跳进去？”

华慕侠道：“以后咱们还得做夜行衣靠什么的，你说咱们没有英雄鳖，到底差点儿事。”

赵邦杰道：“以后再说。现在先露一鼻子，看他快收场了。”

华慕侠道：“对，说时迟那时快，脱衣服下场。”他连小说的话也说了出来。把衣服脱了，往场里一跳。

那卖艺的身高力粗，练了半天，始终没有给钱的。也有给钱的，不过太少。他眼看那些乡民争着烧香上供，不周济可怜的朋友，不行好事，烧香何用？那卖艺的真生气，心里骂着这群不懂事的人。他想再好好练一场，挣几个钱收场了。他是从六十里地以外特意赶来做买卖，练完一场，还得赶回家去。

正这时，华慕侠跳入场里，一抱拳说道：“合字儿。”

那卖艺的看了他一眼，问道：“干吗？”

华慕侠道：“你这人好不懂江湖规矩，我向你抱拳，你应当得还礼才对，什么叫干吗呀？”

那卖艺的正生着气，一见又来个人捣乱，越发生气，说道：“你是干吗？”

华慕侠道：“我是江湖上大大有名无人不晓的赛朋克华慕侠是也！”

那卖艺的大汉说道：“妈的，你跑来搅扰爷爷的，不是人揍的。”

华慕侠道：“你怎么张口骂人？”

卖艺的道：“骂你是好的，我还要揍你呢。”

华慕侠道：“你这人好不懂情理，要是动起手来，你可休怨我无情。”

那卖艺的哪里听他那套，过去一把把华慕侠的脖领揪住，往后一推，推了华慕侠一个坐蹲儿。观众全都笑了起来。华慕侠恼羞成怒，爬了起来，骂道：“你他妈的敢跟我赛朋克作对吗？妈的跟你拼了。”说着奔过来，照着那卖艺的胸口就是一拳。卖艺的一扛，就觉得拳头打在木头上一般，十分生疼。那卖艺的又一把揪住了华慕侠的耳朵，往场外就提溜。华慕侠杀猪般地叫起来，大家一阵喝彩，卖艺的越发得意。

华慕侠嚷道：“电击剑客还不相助，等待何时？”

赵邦杰这下忍不住了，跳进场来，过去抡圆了拳头给卖艺的脊梁一下子。卖艺的没想到有这一手儿，这愣小子还真有点力气。他把华慕侠撒了手，转身和赵邦杰打起来。赵邦杰虽然体育好，但是哪里有卖艺的身强力大？叫卖艺的一摔就摔出多远去。两人打一个也打不过。

华慕侠一看情形不好，自己已经挨了不少拳，再打就体无完肤，不能转动了。他嚷道：“电击剑客，风紧，扯乎吧！”说着，虚打一拳（其实打也打不着），和赵邦杰往人群里一钻跑出去了，幸而卖艺的不追了，根本没打算跟他们较量。

两人跑了老远，见没有人追了，这才站着脚，喘作一堆。赵邦杰道：“以后可别干这种事了。”

华慕侠道：“这家伙不是绿林中人，不懂规矩。”

赵邦杰道：“以后还是不理他们好了，心好不得。”

华慕侠道：“冲这样咱们还是赶快学好武艺。咱们要是有了名师，学了一身武艺，这小子还是个儿吗？一个手指就把他戳死了。”

说时打了一个寒战，这时才想起自己的大棉袄还脱在卖艺的场子里，连忙说道：“呀，我的衣服脱在那场子里了，怎么办呢？”

赵邦杰道：“回去拿去。”

华慕侠道：“那卖艺的要再和咱们打呢？”

赵邦杰道：“等他走了咱们再拿。”

华慕侠道："这时候恐怕已经叫人家拿走了。"

赵邦杰道："他们要是听了你刚才道字号，他们一定不敢拿。"

华慕侠道："可是他们这里人眼皮太浅，咱们先回去看看，反正也得回去看，白白丢了太不合算。"说着，两个人又走回来。

由老远就看见那卖艺的场子已经空无一人了，想是那卖艺的已经走了。他们连忙走了过去，到那里一看，棉袄已经踪迹不见。当然，谁见着便宜不捡哪？二人怔了半天，只得垂头丧气先回到店里，在店里再想主意吧。

到了店中，伙计赔笑道："二位帮场怎么样？"

华慕侠道："那卖艺的好不懂面子，我好好教训了他一顿。"

伙计道："您的棉衣呢？"

华慕侠脸都不红地说道："给了卖艺的了。他一死儿地给我跪下，拜我为师，我没收留他。我看他挺可怜的，把棉衣给了他了。"

伙计道："您真是好心眼。刚才我听说那卖艺的揍了两个人，揍得望影而逃，不知道您二位看见没有？"

赵邦杰听着有点不好意思，华慕侠却道："那是以前的事了，我们不知道。"说着，来到屋里，问晚饭吃什么。

伙计说："这里没什么菜，二位喝点酒？我给你掂配几个菜。"

华慕侠道："好吧。"

伙计出去了，华慕侠想到挨打丢衣，实在不合算。可是想到自己的名号在这镇里叫了出去，至少有人认识赛朋克了，他又有点儿高兴。

一会儿伙计把菜和酒都端了上来，摆好了箸子，走了出去。赵邦杰刚端起酒杯要喝，华慕侠道："等一等，这万一是贼店呢？他把蒙汗药放在酒里，咱们一喝，迷了过去，他们把咱宰了，做人肉包子，多冤呢！”

赵邦杰道：“怎么办呢？”

华慕侠道：“看看酒浑不浑，如果是浑的就是有蒙汗药，不能喝。”

赵邦杰看了看酒，也看不出浑不浑。华慕侠看了看道：“不成，这酒一定有蒙汗药，不能喝，浑得厉害。泼了吧，咱们不能上这个当。”说着，把酒全泼在地上，他道：“咱们可别说。等到伙计进来，看咱们没有事儿似的，他一定很惊讶。咱们不言语，叫他知道咱们有能耐就结了。”合着要了酒没有喝，全泼在地上了。

一会儿，伙计收拾碗具，他们以为伙计一定惊讶他们并没有迷倒，可是伙计好像不理会似的。

到了夜里，华慕侠睡不着觉，唯恐那卖艺的记恨前仇，前来行刺。他越想越像，这时偏巧有个里屋住的客人夜里出来解手，华慕侠神经一错乱，喊叫起来，把那解手的客人吓了一跳。

伙计连忙过来道：“先生，您怎么了？半夜三更的，您别嚷啊！大家都正在睡着呢。”

华慕侠道：“有贼了，我一喊，他跑了出来，一直奔厕所那里去了。”

伙计追到厕所一看，却是客人在坑上蹲着拉屎。大家都说华慕侠真多事，华慕侠也不再多语了，大家各自睡去。赵邦杰始终不知，他睡得挺香。累了一天，躺下就什么都不知道了。

第二天起来，他们仍旧赶路。华慕侠花了几块钱，仍旧买了一件大棉袄，没棉衣不成，多么冷呢。虽然说冬练三九，夏练三伏，可是这不是还没到那功夫吗？

赵邦杰道：“咱们可都没带多少钱，这还不知到哪里去，我们钱没了怎么办？”

华慕侠道：“没了再说，我们不会要着吃吗？再者说，到现在咱们也练了把式，也可以挣钱。”

赵邦杰道：“咱们不会呀！”

华慕侠道：“随便瞎练他们哪儿懂得。”

赵邦杰道：“要是没有人看呢？”

华慕侠低声道：“咱们不会干两档子，遇见单身行客，咱们就许跟他借点儿盘川。”

赵邦杰道：“咱们不是行侠作义吗？”

华慕侠道：“那没办法，行侠作义也有偷富济贫的时候。他有钱，咱们没钱，咱们不是可以跟他分分吗？”

赵邦杰道：“那人家就告咱们了。”

华慕侠道：“绿林人没有王法，剑仙尤其不受法律制裁。”——这也不知是哪国的制度？

赵邦杰没有言语，可是心里想着：一下就来一笔财，也倒不错。漫荒野地，劫完一跑，哪里找人去呀？

他们走着，华慕侠越想这滋味越有劲。可是他们走好些日子，也没有劫一个人，偶尔道上遇到一个单行客人，心里看着也非常眼馋，可是始终也没敢下手。

这天，走到河南境界。这里是两省交界地方，是土匪出没的地方。他们的钱已经没有了，不但没有钱，而且一天多没有吃饭了。这里走半天遇不到一个村镇，有村庄人家也不给饭吃。村子里的狗很厉害，真能咬死人。他们又听说这里红枪会也非常的多，他们只有躲避着村庄走。可是越躲着村庄走，也越找不着饭吃。赵邦杰有点后悔，可是已经走出这么老远，就是回去，也是很困难的。饿实在难受，抢是办不到，只有找那老实的劫一下子。他们预备好了棍子，华慕侠告诉他说应当怎么劫，怎么横着一点儿，怎么防备别人有家伙，怎么劫完了逃走，说得头头是道，就仿佛他曾经干过多少买卖似的。

正说着，一拐弯迎面来了一个人，骑着自行车，跑得飞快，转瞬就来到眼前。华慕侠道："这是肥牛，咱们拦住去路，可别现出形来。一现形他就掉头回去了。最好叫他不知道咱们是拦路的，等到临到跟前，然后在路中一横，他就得下来了。"

他们一边说着，仍一边走着，眼看自行车到跟前了，华慕侠方要当面拦住，不想那骑车的冲着自己奔来，他连忙往旁边一闪，那车便飞也似的过去了，连头也不回，一会儿便无踪影。

两个人怔住了，赵邦杰道："怎么不劫他？"

华慕侠道："那家伙往我身上骑。他妈的，没留神叫他跑了。"

赵邦杰道："咱们还是不成，没经验，到时候拿不出来。"

华慕侠道："不是拿不出来，没想到他临时来个措手不及，多孙子！有了这回经验，再遇到骑自行车的，说什么也不能放松了。"

走了些路，天又快黑了。过了一个村庄，跟人家一打听，叫作小王庄。说前面不远有个大镇，可以安歇。他们也不敢住在村庄里，怕被大卸八块，烧乌盆窑。他们跟人家要了些白薯，一边走着一边吃。走了没多远，迎面来了一个骑驴的，似乎在赶路。华慕侠心里一动，方要把白薯扔了，那骑驴的已走到跟前，向他们一抱拳说："二位老乡劳驾，上小王庄是走这条路还是走那条路？"

华慕侠道："小王庄这条路，我们刚由那里来。"

骑驴的道："劳驾了。"说着，一催驴，嘚嘚去了。

等到骑驴的走过去，华慕侠才想出这个滋味来："不对，怎么把他放走了？”

赵邦杰道：“你问谁呢？是你告诉他走的这条路。”

华慕侠道：“他妈的，这时候脑子怎么不管事了！这回无论如何，说出大天来，什么人也得劫！这回你提着我点儿。”

赵邦杰答应着，这时天已经黑上来了，劫两个钱好到镇里休息。他们一边走着一边寻着，四下里寂无一人。赵邦杰道：“这哪里有什么行人走呢？”

华慕侠道：“也不一定，我们能够这时走路，难道就没有别人走路吗？”

赵邦杰道：“咱们劫了人家的钱——这是比方说——咱们是把人放了呢，还是捆上呢？还是打杀呢？”

华慕侠道：“咱们剑仙最忌杀死无辜。”

赵邦杰道：“假如放了他，他把咱们告了，把咱们捉住，咱们的命岂不是没了吗？”

华慕侠道：“咱们看他往什么方向走，若是跟咱们方向不同，可以叫他走他的路。”

赵邦杰道：“若是两个人呢？”

华慕侠道：“这你看我行事，我叫你怎么着你就怎么着。”赵邦杰答应着。

大地上黑漆一片，冷清清一点儿声音也没有，只是西边有个月牙儿，光也射不到地上。远处有狗吠的声音，若断若续。寒星闪烁在天空，就像冰核一样，叫人看着只觉得冷。一会儿，听得呼呼声响，华慕侠道：“要起风。”正说着，从脚底下一股凉气袭来，一阵尘沙飞起，打在脸上，就如同针扎在脸上似的。华慕侠打了个寒战，说道：“真冷。”

赵邦杰道："肚里无食，可不是冷吗？咱们回头在哪儿睡呢？在这漫荒野地里睡，可受不了。虽然说冬练三九，可是这么练法，没练出什么来，先冻死了。这可不上算。"

华慕侠道："咱们到镇上怎么都能有地方睡，你都不用管，到时候全听我的。"

他们正说着，忽然前面一个人影似的，由老远走来。赵邦杰道："你看对面有人来了。"

华慕侠一看，说道："这是天不绝人愿，买卖来了。这家伙也许肥实，劫一下子够咱们半个月的才好。咱们躲一躲，要不然他看见咱们就回去了，咱们追不着。"

说着，两人便转了小道，在道旁一个土坡后边蹲下，探头看着。看着那个人似乎知道有人，又想走过来又犹豫的样子。华慕侠道："咱们可千万别动，非等着那人走到很近再跳出去劫。"

赵邦杰道："来了，这回可别放松了。"

华慕侠精神紧张起来，血液也循环加了速度，他颤抖着道："活该是咱们的运气。我说：亮青子，把木棍拿出来，攥结实点儿。"

说着，那人已经走近，他们猛然跳了出去，把他拦住。华慕侠大喝一声："要命的把钱留下，爷爷概不容情。快快，别叫爷爷费事！"

那人一看，怔住了，呆了一会儿，说道："别忙，我给你们拿，你们是干什么的？"

华慕侠道："少废话，你管我是干什么的？把钱掏出来放你过去，不然的话，留神家伙。"

那人道："你是哪儿的？"

华慕侠道："你少问。你以为我们是刚干这买卖的吗？别来那套，上了两回当，不能再上了。”他倒是把实话全说了。

那人道：“我没钱怎么办呢？”

华慕侠道：“别废话，快拿出来！”说着用棍打下来。

那人一闪身躲开了，说道：“朋友，别急，我这儿还没急呢。”

华慕侠道：“掏出来！老赵，把他捆上！”

赵邦杰过来就要捆，那人忙道：“我掏我掏。”说着，伸手入怀。华慕侠和赵邦杰对了一个眼线，心说：“这回可得着了。”

只见那人把手往怀里伸出来说道：“对不起，没有钱，有这么一个东西。”

这两个人一看，见那人拿着一把手枪，不由大吃一惊。华慕侠立刻吓得腿软了，他道：“原来咱们是一线儿上的人。”

那人道：“少套近乎。我现在还没辙呢。你们知道叫人费事是不好，趁早儿掏出来！”

华慕侠道：“我们真没钱，有钱还不干这个呢。”

那人道：“妈的，干这个？你们知道这是哪儿？跑到爷爷这地方干这个？还他妈的劫起我来。告诉你们，再走出二百里去，你打听打听老毛子的字号！”

华慕侠一听，时代到底不同了，绿林的绰号都带着洋味儿。他道：“我们实在有所不知，朋友，高抬个手！”

那人笑道：“叫爷爷也不成，杀人向来不眨眼，没什么说的，谁叫你们撞在我手里。闭上眼睛，来个痛快的，费我两颗子弹。”

华慕侠一听，眼看着就丧命，不由哭起来。连忙跪下道：“爷爷饶命！”

那人道：“叫爷爷也不成。”

赵邦杰这时知道不能免了，没想到会死在这里，与其这样死了，不如横着点儿。他道："他妈的，没想到还没出山，先死在你这小子的手里。来，冲我这来。"

那人一听，不由惊道："没想到你这小子会这么横，冲你这横，走吧，你们这两个小子。这小子得把棉袄给我留下。"

华慕侠一听有了活路，便道："得了，我们也是访师去呢，我们也是绿林好汉。"

那人道："你呀？趁早把棉袄脱下来！再废话要你的命。"

华慕侠见这趋势，如果再说话，真得丧了命。只得把棉衣脱了下来，扔了过去。那人道："去，滚蛋！"

华慕侠爬了起来，和赵邦杰跑去了。跑了老远，回头再看那人，已经没有影了。华慕侠道："我的命大概是没棉袄的命，好容易买了一件，仍然是他妈的没了。没想到没劫成人，倒叫人劫了。他妈的！"

赵邦杰道："留下这条命还不念佛吗？"

华慕侠道："他妈的，我拜了师父，非得报仇不可。"

他们走到镇里，仍旧没有饭吃。赵邦杰道："咱们怎么办呢？"

华慕侠道："咱们愣住店去，连吃带住，到明儿说句好话，马马虎虎啦。要是打的时候，咱们就一跑了之，啨挨一顿打，也没有什么。"

赵邦杰道："这还叫侠客吗？"

华慕侠道："英雄落魄没有办法，虎落深山都遭犬欺呢。秦琼秦二爷住在店里，不是还卖马呢吗？咱们就说遭了响马洗劫，人家也就不究了。"

赵邦杰一听，没有办法，只得进到一家小店里。店家一看他们两个人不像没钱的样子，比起乡下人来还强得多呢。把他们让进来，这店里也没有单间，大家都睡在一个炕上。把行李铺好，盘腿坐在上面，有的喝茶，有的吃烟。屋里点着一盏灯，灯光很暗，也搭着屋里这墙壁都是糊着报纸。华慕侠和赵邦杰坐在炕上，他们吃着饭，饭是蒸面馕，炒的是豆腐，熬的是白菜。两人吃完了，心里稍微踏实。可是赵邦杰却心里直打鼓，心想："明天怎么办呢？"

华慕侠看着墙壁的报纸，有新的，也有旧的，还是英文的呢。他想："这外国报馆的编辑大概绝想不到这报纸会糊在中国一个乡村小店的墙壁上。"中国报上登着新闻，这要人那伟人的，和这些旅客们一点关系也没有。这些农人们大概还以为要人都坐着八人大轿。华慕侠看墙上外国报纸上有一张还印着好莱坞的电影，他认识那是嘉波。他想，嘉波若是来中国乡村，看见这相片，不知是什么感想。大家都知道是个洋鬼子，谁管她是谁呢？

华慕侠由嘉波想到电影，由电影想到三剑客，由三剑客想到范朋克。于是他又想起他这个赛朋克来。他心里道："过几年，非得叫赛朋克的名传遍全球不可。将来成名之后，想到今天这种神气，那人家不知要多大惊奇呢。那时一定这样说：'赛朋克从前还到过这里，住过这间房，这间房以后不准再住人了，这是宝座，谁要再住赛朋克住过的屋子，非得一百块钱一天不可。'又有人说：'赛朋克还在小王庄跟我要过白薯。'这不好，泄气的事就没人记得才好。说赛朋克还给人家跪下过，虽然张子房、韩信都有过纳履、钻裆的事，但究属不好。赛朋克从小儿就有仙根，不能那样做。方才给人跪下，那是该当自己有步难，没办法，济颠僧还受八魔所困呢。"

他正这样想着，忽然有人问道："二位从哪儿来呀？"

华慕侠一看，是一位老者。他便回道："由北京来。"

老者道："看着就不像此地人。北京实在是好地方，天子脚下，真是富贵荣华极了。二位由北京到这里干什么呢?”

华慕侠道:“路过。”

老者道:“路过这是上哪儿去呢?离火车道远得很。”

华慕侠道:“我们访师父去。”

老者道:“真是难得。现在这年头儿,念书的差不多都念了几年书,自以为了不得,把师父扔在一旁。还老惦记着的能有几个呀?二位到哪里找师父呢?”

华慕侠道:“先到少林寺。”

老者惊讶道:“少林寺?离这里不远了,还有两天的路,我常由那里经过。二位到那里出家吗?”

华慕侠道:“不,学学武侠。”

大家一听,都笑了起来。有个商人说道:“北京不是人才荟萃的地方?那里有名的武术家很多,我常到北京去,一早晨那公园大树底下尽是练武术的,全是很有名的。二位怎么不跟他们学,反倒出来了呢?”

华慕侠道:“他们本事不成,连蹿房越脊都不会。”

又有个农人吃着旱烟,他说:“蹿房越脊可不容易,咱们尽听说,可是还没有看见过。”

商人道:“有倒是有,北京不是尽闹贼吗?什么燕子李三啦,就能够飞檐走壁。可是少林寺的和尚还没怎见过有登梯爬高的,也没什么奇特。二位是有人介绍?”

华慕侠道:“不,我们直接要到那里去。”

老者道:“白去。由北京到这儿,花不少路费,白花。我跟您说,也不是我自居年长,事情没有那么容易的。前几年,咱们南边那座大山,听说就有一个高人,在那里修炼。一块平地,有一块大石头，高约五六丈，上下直立，无法攀登。有人看他每天早晨必在那块大石头上坐一钟头，连动也不动。那非蹿跳上不去，可是怎么蹿呢？五六丈高。后来就传动了，是有钱的人家，都跑来找他来练，连汉口上海都有人来看他。后来有一次土匪攻打这座山，这位剑客叫徒弟们下山去挡，赤手空拳来抵抗枪弹，那如何能成呢？他说能够避弹，可是徒弟们上去了，全都死了。那有不死的吗？可是大家也练不出什么来。”

华慕侠道：“也会吐剑什么的吗？”

老者道：“吐剑？吐什么也吐不出来。可是他说的挺邪乎，说能避枪弹，他们练的是金钟罩铁布衫。可是谁也没试过。他说，照着胸口来一枪，子弹打不进去，还能顶回来。谁敢试验呀？拿命闹着玩，好。可是大家全信。可巧有这么一天，有许多土匪来了，想绑他们的票。他们一看不得了，徒弟叫师父出马，说师父能耐大，得保护他们，并且也给徒弟们露一手儿看看，磕了几年头，连师父的能耐还没见过，有点儿说不过去。师父敢则也有词，师父说：这事应当由徒弟前去挡阵，不必用师父亲自下去，割鸡焉用牛刀？有事弟子服其劳。徒弟们无法，又搭着自己以为了不得。到山底下砰砰砰全叫土匪打死了。师父想跑也没跑了。这一群人多么冤呢，跑到老远来送死。”

华慕侠道：“这是他们没遇见高人，遇见高人，不至于这样死掉。只在山寨中打开剑匣，那口仙剑就飞出来，把土匪的头全削下来了。”

大家听着玄之又玄，没有说话。那商人后来说：“你说古时那么多能人、神仙什么的，现在会都没有了。不用别的，像薛仁贵那样的来几个，咱们也能信服呀！难得现在这年头，一个也没有。”

华慕侠道：“有，都在深山里，就是不出来。这回我们就是到深山里去，找着他们，学点本事。”

老者摇了摇头，没有说什么。华慕侠还滔滔不绝，老者打了一个哈欠，说道：“哎呀，该睡了。”说着，他倒下睡去。别人也跟着睡去，本来都是做买卖的人，第二天还得早起，谁还有心聊这无用的事？华慕侠见人家都睡了，自己和赵邦杰也就枕肱而眠。

第二天清早，客人全老早就起来，天还黑着，店小二便忙着烧水打洗脸水。等到太阳一出来，客人就算好了账，赶路去了。等到华慕侠和赵邦杰起来，店里已经一个人都没有了。

华慕侠叫伙计来，伙计道：“您二位是赶路，还是在这儿有公干？”

华慕侠道：“我们还是赶路。我们的账算了吗？”

店伙计道：“我候了吧。二位一共是四块二毛钱。”

华慕侠道：“不算多，跟掌柜的说一声吧，先给我记上。”

店伙计赔笑道：“俺们这一个小买卖，可是不能记账。掌柜的没有话，俺们不能做主。”

华慕侠掏出一张片子来道：“我叫赛朋克，他叫电击剑客。你们到北京打听打听去，没有不知道的。拿片子跟你们掌柜的去说去。掌柜的久在江湖上混，没有不懂事的。”

店伙计无法，拿着他们的片子，找到掌柜的，把片子递过去道：“这两位客人不给钱，叫记在账上。跟他们说什么也不成，动手就要打人。您看这怎么办？”

掌柜的拿过片子看了看，不认识，官衔也不像官衔，“赛朋克”很像外国的名字，“电击剑客”像是番邦侠客。哎呀，这可不好办，不知他们是干什么的。叫他们走，自己牺牲太冤；不叫他们走，万一他们认识外国人，会说外国话，要不然是哪机关的翻译，这都惹不起。他道："他们会说外国话不会？"

店伙计道："不知道呢，他们也没说话。"

掌柜的道："你再试探试探他，到底是做什么的，看他们会说外国话不会。我先不出头，等了不了的时候，我再出来。"

店伙计只得去了，说道："掌柜的说了，本铺没有记账这个规矩。二位是上哪儿去呢？"

华慕侠道："我们是云游四海，到处为家，说不好上哪儿呢？"

店伙计道："他是这么一回事。记账倒也没有什么，江湖谁也有蹩脚的时候。可是二位光说记上账，我们也不认识二位，我们也不知道二位什么时候回来，这有点儿说不过去。"

华慕侠道："你怎么不认得我？那名片上印着哪。"

店伙计道："是，掌柜的说二位的官衔，掌柜的眼皮子太浅，不大认识。您二位是哪机关里走动？"

华慕侠道："北京城里打听打听，谁不知道咱们华慕侠！我现在还没有施展本领，我若施展本领，非得把你们吓死不可，弗令死！"

店伙计一听他说了外国语，立刻找到掌柜的说道："掌柜的，他们可全说外国语，缩啦谜啦地说了一大套。"

掌柜的一听，连忙说道："得啦，叫他们走吧。咱们别惹气，赔两三块钱交个朋友。要不然咱们的买卖都不用开了。"

店伙计一听，掌柜的都不敢得罪他们，自己犯不上吃亏，连忙走过去又赔笑道："按说本店可没有这个规矩，可是掌柜的想交您这个朋友，所以记上了账，您就走您的得了。"

华慕侠一听，掌柜的真叫他们给唬下去了。他不认为这是唬下去，他以为这是当然的。冲着"华慕侠"这三个字，掌柜的就不能要这个钱。他道："你们的统统地心坏了。"

赵邦杰心里道："他还骂人心坏了。趁这个台阶，还不赶快走?"于是他拉了华慕侠走出来。

华慕侠也不知道是怎么一回事，他们居然不要钱，真奇怪。他道："他们一定知道咱们的名姓，你说是不是？要不然怎么能够不要钱呢?"

赵邦杰道："咱们趁早快走，说不定人家也是一种计策。咱们走了，人家去报告山上的大王。也许是人家不在乎那两三块钱，犯不上跟咱们怄气，所以人家不要了。"

华慕侠道："不，这一定是他们怵于我们两个人的名声，以后咱们还是不能自己灭了锐气。"

他们乘着阳光，又往下走。天气虽然不算多冷，可是肚子里却饿得真快。赵邦杰道："又饿了怎么办?"

华慕侠道："咱们找村庄去要。"

这时已经傍午，太阳照耀在大地上，显着春暖融和的样子。只有土坡背阴的地方，还有一点儿残雪。他们走着，只见眼前一道河，并没有桥，可是有摆渡。华慕侠一想，过摆渡也得给钱，自己没钱怎么办？来吧，把字号打出去，他就不能要。想好了主意，到了河边。那摆渡船靠了岸，船上是一个老头子，撑过船来，他们步了上去。

船走到河的中心，老头儿跟他们要钱，华慕侠道："我叫华慕侠。"

老头儿有点儿耳背，说道："滑不下？滑不下，稳当。"

华慕侠道："他叫赵邦杰。"

老头儿道："您带着铜货？哎呀，铜货可不能使，您有钱还是给小票得了。”

华慕侠道：“他叫电击剑客。”

老头儿道：“杀鸡请客？可不敢当。”

华慕侠着急道：“我们没带着钱，谁都有个不便。便是江湖上的人，讲点儿义气，回来再给你钱。”

老头儿道：“什么？刚糊上的人？露喜气？您说那是老王家的事呀。”

华慕侠实在无法，把花眼睁开，告诉他兜里没有钱。老者明白他们的意思，说道：“那不成，哪有行路人没有钱的？”

华慕侠遂掏出一张名片来，递给他道：“给你这个。”

他以为老者一见了他的名字，还不惊到吗？谁知老者不认识字，他看了看道：“拿这个上哪儿兑去呀？”

华慕侠道：“哪儿都能兑。”

老者道：“这个值多少钱哪？”

华慕侠一听，若说一分不值，太污辱了华慕侠这三个字，若说值上几十万块钱，又怕老头儿不信。遂道：“你看着办吧。”

说着已经到了南岸，他们便都跳了上去。老者也没有办法，只得叫他们去。老者干摆渡多少年，时常遇到没有钱的，便不强要钱。他们过去，老者倒有点儿江湖侠义的劲儿，像华慕侠这样的剑客，叫什么剑客呢？

他们两个扬长而行，河的南岸，有个小饭铺，外面飘着幌子，有许多大车推车等等，堆在门外。华慕侠便要往里走。赵邦杰道：“干什么去？”

华慕侠道：“吃饭去。”

赵邦杰道：“咱们没钱呀？”

华慕侠道："饿着也没有办法呀？"

正说着，由里边走出一个人来，带出一股菜香，两个人的哈喇子都要流出来了。华慕侠道："走吧，到里头再说。"说着，两个人便走了进去。

里面人还真是不少，见他们走了进去，都怔着起来，觉得这两个人有点奇怪。本来穿着打扮都不像庄稼人。伙计过来应酬，华慕侠找了一张桌子，两个人对面坐了。华慕侠先要了一壶茶，问有什么菜。伙计说："这儿没有什么菜，吃点面条，锅饼油条，炒个鸡蛋什么的倒是有。"

华慕侠道："来面条吧，一个人一斤，成了。"

伙计去了，一会儿面条来了，他们慢慢吃着。吃完面，又慢慢喝着茶。他是慢慢想主意，等大家走了，掌柜的就好办了。谁知这些人全不走，都谈得挺入味，仿佛附近什么村子里出了什么事，大家都要看看。华慕侠忽然想到方才那老头儿说了一句"老王家的事"，他们一定在谈论关于老王家的事，何不趁着这机会，拉拉扯扯，这里也许有买卖可做，也未可知。

他就假装知道的样子，对赵邦杰道："老王家的事谁也办不了，非我不可。"

赵邦杰一听，莫名其妙，不知他是什么意思。可是听到他又想法骗饭吃，所以也不答言。这时掌柜的听了，连忙跑过来道："二位是从哪里来？"

华慕侠不能叫他们摸清楚了，他道："我们是从深山上来。"

大家一听，越发惊讶道："您知道老王家的事吗？"

华慕侠道："我在山里一阵心血来潮，知道这里有点儿事。"

掌柜的道："您来得太好了，我们真是有眼不识神仙，不知二位驾到。伙计，给沏壶好茶叶。”

华慕侠以为他们当真知道自己是谁了，以为华慕侠的名字真要闯出去。他不由高兴起来，表面上透着不屑的样子说道：“你们怎么知道我今天到这儿来？”

掌柜的道：“嗬，这儿都嚷动了，那瞧香的说这两天一定有两位剑仙降临，一点儿也不错。”

华慕侠一听，十分高兴，立刻扬扬得意，把胸脯子挺得老高。他道：“这瞧香的怎么说？”他想刨根问底儿。

掌柜的道：“不是这么一回事嘛，老王家闹妖精，请个瞧香的给制一下，不想瞧香的本事不济，惹不起妖精。他说他请两位剑仙来吧，这么一回事。”

华慕侠一听拿妖精，吓了一跳。心想，别的还好办，拿妖精哪儿成呀？妖精才不管那一套。他有点二乎，管吧，真怕把命丧在这儿；不管吧，自己怎么下台呢？他仍旧勉强装模作样，慢慢应付，先混两顿饭再说，弄好了也许得点儿钱。他道：“妖精是什么样？”

掌柜的道：“谁也看不见。老王家新娶的儿媳妇，妖精就来了。每天夜里跑到老王家儿媳妇屋里睡觉，一到晚上就来，天没亮就走。老王家夫妇真是整天价盼剑仙来。您二位来好极了，准得好待承。您走了还得送您一百二百的。”

华慕侠道：“我们是四海云游，到处为家，没有钱一样吃喝住宿。”他先埋伏一气，表示他没钱。

掌柜的道：“像您这样有本事，带钱有什么用？这事您可以管一下，要什么有什么。”

华慕侠道：“这事我倒是可以管，不过我东西都没带来。如果这妖精真费事的话，我还得走一趟，拿我的法宝去。”

他是预伏逃机。他看若是事不祥，便借名逃走。究竟剑仙还是人，妖精是妖精啊！《济公传》里不是时常有英雄被妖精所困，而被济颠僧救出来了吗？假如今天凭着自己这行侠作义的事，就许济公又下界搭救自己，也未可知。究竟好人总有好报。他立定了志愿，非要管这件事不可。掌柜的因为老王家是财主，愿意巴结。他立刻派徒弟前去递信。老王家一听有剑侠前来帮助捉妖，无任欢喜，慌忙跑到店里来。

要知后事如何，且看下章。

第二章　华慕侠夜入王家巷

华慕侠等正被大家包围，你一言我一句，说妖精如何厉害。刘老二说：“这个妖精可厉害呀！它会吐人言，这才奇怪呢。它说：俺只要喷一口气，这村子的人全都得毒死，那简直比飞机下炸弹都厉害。”

张老大说：“你说若是飞机来了，趁妖精跟王家媳妇睡觉，给它一炸弹，你说他怎么样?”

刘老二道：“不中，炸弹一定炸不死它。再者说，炸弹还没下来，它就能知道了。吐一口气，全村人都得死。好，谁敢玩这个命呀?”

掌柜的道：“今天请侠客捉妖，咱们还得嘴严紧着一点儿，别满处胡说去。说得妖精知道了，咱们的性命都有危险呢。”掌柜的总怕把买卖牺牲了。

刘老二道：“这时妖精也许知道了呢。”

华慕侠道：“不要怕，我一定要叫它显露原形。”

正说着，老王家老夫妇来了。老头儿有六十岁的样子，人还精神。进门便问侠客在哪里。掌柜的把他引到华慕侠面前，老头儿跪下就磕头。华慕侠连站也不站起，大大咧咧地说道：“你叫王老头儿呀?”

王老头儿道:“不错,小人就是。听说侠客来收妖,给地方除害,实在感激。您若用什么我都给办,一切住食,都由小人给办理。”

华慕侠道:“用什么回头我给你开一个单子,照单子上办吧。我先问你,那妖精怎么来的?”

王老头儿道:“唉,这都是家门不幸。儿子刚结婚不久,我便叫他出门做买卖去了,家里就剩下我们三口人。还有做活儿的,那住在外院和后院。有一天,我老婆夜里起夜,听见儿媳妇屋里有人说话,不免起疑。第二天和我一说,我还说她耳朵不好,瞎起疑心。又有一天,我也起夜,走在儿媳妇屋外,也听见屋里有人说话。十分奇怪,屋里只有媳妇一人,哪里有人说话呢?我又到后院外院都看了看,做活儿的都没短。回来和老婆子一说,以为媳妇一定做了什么苟且之事。我叫我老婆子把媳妇叫到一边问一问她,如果有了这种事,趁早叫她回家,来保持老王家的门风。谁知我老婆这样一问她,媳妇哭了。她说她也不知道是怎么一回事,有一天她在屋里歇着,忽然进来一个男人,向她只一口气,她就迷糊过去了,任那男人摆布。那男人对她说,他是什么牛魔大王,与媳妇有一段孽缘,所以找了她来。叫她不要说,如果说了,一定要害全家的性命。媳妇倒是好心,她没敢言语,怕妖精害了全家。”

华慕侠道:“现在说了之后,又怎么样了呢?”

王老头儿道:“倒是没有怎么样,可是妖精大王还天天来。这样简直不成啊,媳妇什么也不能干,整年价老陪着妖精哪里成呢?再者说,一个不小心,得罪了它,全家性命都完了。前几天请来一个瞧香的给看,瞧香的说,这个妖精道行不小,他斗不了。他说他给请两位剑仙来，后来他就走了，送了他不少钱，我们以为他是骗子，谁知今天您二位真的驾到。”

华慕侠一听，已经走了一个骗子，这要是自己再失败了，两次并在一处报复，那自己就更吃苦了。他想得好好蒙骗一回，妈的，头一回叫瞧香的给骗了不少钱，真是便宜他了。他想了想，慢慢说道：“这个妖精大概是道行不小，凡是能变了人的妖精，至少有三千年的道行。我现在给你开个单子，预备东西吧。”

王老头儿道：“好极了，您自管开单子，我一定给您预备出来。”

华慕侠便和掌柜的要了纸笔，头一个便写“宝剑”。他憧憬于宝剑已有日矣，今天借这个机会，为什么不敲他一支呢？他道：“这宝剑要上方慧剑，如果此地不好找，随便卖艺的宝剑也可以。”

王老头儿道：“是是，这个好办。”

华慕侠又写道：“棉道袍一袭。”他想着他还没有大棉袄，如果要大棉袄，未免叫人看出破绽，来个道袍吧。接着又写香烛黄纸等物，可是捉妖时所用。王老头儿看了，只有道袍和宝剑两样是费钱的东西，其余都很好办。他道：“有五六天就成吧？”

华慕侠道：“越快越好。多咱齐备，多咱捉妖。”

王老头儿欢喜不尽，说道：“回去就赶办。二位住在我家还是住在店里？”

华慕侠怕住在他家离着妖精太近，说道：“我还是住店里吧，方便。”

王老头儿道：“那也好，一切都是我家的。”遂又跟掌柜的说道：“二位的一切开销，都写我账上。”

掌柜的道：“没错，您放心。”

王老头儿千恩万谢地走了。掌柜的乐了，把华慕侠两个人没看成剑仙，却看成财神爷了。因为由他们身上可以赚一笔钱呀！谁不知老王家是这一方的财主？人家有好几顷地呢。他同华慕侠一说，华慕侠很后悔，为什么不开他一家伙呢？慢慢再说吧，好在住在这里也不是一天半天的。

王老头儿回到家里，赶办东西。王老头儿有个兄弟，两个人同居着。王老二虽然是弟弟，可是却比王老大精明得多。王老二有五十岁的样子，精神却很好，比王老大还透着健壮。

他见王老大赶办东西，预备捉妖，就说："我看这江湖上什么人都有，有这钱给他们这么花，简直有点儿冤。"

王老大道："你不能这样说，人家是剑仙，替咱们捉拿妖精呢。"

王老二道："妖精恐怕他捉不了，回头再害了咱们全家。我看不必管，就那么去吧。反正这也是缘分，缘分尽了，它也就走了。"

王老大道："那不成，它要是故意缠上没完，咱们家非败了不可。这不是什么好事，整夜里养活着妖精，天天提心吊胆，什么事也不用干了。这除了却是省心的事。"

王老二道："你办你的，我可不管。我看这个妖精道行不小。"

王老大道："这回我豁出去了。"

王老二道："若是他们捉妖精，妖精没捉住，你怎个办？"

王老大道："那就不管，反正我尽我的力量。"他们哥儿俩谈了会子，各归各屋。

且说华慕侠和赵邦杰两个人在店里待着，掌柜的也健谈，和他们谈开了。华慕侠又是吹一气，连他自己都不知道是怎么一回事了。

华慕侠把王老大家里的住处打听清楚，到了夜里，他同赵邦杰说："咱们到老王家去一趟看看去。"

赵邦杰道："干吗去呀？"

华慕侠道：“咱们看一看情形。”

赵邦杰道：“我看别找麻烦，人命关天的事。”

华慕侠道：“没关系，咱们光是暗中看一看，是什么样子。明天跟他们一说，咱们去了一趟，他们更信服咱们了。”

赵邦杰道：“若是叫妖精知道了呢?”

华慕侠道：“咱们偷偷的，不会叫妖精知道。再者说，咱们有仙根，妖精一见，也许真怕咱们。”

赵邦杰道：“仙根靠得住吗?”

华慕侠道：“靠得住。再者说我们若不露一下子，怎么能够知道有仙根没有呢?”

赵邦杰道：“好吧，走!”

他们悄悄地走了出来，一直奔向王家庄。找好了老王家的门，周围绕了绕。见他家的门虽然在巷里，可有两面墙却临着庄稼地，因为他的家正在村子的角上。华慕侠看了后边的墙，并不算高，墙外就是一片树林，妖精也许由这里来。可是妖精也许根本不用跳墙，它是会驾风的。华慕侠想道：“那时若是带着飞抓百练，往墙上一勾，两手揪着就上去了。干什么都得有家伙，其实这算什么呢? 自己学好了本事，这墙一蹿就上去了。”

他道：“老赵，你托我一下，咱们进到里面看看去。”

赵邦杰道：“留神狗，狗可不论你有仙根没仙根。”

华慕侠道：“咱们先扔个砖头进去，投石问路。”

说着，便俯身去摸石头，却摸着一摊屎，真臭。他骂了一声，在土上擦了擦，然后找了一块石头，投到墙里去，一点儿回响没有。华慕侠道：“上，没错儿。你先蹲下，我扶着你肩膀，你再一起来就成了。”

赵邦杰道："你手上的屎弄干净了吗？"

华慕侠道："干净了，只有一点儿味儿，也没有关系。"说着，便扶了赵邦杰的头，赵邦杰闻着还是臭。

华慕侠一只脚踏在他的肩膀上，赵邦杰把他托起来。华慕侠手扒住了墙头，赵邦杰往上推他的屁股，华慕侠往墙上爬腿，这个样儿真难看，这若是叫人家看见，谁要说他是剑仙才怪呢。

好容易爬上了墙头，骑在墙脊，喘息了一会儿，说道："你也上来。"

赵邦杰道："你得拉我一把。"

华慕侠便伸手拉他，赵邦杰拉着他的手，用脚蹬着墙，将要往上一蹬，不料想却把华慕侠由墙上又揪了下来。华慕侠由墙上掉下来，正落在那堆屎上，鼻梁上沾了好多屎，臭得出不来气。他道："你有手绢没有？"他一说话，那屎就仿佛要进到嘴里似的。

赵邦杰道："我没有手绢，这里有点儿干草，使干草擦一擦也可以。"说着，便用干草给他擦了擦，越擦越多，连嘴都糊上了。

华慕侠这着急。赵邦杰道："那边不是有河吗？在河边拿水洗洗就好了。"

华慕侠无奈，只得和赵邦杰来到河岸，爬下身去，把鼻子嘴都浸在水里。不想浸在水里一换了气，他竟喝了一口水，这口水还带着好多屎，一直咽到肚子里去。这恶心就别提了，可是吐又吐不出来。他喘了一口气，赵邦杰问："怎么样？"

华慕侠道："真糟，还没涮，先喝了一口。"

赵邦杰哈哈笑了起来，华慕侠十分生气，这回他不再浸在水里，而用手来洗，算是洗干净了。洗完，用袖子擦了擦，喝了一肚子凉水，有点发噤。他道："咱们回去吧。"他们两个人又回去了。

第二天见了人，说他夜入王家巷的事，怎么看见妖精进去，说得有眉有眼，而那嘴吃屎的事不再提一个字，提那事多么泄气呢！他说：“妖精从北而来，经过树林子，从墙角上过去。以后你们可别在那儿待着，若是夜里解手什么的，遇到了妖精，可就没命了。”大家一听，莫不佩服华慕侠的道行高大。

这个小酒馆里每天都挤满了人，有许多好奇的，都想到这里会会剑仙，听听妖精的故事。各村的人都跑来聊天，并且全愿意参加捉妖工作，听候仙长指挥。华慕侠一看有这些人帮忙助威，胆子越发大了。他便先支配职务，谁拿着火把，谁拿着兵器，谁拿着秽布。他说妖精最怕秽布的。大家都分配好了职务，就等到时捉妖，暂且不表。

这时先提妖精吧。现在科学昌明时代，哪里来的妖精？这里也有一段缘由，这段缘由，不得不书中交代了。

话说老王家娶了儿媳妇之后，小夫妇两个人非常投缘，天天如胶似漆，甜蜜得了不得。媳妇长得也很貌美，两个人全在年轻力壮，闺房之乐，那我就不必说了。他们初尝到人生真味，自然都舍不得分离。王老大夫妇看儿子和儿媳这样，生怕儿子的身体毁了，赶紧催他到城里经营买卖去，逢年过节才准他回来。儿子被打发走了，儿媳妇自然感到寂寞。到夜里被窝冷清清，想起以前那搂搂抱抱的享受，一阵阵心里不好过，可是她勉强忍耐着。

这天，是夏晚，天气很热，王老夫妇和做活儿的累了一天，便进到屋里睡觉，乡间睡觉都是很早的。媳妇睡不着，一个人在院里待着，凉风一吹，渐渐困了起来，不由躺在席上睡着了。睡着了就做起梦来，梦见丈夫回来了，她欢喜不胜，丈夫把她抱在怀里，解开了她的衣服，久别胜新婚，她感到十分愉快。这时，一阵狂风暴雨，她醒了，醒来才知是梦。可是自己的身上还卧着一个，她不由大惊。仔细一看，却是叔公王老二。

王老二的老婆是去年死的，他的儿子在外边学徒。他虽然快五十的人了，可是身体特别壮。他看新娶的侄媳妇这样貌美，不禁引起他的欲念，老想下手，可是总不得机会，假如事情不成，多么丢人呢！他每天总夜里起来，跑到媳妇窗前去听，听到里面的声息，一阵阵心痒。轻轻推门却推不开，叫门一定是撞钉子。他忍耐着。

这天，他见侄媳妇睡在当院，认为机会来了。他偷偷走到跟前，把她的衣服解开，他的兽性发作了，管什么伦常法律，他便压在她的身上。等到她发觉时，她已经失去了她的贞操。

她这时不知怎么好，王老二道："你别嚷，好好地听从我，我一定待你好。"

媳妇这时因梦中的快乐还没尽兴，她只有听从他，一任他灌溉了事。王老二当然说不出的感激，他道："我浑蛋，我知道。可是我真喜欢你。你只要不对外人说，我一辈子对你好。"

她没有说什么，目前的快活把她以后的忧虑驱走了，这真是做梦也梦不到的奇缘，她纳闷人生也会有这种事。王老二又千慰万谢地缠了一阵，并且说："你若是对别人说了，你也没有脸活着。"她这时完全想不到脸不脸的问题，她只是感到心乱如麻，一点新鲜趣味的力量。王老二走了，第二天，她开始感到恐惧。她觉得实在不像话，但她并不恨王老二，她也不对任何人去说。

到了晚上，她老早回到自己房里，把门一关，躺在炕上睡觉。可是她哪里睡得着呢？她正思前想后，忽然听到窗外低声叫她，她听到是王老二的声音，她不理。王老二又叫。她想："给他开门不开门呢？"这个问题在她脑子里来回地想。王老二又叫第三声，并用手轻轻拍窗户。她的心跳了起来，她躺在炕上犹豫，王老二又叫。她想："反正是那么一回事，开开门，省得叫他恨我。"

她这样想着，可是并没有起来开。等到她起来轻轻开门时，王老二却已经失望走了。她很难过，她不再关上门，她希望王老二再来一趟，像昨夜那样。可是王老二却一直没有来。她想去找王老二，可她并没有动身。这一夜她也没睡好，月光映在窗上，寂寞呀，她感到身旁的空虚。

次日，她表面上仍然是很镇静。王老二屡次侦察她的神气，总看不出来她是一种什么情绪。王老二简直摸不清侄媳妇是怎么一回事。

到了晚上，他又去找她。走到她的窗前，又低声叫她。她说了一声："自己不会进来?"王老二一听，十分喜悦。来到门前，用手一推，果然开了。

他走进来先翻身关好了门，然后过来就抱那妇人。她用手一推他道："你是打算怎么个主意?"

王老二道："我也是为你，怕你闷得慌。咱们都落得快活，又有什么呢?"

妇人道："难道你不顾脸面?"

王老二道："没人知道。"

妇人道："日子长了就容易叫人知道。"

王老二道："不会，我们老是夜里聚会，天不亮我就走。"

那妇人道："倘若走晚了呢?"

王老二道："我就先在你屋里藏着，有空我再出来，这不是挺方便的?"

妇人道："要是他回来呢?"

王老二道："他回来我就不找你，不是一样吗？那时候你多乐子，我一个人待着。"

妇人道："这要是一个不留神，叫人知道，多么没脸呢？"

王老二道："你不说人家怎么知道？街坊四邻当然看不见，就是你爹妈也不知道。做活儿的都在前院后院，他们更不知道了。"

妇人道："假如有人半夜里起夜，你睡着打呼噜，叫人听了去，怎么办呢？"

王老二道："你可真想得周到。我有一个妙法，如若有人问你，说夜里听见你屋里有男人的声音，你就说是妖精，变作人的模样，前来缠绕。说跟你有一段孽缘，可是不准往外说去。如果一说，非要害掉全家的性命不可。他们也就没有办法，咱们不是可以为所欲为吗？"

妇人道："哼，起色！你这叔公心坏透了。"

王老二笑着把她一抱道："你也省得闷得慌呀。"于是他们便上到炕上，闹起妖精来了。是此好多日，谁也不曾知晓，他们便更大胆起来。

可巧这天叫王老大的老婆子和王老大听见，他们一问媳妇，那妇人才说出闹妖精的话来。王老大听了，十分害怕，向王老二要主意。王老二也害怕，说妖精实在惹不得。这话果然把王老大给吓回去了，王老二更认为得意，同那妇人说笑不止。

王老大为这事愁了好多日子，他以为天天老同妖精在一起，实在危险，将来儿子是回来不回来呢？回来还不叫妖精给吃了吗？王老大一着急，才请个瞧香的来。瞧香的哪里会捉妖？便骗了几个钱走了。这回又赶到华慕侠，王老大以为华慕侠一定会捉妖，非常热心地赶办东西。

王老二看着十分好笑，可是心里也不大得劲儿。华慕侠会捉真妖精，可是假妖精他就捉不了啦。王老二倒不是怕他捉妖精，而是怕他看出妖精不是真的来，就糟心了。他劝王老大不必管了，弄得妖精生气起来，全家的性命都危险呀。王老大不听那套，他这回横了心，为了儿子牺牲全家都使得。

王老二到夜里同妇人一说，妇人道："那怎么办呢？"

王老二道："有两个办法。一个就是他爱怎么捉怎么捉，不理他，我们到时候乐我们的。还有一个办法，就是说妖精走了，他也就不捉了。咱们先歇些日子，把这程子过去，再到一块儿。不过这么办显得栽得慌。"

妇人道："那有什么栽得慌？他们压根儿就不知道是你。栽是妖精栽了，怕什么的？"

王老二道："可是他们疑心，一请捉妖的，立刻你就说妖精走了，他们也许疑心这里有鬼，多不好？"

那妇人道："那没有什么，他们至多说妖精害怕跑了，没有什么。要是他们当真一捉，那个叫什么侠的一念咒，说这不是妖精，那岂不更坏了？他们更要疑心了。"

王老二道："干脆不理他们，他们爱怎么着就怎么着，反正咱们这些日子小心点儿就好了，看机会行事。"

他们商量他们应付的办法，王老大办王老大的事，华慕侠想着华慕侠的主意。这时候谁的心里也没有把握，也没有谱儿，都是走着瞧的心理。

婆婆问媳妇这两天怎么样，妖精知道要拿他不知道。妇人说："大概不知道。可是这几天没有来，来也是接三跳两的。他说：'我们的缘快尽了，尽了我自然就走。如果你们要请什么人拿我，我就先害了你们全家。'"

婆婆同王老大一说，王老大又跑到酒馆一说，说妖精要走了。华慕侠道："你们看如何？我还没有拿它，它就先害了怕。什么叫缘尽了？它是骗你们呢。"

大家一听，全都说妖精有点儿害怕了。连华慕侠自己都觉得有两下子，妖精当真怕了他，他更信他有仙根了。他越发吹起来。他又唯恐钱闹不到手，等妖精一走，他们不给钱了，那是多么冤呢！他说道："它不是说要走吗？别听它的，咱们还是办咱们的事。越快越好。它是试探咱们是不是真拿它，并且它即或走了，等我离开此处，它又回来作祟，那就更没有人降服它了。咱们趁它没走，先捉住它，除了根，以后你们好过太平日子。"大家一听，言之有理，越发信服华慕侠的法力了。

华慕侠道："还是先别言语，由王老大暗中侦察，一切都准备好了再说。"

大家从此越发精神百倍，都要看看剑仙和妖精怎样斗法，妖精怎么吐出一口黑气，剑仙用宝剑一挥，立刻把黑气定住，妖精现了原形，到底看看妖精是什么变的。真有活百十多岁没见过捉妖的，不料现在有这一个机会，焉能错过呢？有的想请华慕侠再住上一年半载，大家学学武艺。有的想请华慕侠替他报仇，杀死仇人，他将全份产业给华慕侠。

华慕侠说："现在都谈不到。等捉完妖之后再说。我的事太多，现在无法来答复你们。大家聚精会神地等待日子到来，一切的事，捉妖之后再说吧。"

这天，王老大把东西全都送来，华慕侠一看，十分欢喜。把道袍一穿，倒还合适，可是上边戴着美国呢帽，有点不伦不类，光着头也不好看。这地方老道不如和尚，和尚可以光头，秃子当和尚，将就材料了。老道必须戴道冠，没有道冠，也得梳个道髻。华慕侠不会梳道髻，由赵邦杰给他别了一个夹子，男不男女不女的，十分难看。可是华慕侠很得意，把宝剑扯出看了看，虽然没有刃，可是擦得挺亮。他拿着宝剑比试比试，颇有点儿真人的味道。这是他自己觉得，按赵邦杰的眼光来看，简直是天桥卖药糖的。华慕侠这喜欢就别提了，这才是剑侠的意味呢。

赵邦杰背地里对华慕侠说道："我说，这闹妖精我可是看也没有看见过，究竟怎么一回事，也得留点儿神。万一妖精挺厉害，性命可非常紧要呀！"

华慕侠道："不要紧，这地方我想不容易有妖精，妖精得在深山里头。这一定是狐仙什么的，这个道行浅得很。咱们犯不上得罪它，跟它说几句好话，它也就走了。何必和它作对？是不是？再者说，它即使是妖精，我想咱们替人民除害，神仙没有不保的。你没有看过《济公传》吗？凡是老道捉妖的时候，济公老出来帮忙，把妖精捉住。咱们暗中祷告祷告，一定有济公前来帮助，也许收咱们为徒弟呢。"

赵邦杰道："我跟你打听打听，你捉妖精的时候，是怎么捉呀？也得念咒呀，可是你会念咒吗？"

华慕侠道："什么咒不咒？只要诚，他就灵。咱们有仙根呀！妖精也许不敢惹，它就暗中走啦。这几天不是说妖精有走的意思吗？它一定也知道咱家的名姓了。到时候你就多预备点脏东西，妖精最怕脏东西。"

赵邦杰道："我弄一盆屎放在院子里，它一出来，我把盆照它一泼，它就没道行了，对不？"

华慕侠道：“对啦，你最好在屋门口外等着，到叫它出来喷气，迎头先灌它一盆屎尿，它就没能力了。然后我过去用宝剑一砍，它就得死。”

赵邦杰点头答应，华慕侠说：“假如咱们这回成功，一定名满全球。咱们不用找师父，高人就得先找咱们。你说是不是？咱们马上回到北京都成了。”

两个人说着，非常乐观，这且不提。

这酒馆里的客人越聚越多，大家议论纷纷，不过对于妖精这点印象，也都是从小说里得来的，真正没有听说过，今天总算是有生头一次。

张三说：“妖精不知道什么样，一定难看的，锯齿獠牙，口如血盆似的。”

李四道：“不对，它一定变了人的模样，跟人一模一样，要是还这么难看，那堂客早就吓傻了。”

王二道：“你说剑仙怎么捉妖？”

李四道：“反正是念咒罢了。一点咒，就看他的咒的力量如何了。咒的力量一催，妖精就浑身不合适，那非出来斗不可了。妖精一出来，再念第二道咒，妖精的法力就传不出来了。然后再一烧符，把金刚神拘来，妖精就得坐在那里现了原形。”仿佛李四看见过捉妖似的，要害他也是全凭想象。

张三道：“假如妖精法力大怎么办？”

李四道：“妖精法力大，他就吹出一口气，就跟浓烟似的扑向人来，要像剑仙这样的，也许不理会，咱们凡人可不得了，闻见那黑烟，就像中煤毒，立刻昏迷不省人事，妖精不吹一口气，那人就非完不可了。”

王二道："那么我们要是看捉妖去，是拿命闹着玩吗?"

李四道："我看这位华仙爷有两下子，说的都有理。"

当然有理。华慕侠所说的也是由小说里看来的，跟李四是一个辙，当然李四听着合理了。大家见李四都说华慕侠靠得住，大家更信任华慕侠了。

这时王老大正暗中侦察着儿媳妇的屋里，每到夜里起来，偷着听媳妇屋里动静。见一点声息也没有，便知道妖精没有来。第二天一问媳妇，果然没有来。媳妇说好几天没来了。王老大到酒馆一说，大家都以为妖精害了怕，一定逃走不会再来了。

华慕侠本来想妖精真个跑了，倒没了自己的事，并且也可以增加自己的威信。可是又想，没有把妖精捉住，这钱怎么跟人家要呢?看这个情形，大概妖精是没有什么可害怕的了，它也怕自己的仙根呢。

他道："我现在有一个方法，你回去对你儿媳妇说，剑侠已经走了。那妖精偶尔还要来，你儿媳妇对它一说，它一定又不防备了。然后我不捉它，我想它不会跑。它一定不能舍得的。"

王老大道："我想妖精也不会善罢甘休。倘若仙爷一走，它倒许回来害我们全家。倒是依了您的主意，把它骗来，将来捉住的好。"

大家一听，也全赞成。本来大家都等着看捉妖的，妖精跑了多么没劲呢?还是把他骗来捉住好呀。

王老大道："你们静听我的消息，诸位最好晚点儿睡，我找来大家就去。"大家答应着。

王老大回家先跟王老二说，王老二道："怎么样了?"

王老大道："妖精这两天没有来。"

王老二道："本来瞎花这些钱，请这些没用的东西。妖精一走，我想是不会来了。”

王老大道：“那说不定，妖精也许怕仙爷捉它，所以它不来了。等到仙爷一走，它又回来，那时非得害咱们全家不可。今天仙爷说了一计，假说仙爷走了，骗妖精来，然后他再捉拿它。”

王老二道：“怎么捉拿它呢？”

王老大道：“我半夜听着，妖精一来，我就偷偷报告去。他们就来。我给设好了香案，他说他一念咒，妖精就得现了原形。”

王老二一听，点了点头，说道：“假如妖精从此不来呢？你还能管他们一辈子饭吃吗？”

这话把王老大问住了。本来，等到何时为止呢？王老大道：“管他一辈子饭也没有什么，不用说日子多了，只是一年两年，妖精还能再来吗？”

王老二道：“一年两年，你干了，人家也得干哪？并且他实在没有什么能力。”

王老大道：“他若是没有能力，妖精会吓得跑了？”

王老二道：“也不一定是跑，这也许有它的事。我看这妖精道行不小。如果它来了，那姓华的未必捉得了。比方说吧，他要是捉妖，妖精不理他，怎么办？”

王老大道：“不会，他一念咒，妖精就得出来。”

王老二不跟王老大抬扛了，他躲到一边，静看怎么捉妖。王老大等了几天，妖精没有来。华慕侠在店里又吃又喝的。他说：“我真得走了。我在这里住一年半载的算是怎么一回事呢？”

他们一听华仙长要走，不觉十分扫兴，大骂妖精为什么不来？挺好的一个机会。王老大心里倒是安宁些了，妖精不来，岂不更好？王老二却沉不住气，多少日子没有灌溉了，田地都有点儿荒芜了，连那妇人也感到闷得慌呢。反正他捉不了我去，不听他那一套，他捉不了去也就算了，不然他总不放松，多么别扭呢。王老二的胆子倒是平常，可是一沾上色字便大可包天了。这天晚上他竟找了妇人去。

王老大因为妖精这些日子没来，有些疏神。今天偶然夜里起来，到媳妇屋外去听，听见里面有妖精的气息了。立刻跑出门外，一直奔店里。大家都已安歇，王老大敲开了门，喘息说道："妖精来了，妖精来了！"

大家一听，立刻精神抖擞，眉飞色舞。华慕侠心里有些嘀咕，可是这时不能不振作。赵邦杰有几分害怕，华慕侠叫他别显着害怕的样子，叫人看不起。大家穿好衣服，华慕侠着上道袍，由赵邦杰在头上别了一个夹子，好像雌鸡的尾巴，秃巴巴的。手里捧着宝剑，向老王家进发。掌柜的带客人等，浩浩荡荡，一边走着一边小声说。华慕侠不叫他们说话，大家默默地走着。

来到老王家，王老大在头里引路，大家进了门。华慕侠看了看院子，他叫王老大在院子当中摆好香案，黄纸笔墨都拿了出来，案上点上蜡烛，当中有香炉。华慕侠拿笔在纸条上瞎画了一阵，然后点着了香，插在香炉里，跪在地上，向天磕头。他是祷告济公前来搭救他。

大家这时看着紧张起来，一边看着妇人的屋里，一边看着华慕侠的动作。有的胆小的跑到树后头藏着，有的蹲在墙根，有的跑到王老大屋里，王老大的老婆一喊，又跑了出来。有的拿着通条，有的拿着木棍，虽然知道对妖精拿这些兵器无济于事，但是也仿佛有个仗恃似的。赵邦杰跟王老大要了一个盆，问王老大厕所在哪里。王老大说没有厕所，后面有个大坑，里面尽是屎。赵邦杰跑到后面，盛了一盆屎，跑到那妇人屋外门前，等到妖精一出来，他就拿盆一抛，这一抛，妖精就得打去若干年的道行。

酒店掌柜的看见赵邦杰盛了一盆屎——其实不是看见的，他是闻见的——他也想起来，立刻跑到王老大的屋里，把王老大的老婆的裹脚布抄起来就跑。他知道妖精最怕秽布。王大娘的裹脚布是有名的又臭又长。他跑出来，王老大的婆娘直嚷："干吗呀？你们抢那个干什么呀？"

掌柜的道："有用。"

王老大婆娘说道："要那个有什么用呀？"

她这么一嚷不要紧，妖精还有听不见的吗？王老二一听外面喧嚷，他又一看窗外很亮，把窗帘掀开一个小缝儿，往外边一看，只见有个老道在地上磕头，磕完头爬起来，就把黄纸条拿起来，插在宝剑上。他用宝剑把黄纸条在香上一烧，然而用宝剑一挥，口中念念有词，也不知是什么词。那黄纸条倏地落在地上，一会儿就灭了。大家这时紧张得无以复加，因为知道这头一道符是催动仙灵，第二道符就要飞沙走石了，第三道符妖精就得出来。大家战战兢兢，浑身的血液都在紧张循环。而妖精却马马虎虎莫名其妙，不知他是干什么呢。

王老二仍在看着，那妇人却害了怕。问道："干什么呢？"

王老二道："他们捉妖呢。"

那妇人道："哎呀，这可怎么好？"

王老二道："不要紧，我又不是妖精。"

说着，又看华慕侠烧第二道符。他一边烧着，一边嘴中念道："济公圣僧千万来搭救弟子，帮助弟子捉妖，给一地方除害。"

说着，把第二道符用宝剑一挥，这符飞在空中。掌柜的看见几乎喊出来，以为立刻要狂风大作。大家也都静静看着。大家都在看着，连屋里的人也在看着，看这一幕滑稽剧的演变。可是第二道符焚了之后，并未有什么动静，大家都怔了。华慕侠也在嘀咕，第三道符他不敢烧了。

屋里的王老二和妇人也都怔怔地看着，看他烧了两道符，仍然没有什么动静，王老二放了心，知道华慕侠的道行只能捉妖，不能捉人。可是假如他看出是人来，那可就糟了。他仍是静静地看着。

妇人道："假如他们捉不了怎么办？"

王老二道："那他们还不走吗？"

妇人道："他们要是不走呢？"

王老二道："他们不走，我就吓他们。"

他们看华慕侠又跪下了，祷告了半天，不知他在说什么。一会儿又站了起来，开始向屋里问话。他虽然知道自己的符不灵，可是他又知道妖精也不怎么样。他想：若是妖精道行大，它一定就不答应了，非出来和自己斗法不可。现在它没出来，显而易见是怕了自己。他的胆量大了起来。他想：自己既然捉不住妖精，大概和妖精是棋逢对手，将遇良才，两方道行差不多。而自己这方面，究竟站在正义的立场，妖精多少有点心虚的。它既然不出来，那就不如先以大义责它，然后再说宽恕它的话。刚柔相济，那妖精一定非走不可了。真要逼急了它，它一死相拼，反为不佳。

想罢，咳嗽一声，开口向屋里说道："屋里的妖灵听真，山人乃是时代剑仙赛朋克华慕侠是也。"他想拿外国人吓妖精，现在的妖精也许怕外国人的。

他又接着说："山人本想捉拿于你，叫你一时三刻化为脓血。但山人有好生之德，不忍加害。念你修炼不易，只要你从速离开此地，幡然悔悟，永不再犯，山人以慈悲为怀，绝不加难于你。现在限你在新时间三点以前，离开此地，并且给你五分钟犹豫时间，从速决定。倘无圆满的答复，别怪山人不留情了。”他说完，仗剑一站，静等妖精的答复，心里可是扑通的。

大家听了这套词，也以为不卑不亢，颇合剑侠口吻。大家都等着妖精回答。

屋里的王老二听见了，一时也拿不出主意。妇人道：“他跟我说话呢？”

王老二道：“跟我说呢。”

妇人道：“那你怎么办呢？”

王老二道：“再等等，反正给他一个不理，看他怎么样。”

妇人道：“那桌子底下还蹲着一个人是谁？”

王老二道：“像是酒店掌柜的。”

妇人道：“他来干吗？”

王老二道：“谁知道？大概是看热闹。”

五分钟过去了，华慕侠站在那里等着妖精，恰给个相应不理，华慕侠倒没辙了。大家也怪别扭的。华慕侠问王老大道：“妖精真来了吗？”

王老大道：“来了，确实没错。大概是睡着了。”

华慕侠道：“没有的话，妖精向来不睡觉。你问一问你儿媳妇，妖精在屋没有。”

王老大一听也有理，便叫道：“媳妇，媳妇，大王在你屋呢吗？”

妇人一听，便向王老二道：“你说我怎么说？”

王老二道：“你说没在。”

妇人道：“我若说没有在，他们明明知道你在这里，倒仿佛我说谎。你瞧，都是你，闹得我没脸见人，我还怎么活着呢？”说着，她哭了起来。

王老二忙安慰她道：“你别哭，我一定想法叫他们走就完了。不要紧，他们进不来屋。闹了半夜没结束，他们还不走吗？他们一走，一点儿也露不出来马脚，怕什么？”

他们屋里一嘀咕，院子里反又紧张起来。他们听见妇人好像是哭了，虽然没说妖精在不在屋，可是她这一哭，显而易见是妖精在屋里恫她了。这一来，更增加了华慕侠的兴趣与大胆，他想，妖精是没辙了，那要擒它，易如反掌。

他说道：“呔，大胆的妖灵，山人本好生之德，不愿加害于你，你反而不加醒悟，殊为可恶。我若是把三道符焚化，立刻将你显露原形，那时悔之晚矣。”

说完之后，屋里仍然没有声响。大家也知道妖精大概不厉害，若是厉害，早就出来斗法了。他们都请华仙长立刻焚化三道符，把妖精捉住完事。华慕侠立刻把第三道符焚起来。

第三道符烧了之后，仍然是没有动静。大家都不知是华慕侠不灵，还是妖精不成。大家都等着。华慕侠怕大家看出不灵，遂又跪在地上祷告，半天没起来。大家不知他又在干什么，可是他心里却打算盘呢。跪了一会儿，然后站起来，向妖精作第三次劝告，这次劝告再不成，就得打主意逃走。

他又大声喝道：“妖精听真，山人方才祷告上天，希望饶你不死，放你归山修炼。你若再不肯走，山人便要致你死命了！现在我喊到十秒钟，你若再不出来，山人便毁窗仗剑直入，取你的性命。”

妇人在屋里一听，不由说道：“他要跳窗户进来怎么办呀？”

王老二道：“别听他那套，他也得敢？这是吓人呢。也没听说捉妖要跳窗户的。”

妇人道：“他要是真进来呢？”

王老二道：“不要紧，你把地下那斧子递给我。他一把头钻进来，我当头一劈，进来一个死一个，他们也就害怕就跑了。”

妇人道：“那尸首呢？”

王老二道：“就说是妖精给劈死了，也没地方抓凶手去，这不是就完了吗？”

妇人道：“哎呀，那多害怕呀！”

王老二道：“没关系，不这样办不成了。况且我天天来陪你，你还害怕吗？”

妇人道：“这样简直不成，我受不了。”

王老二道：“这样办，明天我找碴儿跟老大分家，就说他瞎花这些钱，我不干。跟他分了，我把地一卖，然后你偷偷跟我一跑，咱们到北京享福好不好？”

妇人道：“那倒可以，可是今天怎么办呢？”

王老二道：“不理他，他没主意。”

这时候，华慕侠也不知是数到几了。赵邦杰说了话，他道：“老华，干脆你也不必念咒了。看这妖精是没有多大能耐，割鸡焉用牛刀，待我来拿它。咱们干脆烧房，把它烧死。”

这个主意倒是不错，可是王老大不干了，他怕毁了房子，岂不损失太大吗？他道：“这个主意不成。”

赵邦杰道：“你这老家伙，我说着玩呢，你就害怕。不要紧，我现在有个主意，咱们大家都不走，跟它耗了。这不是已经快天亮了吗？看他天亮还走不走？咱们倒要看看，这个妖精是什么样？”

他是知道妖精没能耐，出来拿屎盆子一泼，就得现原形，叫他们看老赵亮一手儿的。

华慕侠一听赵邦杰这些话，心里想道：“却也有理，干脆就耗，耗到天亮，它也就更没能力了。妖精就怕天亮的，天一亮，不必念咒，它就得现原形。”想罢，也自欢喜。

可是屋里的妖精可大吃一惊，妖精不怕捉，就怕耗。要知后事如何，请看下章。

第三章　张家湾水上遇惊

话说华慕侠和赵邦杰使用长期战术，等妖精出来，那一盆子毒瓦斯打妖精，妖精无不立刻现原形的。他们这主意真损，王老二真害起怕来。他们不怕捉，就是怕耗。耗到天亮，自己还怎么出去呢？即或不出去，由外面往里挑窗户看，也看得清楚。况且他们再到自己屋里，自己老不回去，他们也就怀疑呀！虽然说是怕妖精，不敢在家里睡，可是大白天也不回来吗？这可真糟。即或把今天耗过去，他们若是接着耗，这可受不了。

妇人也急了，她又哭起来道："我的妈啊！这可怎么好呀？"

王老二忙劝她道："你别哭呀！"

妇人道："他们不走，到天亮我还怎么见人啊！这都是哪儿找来的这些坏蛋，出这主意？"

王老二道："你别慌，沉住了气，我能够出去。"

妇人道："怎么出去呀？院子里这么些人，虽然看不很清，可是他们绝不能不站在那里看着呀！他们不是都拿着家伙吗？"

王老二道："那也不要紧，他们不敢动手。我一出去，他们就得跑。"

妇人道："他们要不跑呢？你还是从后窗跳出去吧。"

王老二道：“后窗钉着板子呢，开不开。”

妇人道：“那怎么办呢？”

王老二道：“这回用着你了。”

妇人道：“用我干什么？”

王老二道：“你就对他们说，叫他们回去，说大王从明天就不会来了，今天是最后一天。”说着，又教她一遍。

妇人无法，只得在屋里说道：“爹呀，大王说了，说请这些位都回去吧。不必费事了，要是斗法，他们也是白丢性命。大王从明天起就不来了，今天缘已尽了。爹呀，叫他们回去吧，大王就走，怕惊吓着他们。”

大家一听，精神一振，这回屋里却有了反响，不管是妖精直接或间接，现在总算有了答复。大家对于这答复，很有玩味的地方，现在都看华仙长的主张了。

华慕侠听了妇人的话，心里也在犹豫。是走还是不走呢？借着这个台阶一走，总算是自己把妖怪吓走，自己的威严不失。若是不走，妖精一怒，也许干一下子，那时倒许闹得两败俱伤。

他正犹豫，赵邦杰说了话：“你们走你们的，反正我不走。我倒要看看这妖怪是什么样儿。”

他的浑劲儿上来，他听了妇人的话，越发知道妖精没有能耐，他道：“华师兄，咱们今天非看看他不可。”

屋里王老二又为了难，那妇人道：“这小子也不知是干什么的，真可恶！”

王老二道：“我非得吓他一下不可。”他故意弄粗自己的嗓子，大声喝着，仿佛妖精都是粗嗓门似的。他嚷道：“尔等小辈听真，祖师爷与这妇人有缘，本想明天即行回山，今天因尔等故意作祟，从此祖师爷天天要来。今天时候已经不早，我要去也。明天再来和你们斗法。识时务的趁早躲在屋里，将街门大开，我要去也。挡我者死，避我者生。赶快躲开！”

大家一听妖精发了话，这回可厉害，胆小的真跑到墙角去躲，有的又跑到王老大老婆屋里，往床底下就钻，叫老婆子又给揪出来了。

赵邦杰准备好了屎盆子，仍然在屋门口等着。华慕侠心里也想：“妖精哪有开大门走的？出门不是一股黑气就腾空了吗？没听说过还大摇大摆地走出去，难道妖精和我们剑仙一样吗？”

这时大家都躲在一旁，有的蹲在墙角，有的藏在树后，个个都拿着家伙，预备开打。王老二在屋里抄起一床大被来，从头到脚一蒙，把门开开，打算冲了出去。只要跑出大门，就没有危险了。他料到别人在这个时候是不敢靠近他的，趁着大家一惊慌的时候，他就跑出去了。

打算好了，开开屋门，那妇人还问道：“成吗？”

王老二道：“没有什么不成的。”说着同时，他又大吼一声，嚷道：“吾神去也！”这时候他又是神仙了。

说着，把头一低，前面只露出一个小孔，为是看路。浑身都被被子裹住，成个圆球似的。大家猛不丁看见屋里跳出一个大红毛团的东西，都自吓了一跳。赵邦杰早自准备好了，看见有个东西出来，不管是什么，把那屎盆子往上一扣，立刻屎汤子都灌了进去，闹了王老二一脖子。王老二真没想到他们有这一手儿，不由慌了，使劲一跑，被角兜住了腿，那一脚踏住了被角，一下便绊了一个跟头。大家先看这妖精往外跑，脚底下噔噔有声音，早已怀疑。又见赵邦杰把屎盆子扣在上面，妖精倒在地上，大家越发不害怕了。连忙一起跑过来，拿着家伙便打。打得妖精直叫喊："别打了，别打了！诸位住手。"

王老二这时候知道跑也跑不了啦，再不言语真得被打死，还是活命要紧，别的再说啦。他这么一嚷，大家都听着耳熟，连忙掀开被子一看，哪里是什么妖怪，却是王老二，大家不由哗然。王老大气得直跳，那妇人在屋里也哭了起来。王老二一抖被子，臭气满院。大家这一顿笑，立刻全院都非常热闹，连街坊都跑了过来。大家一方面捉住王老二，一方面解劝王老大，一方面看守媳妇，怕她寻死。王家巷闹得天翻地覆。

华慕侠一看这情形，立刻一拉赵邦杰，说道："咱们快走吧！"他们急忙趁乱跑了出来。

赵邦杰还要回店里去，华慕侠道："别回去了，咱们快跑吧。趁这时不跑，明天想跑也跑不了啦。好在咱们并没有什么东西在店里。"

赵邦杰道："咱们还没跟他要钱。"

华慕侠道："要什么钱？咱们是来捉妖，现在妖没捉成，出了这种事，你说王老大有不气的吗？他还给咱们钱？那真休想。回到店里，掌柜的先跟你要店饭钱，你拿什么给人家？不给多寒碜？他们若是不讲理，咱们一样没钱。君子不跟小人斗，好在我这里还有几个钱，足够咱们吃几天的。"

赵邦杰道："你这是哪里的钱？"

华慕侠道："平时跟掌柜的支的，一天借几块，一天借几块，反正他知道有王老大还，他放心。我借了钱就收起来，预备如果情形不好的时候，乘虚逃走。"

赵邦杰笑道："这一来掌柜的可吃亏大了。"

华慕侠道："这是通权达变，由他们去交涉吧。"

赵邦杰道："你说王老二这档子，他们怎么解决？"

华慕侠说："在乡间还不是说说算了，王老大同王老二一定分家，反正王老二吃点亏，这就完了。"

赵邦杰道："你说他们想的这个主意真不坏，总算把人家全蒙住了。若不是咱们来，他们还破不了案呢。你说叔公跟侄媳妇干那个事，多难为情！"

华慕侠道："你不知道，越是这个才越有味。"

他们走着，已经天亮，赵邦杰想找地方歇歇，可是华慕侠怕人家在后边追赶下来，他道："咱们先走套子吧，怕人家追了下来。"

赵邦杰道："我现在又饿又困，又没有吃饭。"

华慕侠道："现在尽是村庄，到哪里睡觉？我们先寻点儿东西吃再说。"

两个人进到村庄，和人家买了些饼子咸菜吃了，又买了一壶茶。吃饱喝足，又想睡觉。便向人家要屋子睡觉，人家说："家里现在没有男人，男人都赶集的赶集，做活儿的做活儿去了，家里光是女人，不能留客。"

华慕侠一听光是女人，越发不大想走，只是和妇人说上没完。这时也不困了，赵邦杰也有了精神。他对华慕侠说道："问问她们这里有卖的没有？"

华慕侠道："卖什么？"

赵邦杰道："妓女。"

华慕侠道："这里哪有妓女？"

他们看着那妇人很是标致，其实比起都市的女人真是丑得要命，可是在乡间走了许多日，看这妇人却仿佛天仙似的，何况华慕侠等又有点儿冲动呢？

他道："这个地方叫什么地方？"

妇人打着怯口说道："这个地方叫崔家堡，河南的边界了。再往南走就到湖北了。"

华慕侠道："这里离湖北有多远？"

妇人道："也就是三十几里地。这里土匪多极了。"

华慕侠道："你姓什么？"

妇人道："俺姓崔。"

华慕侠道："崔大嫂，崔大哥没在家吗？"

妇人一听，这个老道有点疯言疯语，心想，千万别招惹他们，把他支到土匪窝里去吧。遂道："我爷们儿一会儿就回来，道爷上哪儿去呢？"

华慕侠道："我们云游四海。"

妇人道："这位呢？是俗家？"

华慕侠道："对啦，他叫赵邦杰。"

妇人道："这位客官不知成了家没有？"

赵邦杰忙道："还没有呢。"

妇人笑道："哟，这么大还没成家？"

赵邦杰道："崔大嫂给我说一个？"真有点儿急茬儿。

妇人道："那敢情好。"

赵邦杰道："要像崔大嫂这样好看的。"

妇人道："我有个妹妹，比我好得多，要是收了她一定如意。"

赵邦杰道："那太好了。"

华慕侠这时后悔不该道装了，哪有穿上道袍还娶媳妇的？这一来，真便宜老赵了。妈的，自己不穿道袍，哪里有他的份儿？但是自己也得想主意。华慕侠道：“崔娘子也给我说一个？”

妇人道：“哟，哪有道爷也说媳妇的？”

华慕侠道：“我不是老道，别看我是道装，我同他一个样。像娘子这般美貌，给我学生说一个，真是感激不尽。”

妇人道：“我的那口子快回来了，你们先走吧。你们到我娘家去，我一会儿也去，咱们那儿见吧。”

他们两个人一听，十分喜悦道：“你娘家在哪儿？”

妇人道：“就在西南上有三十里的样子，有个赵家围子，我家就在那里。进赵家围子打听老赵家，就是我娘家。我娘家哥哥很多，那都是你们以后的舅舅呢。”说时一笑，笑得两个人都筋骨酥麻起来。

妇人道：“你们快走吧，我一会儿就回去。”

两个人一听，十分欢喜。华慕侠道：“西南，三十里，赵家围子，是不是？”

妇人道：“对啦，快走吧。一会儿就到了。”

这两个人便慌忙走了下来，一边走一边打听道路，问赵家围子在哪儿。行路的人都奇怪他们，赵家围子是有名的土匪窝，时常活埋人，那两个人是土匪呢，还是送死去呢？行路人也不好问他们，他们只高高兴兴地往前走，一边走一边聊天。

赵邦杰道：“活该是我的运气来了，我的婚姻就在那里，我姓赵，所以叫赵家围子。”

华慕侠真有点羡慕他，可是他说：“那个小娘儿们许有意跟我，你看，她不是叫我们上她娘家，她也回来吗？一定是在娘家跟我成其好事。告诉你说，我比你强，妇人比姑娘得吃呀。”

赵邦杰道：“可是我这个能带走，你那个带不走。”

华慕侠道：“咱们可不准带着媳妇满处走，那还叫什么侠客？况且也累赘呀！咱们应当到处为家。”

赵邦杰道：“我看情形，如果姑娘好看，又有家财，我干脆不跟你瞎游。这样游，到哪儿是一站呢？”

华慕侠一听，不禁生起气来，说道：“你这人重色轻友，将来可不得好报。趁早打消了这个念头，若不然惹动绿林三十六友的愤怒，你可就性命休矣。”

赵邦杰道：“哪有三十六友？”

华慕侠道：“不久的将来就有了。我出去一访天下名师，结下三十六友，第一先反对你。”

赵邦杰道：“那小堂客若是跟你呢？”

华慕侠道：“那我也不要。睡两夜还不够瞧的吗？”

赵邦杰道：“那你这种行为，绿林中人也是不赞成呀！”

华慕侠道：“咱们这不是采花，这是真正的爱情。侠客也有侠情，英雄也有气短的时候。”

两个人走着，因为都很兴奋，所以不知不觉地来到了赵家围子的北门。那围子是土做的，四角有碉堡。他们走着，赵邦杰道：“咱们进去找谁呀？”

华慕侠道：“找咱们大舅子去。进门就叫他们大舅子，没关系。”

说着，他们就往围子里走。围子有把守的土匪，手枪在身上揣着。他们以为是住家户的人，没有理会。谁知那人却拦住他们问道：“上哪儿去？”

华慕侠道：“到老赵家。”

那人道：“到哪个老赵家？这个围子里都姓赵。”

华慕侠道：“找那跟崔家庄有亲戚的老赵家。”

那人道："你们由哪里来？"

华慕侠道："我们由崔家庄来。"

那人道："崔家庄？看你们不像本地人。"

华慕侠道："对啦，我们是来投亲的。"

那人道："投什么亲？"

华慕侠道："我们到老赵家成亲。他们姑娘给我们了。"

那人道："没有的话。老赵家的姑娘都给了我们掌柜的了。你这小子一派胡言。你们一定是奸细。走，跟我走，我带你们到老赵家去。"说着，把手枪掏了出来，比着他们。他们一看不觉怔了，只得先同他到老赵家再说。

走到巷里，看来来来往往的都揣着手枪，他们十分纳闷。走到一家门口，广亮大门，那人叫他们进去。门口也把着人，把他们领到里边去。里面人很多，大概都是大舅子吧。那人走进堂屋里去，院子里有人看守着他们，把他们身上翻了一遍。华慕侠带着的十几块钱也都叫他们翻去了。他们见华慕侠这个打扮，一定是探子。

一会儿，那人走出来，把他们叫进屋里去。华慕侠和赵邦杰到屋里一看，见有几个人在炕上躺着吸大烟，许多人在地下伺候着。那领进他们的人向那吸大烟的一行礼，说道："报告司令，刚才拿住两个腿子，假装老道，前来刺探。"

那吸大烟的人抬头向他们看了看，华慕侠和赵邦杰这时才知道进入匪窟，不觉十分后悔，但已经进来了，没有办法，只得听人吩咐。好在自己不是什么腿子，可是土匪的性情也难说，说要命就要命，丝毫没有法律管束，所以越当大土匪越好办。

他正想着，那土匪头问道："你们是哪儿的？"

华慕侠道："我们哪儿的也不是，我们云游四海，到处交友。"

华慕侠这回想开了，死反正是死，索性跟他横着点儿。横着点儿倒许能活命。他有过经验，那次在小王庄遇见的劫匪，不是因为赵邦杰一横，他倒放了吗？越是哀求越坏，土匪不是哀求所能打动的。他低声对赵邦杰道：“横着点儿，没错，你听我的。”

土匪头叫掌柜的，土匪叫伙计，这是他们的暗语。掌柜的说：“你们两个嘀咕什么？”

华慕侠道：“你真糊涂。谁要派我们来？我们能够大大方方来？我们是久仰大名，特来会会。要不然直接就进来了？”

掌柜的点了点头道：“你叫什么？”

华慕侠道：“我叫赛朋克华慕侠。”

掌柜的道：“花巴虾？久仰久仰！你是哪位？”他又问赵邦杰。这回透着客气多了，并且坐了起来。

赵邦杰道：“我叫赵邦杰。”

掌柜的惊道：“灶王爷？好朋友，今天难得相会。”

华慕侠等不知是怎么一回事，十分奇怪。原来此河南湖北交界的地方，土匪最多，不知有多少杆。大杆有数百人的，连小钢炮都有。小杆也有二三十人的。这杆头里，有一个外号叫花巴虾的，水性很好；另一个外号叫灶王爷的，各带有数十人。今天他们二人一通姓名，以为是二位杆头前来拜杆。立刻起来，让他们躺下吸烟。说道：“久听说你们二位做过不少案，今天光临，好极了。咱们得喝会子。”

华慕侠知道土匪头认错了人，他只好将错就错，说道：“我们久仰大寨主的名声，特来拜访。”

掌柜的道：“二位为什么不先说呢？”立刻叫他们躺下吃烟，叫伙计端茶来。伙计这时才知道他们也是杆头，不觉十分抱歉，前来赔罪。那个把华慕侠的十几块钱掏去的，又令拿了出来，并求花掌柜的宽恕。华慕侠道："我不要了，那是赏给你们的。"他不得不大方起来。伙计们一听，立刻过来道谢。

华慕侠和匪首躺在炕上，对面吸烟。赵邦杰坐在炕边的凳子上，三个人谈着。

匪首于掌柜的说："真没想到你们来。我以前倒是想过，咱们得联合联合，我于某人是好交朋友的。"

华慕侠一听，才知道他姓于，便道："嗬，谁不知道于掌柜的好交朋友，要不然我还不来呢。"

于掌柜的哈哈大笑，说道："最近做了几档买卖？"

华慕侠道："最近做了四五个买卖，都不大强。绑了几个牛，也都不肥。"华慕侠知道土匪把肉票叫牛，有钱的叫作肥牛，"只是流河镇小王庄王家巷老王家干了一回买卖，得了点儿。弟兄们一分，也就没了。"

于掌柜的道："流河镇那老王家吗？王老大王老二？"

华慕侠道："是呀，就是他们。"

于掌柜的道："真不容易，去年我们曾经去过一次，打了一夜，也没有进到巷里。他有几个好枪手，我们想给拉过来不成，我们线上的打他的主意的人太多了，全没得下手。花老兄是怎么干的？"

华慕侠道："像你们那样干不成，我就带着两个弟兄，越墙而过，一直进到王老大的屋里，把王老大一捉住，你有好枪手怎么着？没用。他乖乖地拿出钱来。"

于掌柜的道："还是花老哥有把家伙，我们都没进去。"

华慕侠遂又把王老大家里情形一说，说他院里有几棵树，有个儿媳妇挺好看，说得有眉有眼，真仿佛他做了一回案似的。于掌柜越发佩服他，请他吸烟。他不会吸也得吸，吸得头直晕，于是越说得昏天黑地了。他又说：“崔家庄老崔家也有钱，已经踩好了道，就因为是于掌柜的地区，没敢下手，咱们得维持江湖的义气。”

于掌柜的道：“崔家庄？离这儿有三十里路是不是？我住过。那店里没有什么油水。”

华慕侠道：“有个小娘儿们不坏。”

于掌柜的大笑道：“花老兄也看上那个小堂客了？她那家伙滑得很，真风流，胆子挺大，一点儿不发怵。”

华慕侠道：“她娘家在这赵家围子吗？”

于掌柜的道：“哪里，别听她那一套。你想要睡她吗？”

华慕侠真不知怎么回答才好，半天才说道：“那小堂客睡睡倒不坏。”

于掌柜的道：“哈哈，你老哥来晚啦。”

华慕侠道：“怎么？”

于掌柜的道：“我已经认了干女儿。”

华慕侠道：“哎呀，实在得罪。”

于掌柜的道：“没关系，你老哥不知道呀。”

华慕侠心说：“怨不得她往这里支我，原来她这里有干爹。这娘儿们真够坏的。”

华慕侠想到这里，忽然又想起来：“这娘儿们说回头她也来。她是看她的干老儿。她若是把自己的事一说，于掌柜的知道我不是杆匪，那非要我的命不可。趁此还得打主意走。”想罢便道，“我今天本来想跟老哥多谈一谈，不过我还有点儿事必须要走，改天再来看你吧。”

于掌柜的道：“忙什么？明天再走不迟，哥儿俩得聊会子。”

华慕侠道："改天再多聚会吧。"说着，他便向赵邦杰使了个眼色，说道，"咱们还是办咱们那事去吧。"

于掌柜的道："什么事呢？"

华慕侠道："唉，一点儿事。你看我这个装束，你就知道了。"

于掌柜的道："是啊，我说的呢，怎么这个装束？"

华慕侠道："我这回是同个妖道斗法，回来我再同你说。咱们改天见。"

于掌柜的道："改天见。按说吃完饭再走不好吗？"

华慕侠道："吃完饭就天晚了，我们还得赶路。"

于掌柜的道："其实你们多等一会儿，我那干女儿还要来呢。"

华慕侠道："我不能等她了。"其实不知他还是怕她来呢。这一说，还得赶紧走。

于掌柜的道："拿点盘缠。"

华慕侠道："好吧，借几个盘缠，明儿再还你。"

于掌柜的哈哈大笑道："这太客气了，咱们还不是一家人吗？"说着，拿出二百块钱，递给华慕侠。

华慕侠别提多高兴了，又不敢乐出来，把钱揣在怀里，说道："有工夫我接你到我们山里玩会儿。"

于掌柜的道："一定拜访。"说着，把华慕侠送出来，一直送到围子南门，看华慕侠走老远，才回去。

华慕侠在道上对赵邦杰道："咱们得快点儿走，走慢了叫他们追上，准得没命。"

赵邦杰道："怎么一回事？"

华慕侠道："他把咱们的名字听错了，以为咱们也是杆子头。回头他干女儿一去，把咱们说出来，当时就能把咱们枪毙了。这要是走慢了，那小堂客去了，那杆子头跟她一说，她一听这穿张儿，非叫他们把咱们追回去不可。回去就没命。要不然我怎么非要走不可呢？虽然没吃上他的饭，可是得了他二百多块钱，这二百块钱咱们能吃不少日子呢。”

赵邦杰道：“可是媳妇没娶上。”

华慕侠道：“娶媳妇？没有这好事。咱们还是找个大城，嫖窑子去吧。”

赵邦杰道：“咱们打听打听，这里离着湖北很近了，咱们乘着天亮，跑一阵子吧，要不然他们追下来了。”

说着，把道袍一脱，背在身上，两个人跑了下来。跑了一阵子，他们觉得挺远了，其实只跑了十几分钟。华慕侠道：“不成，歇一歇吧。”他直喘，嘴里上气不接下气。于是找了一个树林里歇着。

歇了半个钟头，赵邦杰道：“跑十分钟，歇半点钟，干脆咱们别跑了，慢慢走着不也走到了吗？”

于是他们又走，这回是往西南走，一边走着一边跟人打听，哪里有大城，离着有多远。人家告诉他们说：现在已是湖北河南交界了，再往南便是湖北枣阳地界。要上枣阳，还得往东走。可是那里不好走，土匪多还在其次，走一天遇不上一个村庄一个行人。往西南奔双沟，由那里坐汽车可以到襄阳。襄阳可热闹呀，那里还有樊城，人多极了，戏馆子澡堂子都有，那里是水陆码头。

华慕侠一听，十分欢喜。他在学校时念地理书，知道襄阳是个好地方，名胜古迹多得很。襄阳西边有个隆中，是诸葛亮躬耕的地方，这里一定有高人，非去不可的。于是别了那人，便和赵邦杰走下来。饥餐渴饮，晓行夜宿，但夜宿不敢宿在人家里，他怕人家见财起意，把他们害了。

这天走到双沟，一打听襄阳，还有三十里地，他们十分喜悦，想在这里买点儿衣服，然后再到襄阳，现在棉袍简直穿不住了。谁知他们一打听，这里没有卖的。人家说："何不到樊城买去？那里又便宜样子又多。"他们一看这双沟，虽然也有个城，可是里面没有街，他们在南门外一个茶馆外边坐了。茶馆外边摆了几条板凳，两张桌子，他们沏了壶茶，有卖烧饼馃子，两个人吃饱喝足，一打听怎么走才好，人家告诉他们："这里是汽车站，有汽车可以通过。可是没有车，正天早晨才有呢。如果不愿意这里住，走下去也可以，不过道路上不大平静，最近连汽车都劫了一辆，在这里住也不大保险。"

华慕侠一听，十分着急，便问道："那怎么好呢？"

有人给出主意说："可以坐船。这里离张家湾很近，只有两三里路。到张家湾那里是码头，有船，看着有往樊城去的船，搭个脚，用不了多少钱，一会儿就到了。"

华慕侠一听，倒也不错，立刻同赵邦杰起身，走到张家湾。那里果然是个码头，有几只大小船只。他们一问有没有上樊城的，有个船夫却说："我们这是上樊城的。"

华慕侠道："我们两个搭个脚，多少钱？"

船夫道："好办，你老看着给吧。"

华慕侠道："你说个价儿好。"他知江湖上车船店脚衙是最不可惹的。他怕船夫诈他。

船夫道："一块钱一位吧。"

华慕侠一想，自己身上有二百多块钱，两块钱花着不算什么，少走多少路呢。他遂答应了，与赵邦杰一齐上了船。在船板上一坐，船夫有五十多岁，挺精神。叫他们到舱里去坐，船板上坐不住。华慕侠无法，便进到舱里。进去时，得蹲着进来，进到里面，也只有坐着，站不起来。舱里又黑又暗，又脏又有味。华慕侠本想坐在船板上，随时浏览风景，谁知船夫却叫他们坐在舱里。其实在船板上也不碍他什么事呀。

华慕侠心里想着事，赵邦杰道："怎么还不开呀?"

华慕侠道："他还许搭几个人呢。"

等了一会儿，仍是不走。赵邦杰便叫船夫道："怎么还不走？耗着什么?"

船夫道："忙啥？反正今天到啦。还有伙计没来，就来了。"

他们一听，只得等着。又等了一会儿，伙计到了，是一个二十多岁的强壮小伙计，以外还有一个十五六岁的少年水手。他们跳到船上，立刻开船。华慕侠一看他们三个人，自己才两个人，这有点寡不敌众。虽然不见得这船就是贼船，可是又不能不加以防备。

船开了，渐渐码头上喧嚷声音远了，只听到船底下的水和船底相击的声音。华慕侠抓着船舱的方窗往外一望，但见两岸很高，船走在河里，如同走在巷里，两岸上一切风景完全看不见。他有点害怕，这是不是正路呢？怎么两岸上看不见呢？别是船夫故意撑到此港里来？他想到这里，不由得更恐惧起来，别是走到无人处，问我吃馄饨或是吃板刀面。吃馄饨，便整个扔在河里；吃板刀面，便吃一刀。哎呀，这可怎么好？刚才听说这路上不好走，路上不好走，水里更不好走了。这河里不见天日，这怎么好呢？况且在船上较路上尤难受，路上可以跑，还有活命的希望，在船上是活活受死。即或和他们相拼，但是都掉在河里，他们会水，还可以活，自己不会水，仍然是要淹死。华慕侠越想越着急，越想越难受。他看了看赵邦杰，赵邦杰还好像不大知觉似的。华慕侠想同他说，可又怕船板上的三个人听见，说也无益。

这时船有点震荡，他更怕了，不免爬起来，走到船舱口，把头探出去，他想看一看岸上的情形，是不是附近有村落，喊一声是不是听得着。谁知他刚要出来，那船夫便叫他进去，不准出来。船夫是怕船这时正走在旋流，有时摇摆，万一客人不慎，滚到水里，谁负责任呢？船夫一着急，说话就不大和气，根本他们又没有受过和气的训练。华慕侠一看这情形越发怀疑，他又蹲在舱里，向赵邦杰使了个眼色，赵邦杰没有注意。华慕侠摸了摸二百块钱，他拿出两部分来，偷偷地不敢叫舱外看见，把这两打钱掖在袜子里，他想："假如他们要钱的时候，把其余的给他们，自己还可以剩下一部分。"船走得慢了，不知船夫在休息还是有什么意思，就听他们好像在外面嘀咕，说什么也听不见，不关自己的事，但心里总不踏实。

他正在想，猛然一个黑脑袋探进舱里，他吓了一跳，吓得心跳得如打鼓似的响。这船夫问道："先生，有烟卷没有？"

他一听要烟卷，心里还平下些去，可是他们并没烟卷。他说："我们都没有，我们不会吸烟。"他觉得万分抱歉，没有烟卷给他们，他们还许失望，因失望而愤怒，也未可知。他恨不能给他们磕三个头，表示自己绝不是说谎。

船夫退回去了，华慕侠真后悔，后悔随身不带着纸烟，即或不吸，交交朋友也是好的。他对赵邦杰道："你也不吸烟，我也不吸烟，以后咱们也得练练吸烟，带着烟卷，实在方便得多。这身上没有烟卷，实在别扭。"他故意大声说，为叫船夫听见。可是船夫听没听见却不知道了。

船夫走了一会儿，华慕侠想和船夫聊天，套套感情，他道："现在还有多远路？"

船夫道："走了一半儿了，还有一半儿。"

华慕侠一听，正在当中间，这时上不着天，下不着地，这才难受。船走得越发慢了，好像船夫在船板上干什么勾当，琐琐碎碎，像一边支船，一边干别的事，不像方才一心一意地撑船的样子。他又俯探出舱外来看，一看更招船夫的怒了。他只得沉住了气，表面是沉住了气，心里仍是沉不住的。

这时忽然听少年嚷道："快到啦！快到啦！"

他一听，十分奇怪，方才还说刚走一半，怎么这时又说快到了？快到什么地方了？是要收拾了吧？他的心又跳起来，和赵邦杰坐在一堆儿，低声说道："你听说没有，大概不大妙。"

赵邦杰道："不至于吧？"

华慕侠道："你听他们嚷什么？说快到了，快到哪里了？一定是河的深处把咱们弄到水里，没人知道，附近一定没有什么村庄。你看，我们坐在舱里，就看不见岸上的东西。"

赵邦杰道："不要紧，他不过是图钱，给他几个钱，也就算了。"

华慕侠道："他们要是灭口呢？我们给了他们钱，他们把咱们放了，咱们到了樊城，他们也到了樊城，咱们一报官，他们不也就完了吗？"

赵邦杰道："咱们就说绝不报官。"

华慕侠道："你怎么那么糊涂！你说出大天来，他们也不会相信。"

两个人正在说着，又听船夫说："先捆那个大的。"

华慕侠一听，吓得直哆嗦，说道："是不是？大个的先指着你呀！"

赵邦杰这可怔了，他有点儿害怕，可是他们没有一点儿怎样应付的打算，现打算也来不及了。这时又听那老船夫说：“不要那个小个的，把小个的扔到河里吧。”

华慕侠一听，越发魂不附体，他几乎喊了起来。又听那个壮汉说道：“嘿，你瞧，这个大个的不好捆，咱们得三个人一块儿使劲。”

这时船已经不走了，华慕侠越发提心吊胆，可是这时候他却有点心平气和了，反正也是死吧。这时又听老船夫说：“你去拿绳子。”

那壮汉便探进船舱，对华慕侠说道：“这边坐。”

华慕侠以为叫他离开赵邦杰，他好下手。华慕侠惊呆住了。壮汉道：“这边坐哪，快点儿。”华慕侠简直都不能动弹了，他连爬带滚，躲在一边。就见那壮汉一俯身，从方才自己坐着的地方，拿起一根粗绳子来。这时他才明白叫自己躲开，为的是拿那根绳子。方才自己坐了半天，竟不理会屁股底下有绳子。可是同时又想到拿绳子是捆他们，他不觉更害怕起来了。

这时就见那壮汉把绳子拿出舱外，老船夫道：“这根不够长吧?”

壮汉道：“够长的。”

又听那少年船夫说道：“这个可没法弄呀!”

壮汉道：“妈的，这可够滑的，须用叉子扎才成。”

少年船夫道：“我拿刀去。”

壮汉道：“先不要刀呢，先把这个捆上，要不然跑了。”

华慕侠哭了，眼泪都流了出来，没想到鼎鼎大名的华慕侠，会死在这个船夫手里。唉，死有天生有地，完啦。明知道是完了，可他还想央求央求，央求总还是有万一的希望。

这时老船夫说：“成啦成啦，我跟这孩子弄这个，你一个弄那大块的。”

壮汉道：“这也不知是哪儿来的，会落在咱们手里。真是活该的事。我还得拿绳子，顺便再拿刀。”说着，便走进舱来。

华慕侠这回可沉不住气了，他便给那个人跪下哀求道：“饶命吧！有你们的好处，将来我一定报答你们。”临到这时候，他还舍不得提出钱来，只许空愿。

那人怔住了，说道：“怎么一回事？”

华慕侠道：“但求您饶命，我们多花几个船钱也可以。我们实在没有带多少钱，若是带多少钱，也都给您。”

那人道：“我没跟你要钱哪？”

华慕侠道：“也别要我们的命。”

那人笑起来道：“我们哪敢要先生的命？我们又不是土匪，我们指着船生活，我们怎敢做这事？”

华慕侠一听，也怔了。他想，也许他们是一种稳军计，到时候再下手。这时老船夫在外边叫道：“快点吧，别叫跑了。”

壮汉道：“跑不了，我就来。”说着，又抽出一把镰刀来。

华慕侠忙道：“饶命！好汉爷。”

那壮汉道：“我们不要你的命。”

华慕侠道：“那你拿刀做什么？”

壮汉道：“我们切西瓜。”

华慕侠道：“西瓜？哪里有西瓜？”

壮汉道：“在河里呢。你不信出来看。”

华慕侠不敢出来，怕他是诱敌计，把自己诱出来好下手。他又道：“好汉爷爷饶命吧。”

那壮汉道：“你这人好不识事！”

华慕侠道：“那你拿绳子做什么？”

那壮汉道：“我是捆木块。”

华慕侠道：“哪里有木块？”

那汉子道：“河里漂着。”

赵邦杰道：“咱们出去看看怕什么？在舱里也是跑不了。”于是他们爬了出来，站在船板上一看，果然河里漂着几块木头，往上流还有漂着来的。以外还有西瓜。这时他们才明白。

华慕侠道：“你们说的是怎么一回事，还说捆大个的，小的扔河里。”

船夫道：“是呀，大木头要，小木头就不要了。”

华慕侠等一听，又一琢磨，可不是这么一回事吗？他们不觉哑然失笑，又跑到舱里去，饱受一场虚惊，还给人跪了半天，真冤！华慕侠一边后悔，而一边又庆幸，庆幸到底没有坐着贼船。

他们把木头拉上船来，又开始行进。一边走，一边捞木头。他们猜测一定是哪处山水下来冲了房屋。到了傍晚，才到樊城。船到了樊城，由老远就看见城池，樊城与襄阳两城对峙，当时的襄河浮着许多船只，非常热闹。他们一见，不由大喜。

到了码头，船站住了，他们跳了下来，给了船夫几块钱。赵邦杰说多给他们几块，华慕侠不愿多给，他忘了在船上想把钱全给人家，只求活命的事了。他一得了势，马上就不顾恩怨，他还要做侠客，这真给侠客泄气了，好在船夫也不争竞。

他们进了樊城，果然大街小巷，十分热闹，做买做卖的，高店林立，人力车往来不绝。许久没见这种东西，没想到会在这里看见，真有点新鲜呢。他们逛了逛大街，赵邦杰道：“咱们先找店休息休息吧，把住的问题先解决了，然后再逛街也不迟。”

华慕侠道：“咱们得打听打听，这儿一定有旅馆。”

他们向人一打听，果然有旅馆，大小不一，都靠近汽车站。他们便按照人家所指示的路程走到旅馆，伙计让到一间屋子里，沏茶打洗脸水，然后上店簿子，又问他们吃饭不吃。他们说：“今天这顿饭先去外边吃。”于是又打听饭馆和澡堂子。他们歇了歇，又出去洗澡。

华慕侠还要带着宝剑，表示他是剑仙。赵邦杰道：“带着它做什么？还不搁在店里，带着多麻烦呢。”

华慕侠道：“放在店里怕弄丢了。”

赵邦杰道：“我看越是带着越容易丢，倒不如搁在柜上，丢不了。上澡堂子带宝剑，多么别扭呢？”华慕侠只得把剑放在柜上，千嘱万嘱，这才出来。

华慕侠道：“我们先洗澡还是先吃饭？”

赵邦杰道：“饱洗澡，饿剃头。”

华慕侠道：“咱们也得剃剃头了。”

赵邦杰道：“那就先理发，后吃饭，然后洗澡。”

华慕侠道：“哎呀，我不能理发，我要穿道装，还得留头发才成。”

赵邦杰道：“干脆吃饭，吃完饭洗澡，我剃头，你睡觉，好不好？”

华慕侠答应了，他们进了饭馆，要了菜，许多日子没有正经吃一顿了，今天吃了，还真是香。吃完到澡堂子，全城只有这一个澡堂子，大概那地方人都不讲究洗澡，到澡堂子一看，那澡盆是就地挖了个坑，用灰抹上，仿佛像个槽儿似的，还不如河里洗痛快。可是他们不会游泳，只得在这里洗了，两人都搓下一斤多泥来。赵邦杰又剃了头，爽快多了。华慕侠把头发披散着，说不出他像什么。

晚上回到旅馆，今天真疲乏得不得了，还跑了一阵子，虽然不甚远，但总算跑了。他们倒在床上便睡。一直睡到半夜，华慕侠忽然梦见自己的剑被人偷去了，由梦中就喊了起来，把赵邦杰喊醒了，赵邦杰便又喊他，两个人一喊，把全店旅人都吵醒了。

掌柜的也跑来问怎么一回事，华慕侠道："我的宝剑丢了。"

掌柜的道："不能丢。"

华慕侠着急道："丢了丢了！我做梦梦见丢的，还有错吗？"

掌柜的笑道："做梦还靠得住吗？在我们柜上存东西，绝对丢不了。"

华慕侠道："丢了，你不信你去看。"

掌柜的遂叫伙计去看，伙计把剑拿了进来道："不是这个吗？"

华慕侠一看，乐了，说道："拿来吧，交给我吧，这个是宝物，它不在我身旁，它就给我托梦。一定是有人摸它来着。我若是枕着它睡，只要有人进来，它准先有动响。"

他先把剑说得挺神，然后就抬得起自己的身价来。可是都市的人和乡间的人到底有点差别，大家都以为他有点神经病，也就一笑而去。华慕侠遂又重新睡觉，把宝剑枕在头下，后来又怕被人抽了去，又把它抱在被窝里。

第二天起来，太阳已经老高，伙计进来说："方才叫你老好几次，你老都没有醒。"

华慕侠道："有事吗？"

伙计道："叫你老赶车，现在也赶不上了，车全开走了。"

华慕侠道："我们不走路，我们得住几天呢。"

伙计道："那怨不得呢。你们二位开饭吗？"

华慕侠道："好吧。"他知道这里饭食都早的。

伙计道："你老喝点儿酒？"

华慕侠道：“喝一点儿。”

伙计道：“你老喝多少？”

华慕侠道：“来四两吧。可不要海海迷字。”

伙计也常听闲书小说什么的，懂得“海海迷字”就是蒙汗药。他笑道：“俺们这里可没有，这是什么世界呀！这爷真会说话。”

华慕侠得意了，今天遇到知音，就是表示他江湖上的事，伙计居然也知道。伙计出去了，一会儿端酒菜等，他们一边吃着，一边和伙计谈天，问了问樊城有没有妓女什么的。伙计说：“嗬，多极了，这里非常热闹，什么都有。戏园子、大鼓场、河南坠，热闹着哪。”

华慕侠道：“妓女多少钱一夜？”

伙计道：“道爷怎么想睡女人？”

华慕侠道：“我这么打听打听。”

伙计道：“好的也有两三块钱的，最次的有一吊钱的。一块钱换四吊多钱，可以睡四回女人呢。”

华慕侠一听，不由喜欢，便问在哪里有？伙计道：“戏园子附近多得很，到时候她就找你老。”

华慕侠点了点头，他心里有了主意。吃完了饭，便要去嫖妓。赵邦杰说：“咱们穿着大棉袄，多热呀！叫人瞧着真老赶。再者你穿着道袍去睡女人，不大合适呀。”

华慕侠道：“那么咱们先买衣服去。”

赵邦杰道：“咱们出去买去，买好了还得回来换不是？要不然怎么换呢？并且咱们也不能夹着大包袱满处跑。”

华慕侠道：“那只有回来换。”

赵邦杰道：“不如叫伙计给咱们买去，咱们在店里等着，他也知道去哪买。”

华慕侠道：“那不好，头一样不知合适不合适，第二样伙计要赚了钱，咱们不知道。”

赵邦杰道：“那不会叫伙计把卖衣服的叫来，叫他多带些衣服咱们挑选，你看好不好？”

华慕侠道：“那他就多要钱了，他一定把脚力也打出来，同时还得给伙计底子钱。还是咱们出去买去吧。”剑仙原来是这样抠门儿。

他们出去了，在大街上转了又转，去了好多地方，这才买好了。华慕侠还要买道袍，人家没有，人家说您得到成衣铺定做去，要不然把您这棉道袍叫他们去改也成。我们这里倒有一件僧袍。

华慕侠道：“僧袍也可以。”是什么都成，只要与众不同就得。

铺伙计道：“嗬，你老倒是道家还是僧家呀？”

华慕侠道：“马马虎虎，什么都成。”

店伙计把和尚的袈裟拿出来，穿了穿，还合适，因为和尚袍就是肥大的，什么人穿上都是那样。华慕侠把衣服换好了，两个人各扛了一个包袱走着。他们又买了袜和鞋，没有云鞋，有千层底鞋，挺贵，有一种树胶底的运动鞋，又便宜又坚固，他们在学校时都穿过，于是各买了一双。华慕侠使这个僧袍配上运动鞋，上边再搀个道发，真叫不伦不类。

他们扛着包袱往回走，道上遇见一个女人，直看他们。华慕侠半身都麻了，他道：“咱们跟了她去好不好？”

赵邦杰道：“没有听说扛着包袱追女人的，咱们还是回去换好衣服再追。”

华慕侠无法，只得先回到店里，换好了夹衣鞋袜，没敢穿僧袍。换好了衣服，又走了出来。这回是奔戏园子附近，看见有好多女人。

其实这些女子比起东安市场里所见的女人是不可同日而语的，但是在华慕侠看来，简直哪一个都可以什么一回。

这时，就见有两个妇女，穿得似摩登又不摩登，似乎守旧又不守旧，短短的袍子，一阵风吹起来，可以看见里边面口袋的裤子。两个女子一个有三十多岁，擦着一脸怪粉，剪着头发，可又用夹子给翻了上去，正像一个鸭子的屁股。高身量，皮肤不大白，黄里透绿。一个是三十往里，身量稍矮，一脸雀斑。两人吸着烟卷儿，看见华慕侠和赵邦杰，不觉“电报频拍”。按华慕侠和赵邦杰两个人在学校时，哪里看得上这些？不过现在春天，久已不动声色，浑身都作怪活跃得厉害。这里的女人还没看见有好的，这两个女人真有点儿像天仙的样子了。所以人的美丑的标准，都看他需不需要而定。

华慕侠一经这女人垂青，半身就酥了似的，他道：“老赵，你看这两个是野鸡不是？”

赵邦杰道：“我哪里知道？这里大概不像北京野鸡那么多。”

华慕侠道：“你看她们两个人直向咱们丢眼色，我想咱们进攻一定没错儿。你看她们的脾气还看不出来吗？”

赵邦杰道：“我看也有点儿像。咱们就进攻。”赵邦杰也是急茬儿。

可是他们总说进攻，而又不知道进攻的法子，他们呆呆地望着，就见那两个女人向他们看了一眼，就进到戏园子里去了。

华慕侠道：“快进，别放弃机会。”于是两个人便跟了进来。

那两个女人找了两个座位坐了，可巧她们旁边还有两个座儿，华慕侠和赵邦杰便挨了坐下。茶房过来沏茶打票，华慕侠有心给那两个女人打票，又怕碰了钉子，想着沉一沉再说，反正是跑不了啦。

他低声跟赵邦杰说道：“咱们两个人得分清楚了，你要哪一个？”

赵邦杰道："我要那高身量的。"

华慕侠道："好吧，我要那矮身量的。"

他们一边说着，一边看戏园子的情形。见戏园的建设不大美观，和北京天桥的差不多。可是它有楼呢。座儿不算满，六七成儿。台上正演着京剧，据说那戏班还是北京去的。其实只有两三个角儿，是在天桥混不了啦，跑到这里来，其余的都是七拼八凑，有的是河南来的，有的是汉口来的，有的是石家庄来的，杂凑了这么一个戏班。一句皮黄，一句梆子，一句河南坠子。连外行如华慕侠都听着不是味儿了，他想："现在谁人知道赫赫大名的英雄华慕侠会在这里看戏呢？"

他刚要叹息，忽然那女人一碰他，把他的慨叹又碰没有了。他一看那女人向他一笑，他真不知怎么好了。剑仙是不是那种骨头劲儿，谁知道呢？

他说："这戏真没听头儿。"他不知是跟谁说呢。

那女人便跟那女人说："这戏真不好，咱们走吧。"

正说着，台上正演着一出淫荡的戏，他们一看，更坐不住了。那高身量的挨着华慕侠坐着，她站起来的时候，用手擦了华慕侠一把。华慕侠一看，真是魂飞天外，立刻拉了赵邦杰就走。

赵邦杰道："干吗？"

华慕侠道："追呀！有你的好处。"

赵邦杰道："可别出乱子呀？"

华慕侠道："不会，你就跟我走吧。"说着，便慌忙追了出来。别人看着，都直笑他们，说他们刚进来，还没有坐好，连茶还未曾喝一碗，又起来走，真是迷瞪鬼。

不提大家笑他们，只提华慕侠追出戏园外，果然那个女人在等着他们。他们一见大喜，便走了过去。

华慕侠道："上哪儿去？"

那女人道："吃饭去吧。"

华慕侠道："好吧，吃饭去。"

赵邦杰一听，真灵了，十分欢喜，于是一同走进饭馆，要了饭菜。华慕侠和那矮身量的坐在对面，叫赵邦杰和那高身量的坐了对面。他们原来是说好了的，赵邦杰要那个高身量的。他们坐好了之后，华慕侠便同那矮身量的特别亲近，直同她说话，两个女人明白，这是华慕侠挑了她，那高身量的便同赵邦杰谈起来。

那女人道："你姓什么？"

赵邦杰道："我姓赵。你叫什么，我还忘记问了。"

那女人道："我姓向，叫向日葵。"

赵邦杰道："怨不得你这么高身量，原来你叫向日葵。"

那矮女人也向华慕侠道："你贵姓？"

华慕侠道："我姓楚。"为了占女人的便宜，他改了姓。

他又问那女人叫什么，那女人道："我叫卜地锦。"

华慕侠道："铺地锦？好名字。"

向日葵道："你们是从哪儿来的？"

华慕侠道："我们是从北京来的。"

向日葵道："那你们是上哪儿去呢？打算在这儿做买卖吗？"

华慕侠道："可不是，我们想在这里开买卖。"他说这话，为的是叫她们更得羡慕他才好。

果然这两个女人大献殷勤，眉来眼去，这两位侠客不知东南西北了。向日葵给赵邦杰倒酒，赵邦杰的派头儿拿得稳。卜地锦也给华慕侠斟酒，华慕侠借着酒意说道："瞧我们这位大奶奶，多好！"

卜地锦打了他一下道："你真会占便宜。"打得华慕侠如中了电，呆立良久。

吃完了饭，华慕侠给了钱，说道："咱们上哪儿去？得找个地方聊聊。"

向日葵道："上我们那儿。"

华慕侠道："我也上那儿去吗？"

向日葵道："我们两个人住在一块儿。"

华慕侠道："那好极了，去吧。远不远？"

向日葵道："不远。"说着，他们一同来到她的家。

到里一看，仿佛是一个铺子似的，也有栏柜，但是没有做买卖，而且也没有匾额。进到里面，是一个小院，极窄极窄，窄得潮气扑鼻，又加着一种臊味。两旁各有三间屋子，如同鸽子窝似的。

向日葵把他们全让进她们的屋里，道："隔壁那屋就是她的屋子。"

华慕侠道："那么我们到那屋里去。"

向日葵道："嗬，真急茬儿。不是聊会子吗？"

华慕侠道："你们两个聊你们的，我们俩聊我们的。"说着，他拉了卜地锦，到她的屋里去了。进门就抱着要乖乖。这两个人多少日子的饥渴，今天才得灌溉，真是说不出来的愉快。

华慕侠还以为不够本，他想住在这里。卜地锦道："你们住在哪儿？"

华慕侠道："住在店里。"

卜地锦道："那一天得多少钱？要打算住长的话，不如住在这里，有人伺候你们，连吃饭都给你做。"

华慕侠一听，这也不错，他道："那就按包月算了。"

卜地锦道："包月也可以呀，你们一个月给多少钱？"

华慕侠道："连吃饭带住，一天一块钱成了吧？"

卜地锦道："哟，那还成？我们一天接几个客，还进个十几吊钱呢。"

华慕侠道："那你不能天天接客不是？"他算得真到家。

卜地锦道："那你们要吃饭呢？"

华慕侠道："吃饭，我们两个人一个月也就吃上十几块钱。"

卜地锦道："那我得跟向日葵商量商量。"说着，便去找向日葵，向日葵的门还关着呢。

等了一会儿，向日葵走了过来，说道："你那朋友叫你过去呢。"

华慕侠遂走了过去，双方开了会议。会议结果，是华慕侠和赵邦杰两个人由店里搬了过来，每人一天两块钱，住一天算一天。讲好后，便把店房退了，搬到她们那。当晚自不消说，华慕侠等都忘了出来做什么来了，可见为了女人，真能忘了一切。

第二天，华慕侠起得特别晚，起来之后，腰酸腿疼，还直打哈欠。赵邦杰道："你可真乏透了。"

华慕侠道："你不说现在是什么天气。"

赵邦杰道："这要是学好了能耐，要是这么一来，可就别临敌上阵了。"

华慕侠一听，想起自己是出来访师学艺来了，没想跑到这里宿女人。可见英雄难过美人关。

那天，赵邦杰提起学能耐的话，华慕侠忽然想起来，对赵邦杰道："咱们也该玩玩，尽这么不成，身体也要紧。听说襄阳西边不是有个隆中吗？那里一定是藏龙卧虎之地，咱们可以去一趟。"

赵邦杰道："带着她们不带着呀？"

华慕侠道：“不能带着，这若是叫侠客们看见，多么不合适呀。”他居然还能料到不合适。

赵邦杰道：“可是咱们不认识。”

华慕侠道：“才三十里路，一打听就得。”

他们商量好了，便问向日葵等上隆中如何走法。向日葵说：“有两条路可以走，一条是坐船，顺着河往上走，过了万山就到了，可是从那里下船还得走会子。”

华慕侠道：“那一条不用说，一定是陆路了。”

向日葵道：“是呀。”

华慕侠道：“这不得更要走吗？”

向日葵道：“有车，也有马。”

华慕侠道：“有马？”

向日葵道：“对啦！出襄阳西门，有许多人家都有马，平时都拉车，要是上隆中的话，在那里一吆喝，立刻就有许多人把马牵出来。”

华慕侠对于马是久想骑的，他以为侠客必须会骑马，假如不会骑马，还叫什么侠客？可是以前总没有机会骑马，现在有了马骑，哪有不愿意的？骑了这回马，至少可以向人吹说：“我骑过马。”他道：“好，咱们骑马去，坐船坐腻了。”

向日葵道：“骑马可以直到隆中。”

华慕侠一想，自己骑着马，走在山上，迎风一吹，真有马上英雄之气概。他十分得意，决定骑马去。可是卜地锦说：“我们还去吗？”

华慕侠道：“你们也得去。”

卜地锦道：“我们可不会骑马呀。”

华慕侠道："没关系，摔不下来。不跑就不要紧。"他先说出不跑来，因为他知道一跑他也得跌下来。

赵邦杰道："骑马不跑没有意思。"

华慕侠道："你骑过马吗？"

赵邦杰道："我没有骑过马，可是常常骑驴。那时在白云观，我天天要骑几趟驴。"

华慕侠道："骑驴跟骑马不一样，明天你一试就知道了。"

第二天一清早，他们便起来过河，到襄阳北门。进了北门一看，有条很整齐的大街，完全石头路，古色古香。他们好像走进小说里所描写的古街一般，看着十分有意思。来到十字街口，那是城的中心，非常热闹。他们在街上吃了些烧饼油条，喝了碗酒糟，然后跟人家打听道路，往南门走去。

两个人一边走着一边聊天，华慕侠道："这才几天没走路，今天腿都觉得发软。"

赵邦杰道："这不是不走路的缘故，这是跟娘儿们睡的。"

华慕侠道："你猜怎么着？真有那么一点儿。我说，这两天我还真不想走啦，妈的，味儿是足。你怎么样？"

赵邦杰道："一两次就成了，常了就没有意思了。"

华慕侠道："妈的我就没够，越想这茬儿越离不开。"他说话时直喘气，连底气都没有了。

赵邦杰道："可是咱们得计算计算钱哪，这一百多块钱现在已经出去不少了，还有几十块钱，还得做咱们的路费呢。"

华慕侠道："不要紧，今天如果在隆中能够遇到高人，咱们就练起功来。如果遇不到，咱们就可以干两档子。"

赵邦杰道："那可危险哪。"

华慕侠道："哪有什么危险，侠客不在这个。"

赵邦杰道："可是侠客没有做强盗的。"

华慕侠道："侠客是偷富济贫呀，咱们把有钱人的钱劫来，让他们做可怜虫，这就是侠义之举。"话怎么说都有理，华慕侠觉得这理由很正当。其实他不知这劫人的血汗，来饱自己的私欲，这是一种残忍呀！

说话间，出了西门，过了吊桥。所谓吊桥只是一种名称罢了，其实是吊不起来的。这时有老乡民看他们这样子，很是特别。华慕侠长长的头发，穿着僧袍，带着宝剑，脚底下是胶底运动鞋，像是疯子，可是又不疯。华慕侠见他们直看自己，大概自己有仙气。他很得意，说道："老乡，有马没有？"

乡民连问道："您老到哪里？"

华慕侠道："到隆中，来回。"

乡民一听，便全把马拉了出来。那马全是又瘦又弱，仿佛吃不饱似的。华慕侠见了马，不禁大喜，今天算是符合马上英雄的资格了。他们各选了一匹，赵邦杰登上镫，一骗腿就骑上了。华慕侠也想一骗腿，不料没上去，反而摔了下来。幸而马老实，没有踏到脖子上，不然华慕侠当时就得断气。饶这样还叫他浑身骨头节儿都疼起来。

赵邦杰道："怎么着？腿软上不来了？"

华慕侠道："不是，这个宝剑太碍事，真他妈！"

说着，由乡民把他扶上马去。骑上了马，还没坐稳，马一动弹，差点儿又把他摔下来。他这回扒着马座子不撒手，于是马走了起来。走着走着，他觉得稳当些了，仿佛拿住了劲头，他又高兴起来。今天我华慕侠算是马上英雄了，马上英雄，比蹿房越脊还高一层呢。

走在野地里，在马上用目往四下一望，真有点盖世豪气。

他们走着走着，华慕侠觉得不扶着马座子也成了，非常高兴，一高兴就想跑一跑。他打了马屁股一下，可是马并不跑。他道：“这马不能跑吗？”

乡民道：“您这马打死它也不能跑。”

华慕侠道：“因为什么呢？”

乡民道：“它跟着前面的马走。”

赵邦杰一听他这马跑，华慕侠那马才能跑，遂打了自己的马一下，果然他的马就跑起来。他的马一跑，华慕侠的马也跟着跑。华慕侠刚才打了它半天，它都不跑，他也就不大注意。不料这时马又突然随着赵邦杰的马跑起来，他在上面没有坐稳，马往前一走，他往后边一仰，扑通滚了下来。脑袋朝地，两脚悬空，歪了脖子一下。幸而脚已离开了镫子，不然叫马拉着一跑，华慕侠真成了花蛤蟆。乡民一边把赵邦杰叫住，一边把华慕侠扶起。华慕侠摔得倒不重，可是这几天身体乏得厉害，摔得有点骨头节儿疼，脖子也拧了一下，虽然不太厉害，可是总觉得别扭得慌。

赵邦杰道：“怎么回事？刚跑就摔下来了？”

华慕侠道：“我没留神，你的马一跑，我的马跟着你的马就跑，我一点儿没有准备，把我摔下来了。你应当告诉我一个话儿好了。”

赵邦杰道：“谁叫他们的马都不能单着，好跟群儿呢？”

华慕侠也就没什么说的，仍旧上了马，他道：“这回可先别跑呢，跑的时候，言语一声吧。”

赵邦杰道：“要不然你骑我这马，我骑你那马。”

华慕侠道：“那也好。”于是两个人又换了马，华慕侠在头里，慢慢地走着。一会儿，马上了万山，这时在马上看得很清楚，四围风景极佳，西南山峰层叠，北边襄河，蜿蜒如带。华慕侠颇觉自己是个英雄了，当年英雄骑马走在这里，不是一样的胸怀和感觉吗？

他问道：“这里有什么古迹没有？”

乡民道：“这里古迹多了，全是三国上的。”其实晋唐之后的古迹也很多，可是乡民就知道三国。

华慕侠道：“是呀，我知道，刘备从襄阳到汉中请诸葛孔明，不是走的这条路吗？”

乡民道：“是呀，就是这条路。”

华慕侠道：“他们也是这么走吗？”倒仿佛乡民曾亲眼看见的。

乡民道：“就是这样。”乡民也居然这样说。

华慕侠高兴了。乡民又道：“南边有马跳檀溪的地方，那是刘备逃跑骑着的卢马，跳过那檀溪，得以逃脱生命，到现在还有个马蹄子印。”

华慕侠一听，连忙问道：“离这儿远不远？咱们看一看去。”

乡民道：“就在南边，在那小武荡山底下。”

华慕侠道：“咱们看看去。”

于是他们又转马向南，一边走着一边说着，乡民一肚子三国，真比华慕侠知道的还多。他说城东门外还有刘表墓，南城上有王粲楼，都是很值得看的。他又说关老爷水淹七军的时候，怎么把水放到樊城那边去，说得津津有味。

华慕侠道：“想当年这里也是一个大战场。”

乡民道：“谁说不是？这里连年打仗，一死就死不少人。”

华慕侠一听，不由十分感慨，他道：“我若是把武艺学成，一定要大显身手。我说，这里有什么能人没有？”

乡民不知道什么叫能人，他道：“有，有。”

华慕侠道："在哪里？"

乡民道："樊城就有，干什么的都有。"

华慕侠道："我不是说那些，我是说有能蹿房越脊的英雄没有？"

乡民一听，说道："没有，说不清。"

说着，已经来到小武荡山下，乡民指给他马跳檀溪遗迹。他们一看，在一块大石头上，果然有个马蹄印。这个马蹄印非常的大，总有锅盖那么大，而且深入石头里三寸有余。的卢马就是多么有名，也不会有这么大脚印。并且也不会把石头磕得那么深，可是乡民们还是真信。

华慕侠道："诸葛先生住在隆中，现在还有这茅庐吗？"

乡民道："现在还有。"

华慕侠道："咱们还是去隆中。"

于是转回马来，过了万山，经过广德寺。那庙非常之大，并且有棵大树，据说是从汉朝留传下来的。他们在庙里打尖，老和尚给泡了苦茶。华慕侠忘记他穿着僧袍了，老和尚看他这装束，十分奇怪，说不清他是僧是俗。老和尚向他打个问讯，华慕侠来个鞠躬，老和尚知道他不是和尚了，遂问道："这位师父修行何山何寺？"

华慕侠一听，才想起来自己穿着僧衣，他连忙说道："我是在家和尚，家里许的愿，还没有跳墙。"

老和尚道："这怪不得呢。"

他们坐了一会儿，吃了一碗米饭，一碟素菜，一杯苦茶。华慕侠老觉得不大得劲，还是看茅庐去吧。想当年那"骑驴过小桥，独叹梅花瘦"的情景，恨不能自己马上成了军师，呼风唤雨，撒豆成兵才好。

他道："走呀。"于是出了广德寺，别了老和尚，华慕侠忘了题诗了。出了庙，上了马，又走下来，这已经入隆中了。峰回路转，非常幽美。不怨孔明先生选得这么个好地方。华慕侠感慨越发多起来。进了隆中，下了马，华慕侠两条腿有点酸，伸了伸，曲了曲，然后才往山上看。山坡前有石牌楼，山麓下有小溪，溪水清澄见底。西边是几亩水田，据说是诸葛孔明躬耕之地。这里四转都是山了，他们沿石级上来，山上有一块平地，上面盖着两所房子，一个是诸葛祠堂，里面碑文很多，东边几间茅屋，上刻着“茅庐遗迹”。想当年诸葛亮的屋里一定不是这样，是什么，也想象不出。不过华慕侠富于幻想，他想着诸葛亮的床放在哪里，躺在床上就可以看见山。他怎么看书，刘备怎么来访他，华慕侠一一加以演绎与形容，刘备访了三次，有两次都没见着，可是孔明也有点不安于室。他出了茅庐，对赵邦杰道：“我看诸葛亮也没有什么本事，其实咱们要住在这里，比诸葛亮还高呢。”

说着，往南一看，一座高山，正做了影壁。上面丛林荫翳，形势绝好，若是夜间，明月挂在山角，尤是美丽安静。华慕侠道：“这才是修炼的好地处，可是离城市太近，俗人也容易来到，就没意思了。”他以为深山人迹不到之处，才能修炼。可是他不想人吃什么呀？

他们又往西走，只见有个石碑，上刻着“龙卧处”三个字。华慕侠道：“你说诸葛亮这么一个人，千古都不曾忘了他。我华慕侠若是成了名，万世不灭，多少人得给我写小说呀！”他又趾高气扬起来，没留神脚底下，下了一个台阶，差一点儿栽了下去。

赵邦杰道：“你慢着，这时候要是摔死，也不会名传千古了。”

华慕侠道：“你别说这丧气话了。”

他们又往下走了数千级，见一片水田，有小溪为界，围绕着是树林丛丛，有个亭子，也刻石碑，上面刻着“抱膝亭”。华慕侠又想到抱膝长吟，他不觉哼哼起来，“骑驴过小桥，独叹梅花瘦”。他憧憬着古时的诗意，越觉得自己是儒侠了。儒侠是华慕侠自己给自己的封号，他想历来侠客，还没有儒侠的。当侠客的都没有高深的学问，不会做文章，自己现在不但会做文章，而且还会说外国语，还懂得不少科学知识呢。他觉得他实在伟大。

赵邦杰道：“时候可不早了，我们得往回走吧。”

华慕侠道：“我真想在这里住一夜。”

赵邦杰道：“这里住多没戏。一个人没有，回头再出来狼叫狼给叼了去。”

华慕侠道：“你看山的形势一定有高人在里边住，非得到夜里才能出来。咱们夜间在这里一忍，等他出来，咱们过去一拜师，就学起能耐来。”

赵邦杰道：“若是没有呢？”

华慕侠道：“没有咱们再回去。咱们不是常睡在外边吗？”

赵邦杰道：“那马呢？”

华慕侠道：“给钱叫他们回去。”

赵邦杰道：“那你不想卜地锦吗？”

华慕侠道：“那不能因女色而耽误正经事。”他这时又感到武技迷比色迷更重了，也搭着这几天的瘾已经过足，还是学能耐要紧。

他们商量好了，便把乡民叫来，给了他们钱，叫他们回去。华慕侠说：“我们今天不回去了，要在这里练练功夫。”

乡民一听，十分奇怪，本来他们就纳闷这两个人也不知是干什么的，穿着都非常可疑，听他们说话，又仿佛口气很大，像会什么法术似的。他们一时好奇心起，不由问道：“您老在这里练什么功夫?”

华慕侠道：“我要和一个魔怪在这里斗法，我们约定好了的，今天在这里见。”

乡民一听，把舌头都吐了出来，没想到听评书的事，今天真会有。他们战战兢兢地道：“您老是哪位神佛？我们有眼不识泰山，刚才坏马摔了您一下，实在有罪。”

华慕侠脸一红道：“没有什么，马都怕我的。你们可别跟别人说去。这回我若是除不了它，你们这一方可就要遭难了。”

他是信口一说，乡民却听着越发害怕。他们道：“是，是，这是什么魔怪?”

华慕侠道：“这是水魔，它今天要水淹襄阳，幸而叫我知道，我特意来收服它。你们回去吧，不必告给别人，这一夜也许平安无事。”

两个乡民便拉着马回家了，一边走着一边说。甲说：“这里一定有缘故，我看这个人很奇怪。”

乙道：“也许他是济颠僧。”

甲道：“呀，咱们忘记给他磕头，叫他教咱们一点儿能耐了。”

乙道：“我有个办法，咱们回头吃完饭再回来，咱们在暗中看着，看他们怎么斗法，趁机会咱们拜师父。就是拜不了师父，咱们也开开眼，也不算白活一场呀。”

甲道：“对。”

两个人欣然回家，到晚上一声不语，跟家里说是过河，不回来了。其实他们两个人却到隆中来。

要知后事如何，请看下章。

第四章　华慕侠襄阳丢丑

晚风很凉爽，两个乡民一边走着一边说，谈到水魔要淹襄阳，今天夜里看他们斗法，如果水魔胜了，得赶快搬家，要不然非淹死不可。甲说："咱们回来报告官方，叫他们都知道了，怎么防备一下。"

乙说："咱们可得小心。咱们说，他们还未必信。咱们看完了再说吧。"

甲说："真是想不到的事，咱们两个会开了这个眼。"

乙说："这个和尚我怎么瞧怎么像济公，长头发，一脸灰气，一定是济公。"

甲说："咱们一听他跟水魔道字号就知道了。"

两个人来到隆中，已经黑了上来。四周都是黑团团的，阴森森的，唯有天上稍稍露出一点儿亮和许多星斗而已，月亮已经上到地平线，可是还被山头遮着，看不见光。

甲说："咱们得慢慢地走，别叫他们知道。圣僧那方面还不要紧，若是水魔知道，非得被它吞了不可。"其实哪里有水魔，这不过华慕侠随便一句话，谁知道这两人都信以为真呢！

进到隆中，万籁俱寂，四无人声。乙说："我有点害怕。"

甲说："怕什么，有圣僧呢。"

乙说："碰巧圣僧老人家还许算出我们来了呢。"

甲、乙两个乡民在山坡看了半天，只是没有动静。

乙道："咱们再上去看看。"

甲说："哎呀，上边太近，看着太悬哪。"

乙道："不要紧，圣僧的能耐太大，八成这魔怪还许来不了呢。咱们趁着水魔没来，还可以拜圣僧为师呢。"

于是他们又往上爬，慢慢地爬，爬到石牌楼地方。这时华慕侠和赵邦杰在抱膝亭那里坐着，赵邦杰道："咱们今天白在这里受一宿的罪，放着温柔的地方不睡。"

华慕侠一听，有点儿后悔，可是他想到有高人来修炼，趁这时候可以拜师，这个机会到底比在樊城睡强得多。他道："等着吧，高人快来了。"

赵邦杰道："怎么来呢？"

华慕侠道："从那山巅走下来，或是唱着歌，或是背着剑，或是腾空而来。咱们若是见他，过去就磕头，千万别失了好机会。"

赵邦杰道："现在什么时候了？还不来，一定是不来了。"

华慕侠道："不能不来，这地方是修炼的好地方，一定有高人住在这里。"

赵邦杰道："一个人两个人呢？"

华慕侠道："这没有一定，也许一个人，也许是两个人。"

正说着，甲、乙两个乡民已经转到这里，他们轻轻地、一声不响地走来。他们先看不见有什么动静，后来他们听到这里有人说话，便低声说道："你听，大概圣僧在这里。你说怎么样？他们来到这里，一定有缘故。我一猜就猜着了。"

甲说："咱们慢慢地爬着，听他们说什么。我们一过去，他们也许不说了。"

乙道："他们在那亭子里也不知是干什么。走，看看去。"

他们慢慢地、轻轻地爬着，爬到切近，只听赵邦杰说："这要是高人没有，来了只狼，那可要命了。"

华慕侠道："我这里有剑，不怕。"

赵邦杰道："你白天告诉那两个乡民说有什么水魔，这是怎么一回事？"

华慕侠道："这不冤那两个傻小子吗？根本没有这么一档子事。"

两个乡民一听，不觉愣了，乙附在甲的耳朵上说道："这是怎么回事？"

甲道："先听听，不是圣僧也是强盗，反正不是平常人。"

又听赵邦杰道："这要是那乡民回去一说，闹得当地风雨，结果没有这么一档子事，岂不糟心？"

华慕侠道："那怕什么的，就说今天晚上已经把水魔降服，水魔逃走了，他们哪里知道。"

甲乡民一听，便低声对乙马夫道："原来这家伙冤咱们，这到底是什么人，干什么的？"

乙道："说不清，也许是半疯。可是半疯又说话挺明白的。你说若是强盗，他那时就应当劫我们两个人，怎么又把我们放了呢？若说他是好人，可是他们黑天半夜地跑到这里做什么？简直猜不透。"

甲道："你说他们到底有能耐没有？"

乙道："这也猜不透，咱们再听一听。"

就听赵邦杰又提向日葵的事，甲乡民道："向日葵不是樊城的野鸡吗？这两个还睡过野鸡，这和尚一定是花和尚。"

乙道："小心一点儿吧，和尚若是花和尚，一定杀人不眨眼，咱们可别招着他们，要不然性命饶在里头，多冤呢。"

甲道："要不然咱们走吧。"

乙道："先趴一会儿，听他们说什么。"

又听赵邦杰道："你说他们是来一个人还是两个人？"

华慕侠道："大概是两个人。"

两个乡民一听，吓得直哆嗦。

赵邦杰道："他们由哪里来？"

华慕侠道："也许由东边，也许就在这里呢。"

赵邦杰道："就在这里？咱们找一找。"

华慕侠道："对，到树林里去找，他们一定在树林子里。"说着，就站起身形。

甲乡民吓得都撒出尿来，乙乡民道："他们一定能掐会算，知道我们两个人来了。你干脆就出去央求央求，也许把咱饶了。咱们说咱来学能耐，他们知道咱们好，还许把咱们收下做徒弟呢。"这两个也要站起来迎住。

华慕侠道："呀，我觉得他们也许来了，知道我们两个人在这里。"

正说着猛然见面前站住了两个人，他们吓了一跳。赵邦杰想到这一定是强盗土匪，前来绑票，华慕侠以为是高人来了，前来收徒。他们谁也没料到是两个乡民。

两个乡民过来，刚要给他们跪下，没想到华慕侠却先跪下了。他磕头道："我们算计老师一定会来，我们两个徒弟相候多时了。"

赵邦杰一听，也跪下了，说道："我们刚还提着高人前来，现在果然不虚。"

两个乡民倒十分磨不开，忙道："二位快起来，俺们可担当不起。"

他们一听，本地口音，而且听着非常熟悉。华慕侠还以为是高人，他道："老师不必客气，今天就收了我们两个徒弟吧。我们决心在这里修炼。"

两个乡民搀起他们来，道："二位快莫开玩笑，我们怎敢做您老的老师？"

赵邦杰站起来一看，原来是白天的两个乡民，不由说道："咦，你们不是乡民吗？"

乡民道："是呀，您老。"

华慕侠一听，也怔了，爬起来一看，可不是乡民，立刻大怒道："好呀，你们干什么来了？"

两个马夫忙道："我们前来拜师。"

华慕侠一听，以为他们是有意讽刺自己，更大怒起来，把剑扯出来，说道："你们要我们的好看吗？"

两个乡民一看，又给他们跪下了，央求说道："您老息怒，方才我们听说您老要在这里捉妖，我们大胆要开开眼，顺便也跟您老拜师，收我们这两个徒弟。没想到，这水魔没有来。"

华慕侠这才明白，可是想起刚才给他们跪了半天，委实冤得厉害。可是他又没有什么办法。想了想，莫如趁此机会劫他们一下子，得着一点便算一点儿。今天头一次做买卖，想着也怪得意的。他道："按说今天我不能饶了你们。现在饶了你们，可是你们得把钱掏出来，走你们的路，要不然休想活命。"

乡民一听，今天好容易挣了他们几吊钱，夜里又白跑了这么些路，他们又把钱要了回去，心里怎不着急？乡下人视财如命，命可以不要，钱不能放松。这两个人又央求道：“你们还不圣明？看我们这样苦，还能有钱吗？”

华慕侠道：“我不信，我现在知道，越是乡下人越是有钱的。拿出来，不然就翻了。”

这两个人还直央求，华慕侠喝道：“别废话，快着！”他使劲大了，声音都劈了，一点底气没有。

这两个乡民站了起来，有点儿看不起他们。华慕侠道：“老赵，翻他们！”他用剑指挥着。

两个乡民可急了，一见华慕侠也没有多大本事，与其叫他们把钱翻了去，不如跟他们拼了，倒许得着他们一点儿实惠。想罢，便饿虎扑食似的扑了过去——饿虎扑食什么样，我没看见过，不过一般小说都用作形容的，我也就用它一用——华慕侠没想到乡民会有这么一手，他没注意，竟叫乡民推了一个跟头，差点儿滚到山沟里去。宝剑也撒了手了，叫乡民夺了去。赵邦杰虽然有力气，但这些日子温柔乡里消耗过甚，同时又一夜没睡觉，力气已感不足，又搭着乡民都是身强力大，结果也叫乡民按在底下。乡民身上随时带着绳子，这是防备马勒马鞍子断了时用的。扯了出来，把赵邦杰捆上。华慕侠爬了起来，刚要跑，乡民如凶神附体，举起宝剑就要砍。华慕侠又给乡民跪上了。合着他们彼此跪了三回。

乡民道：“你们是干什么的，趁早说实话。”

华慕侠道：“我们是来到这里访高人，并不是强盗。你们也是良民，干脆，咱们谁也不侵犯谁好不好？”

乡民道：“那你一死要劫我们？”

华慕侠道：“我是正在气头上，我以为你们就是高人呢。得了，二位高高手，咱们不必结怨，咱们都是朋友。”

乡民一想，自己的住址，他们两个人都知道，如果劫了他们，他们一报告官方，岂不要把我们捉进官去？把他们弄死，又犯不上，而且也容易叫人家知道。得啦，做人情就做人情吧。说道："咱们本来谁也没有仇恨，可是你们若找到我们家去呢?"

华慕侠道："咱们都是朋友，绝不干这事。"

乡民把宝剑扔在地下，两个人愤愤而去。这两个乡民都没有敢回家，跑到别庄先住几天，知道没有事再回来，这且不提。

且说华慕侠跌了一跤，跌得自己浑身疼痛。赵邦杰道："你先给我解开呀!"

华慕侠道："你别忙，我得爬起来的。我的腿直疼呢。"说着，爬了过来，给赵邦杰解开。

赵邦杰道："这都是你，一死儿要等高人。这里哪有什么高人呢?"

华慕侠道："你就别埋怨了，我还直不高兴呢。"

赵邦杰道："咱们怎么着？回樊城吗?"

华慕侠道："我走不动了。"

赵邦杰道："走不动也得走，这里待一夜当得了什么?"

华慕侠道："咱们黑天半夜的怎么走呀？等到白天再走。咱们在这儿先忍一觉。"

赵邦杰道："又露天地睡？你知道咱们什么身子骨吗？这要是受夜寒，可就小命见阎王了。还是慢慢走着，一出汗，身上一暖和，都许有精神呢。"

华慕侠一听，只得听他的。两个人又走下来。赵邦杰一步一哎呀，他什么也不想了，高人剑仙，都离着他的脑子远了。月亮已经绕到西边，大地仍是静的。华慕侠把剑当作拐棍，一拄一拄的，赵邦杰扶着他，离开了隆中。走一程子，歇一程子，看看天快亮了，小鸡叫了起来，华慕侠道："咱们等一等吧，这不是已经有村庄了吗？等村子里的人有赶车进城的，咱们搭个脚儿就回去了。"

赵邦杰一听，只得依了他，找一块空地，两个人背倚背，谁也不说话。因为太乏了，两个人竟完全睡着，睡得还很香。

他们两个人睡得挺香，一会儿，太阳出来了，照在他们身上，特别温暖舒服，越发睡得酣了，做梦都是舒服的。华慕侠梦见和卜地锦睡在一起，他抱着树根子要乖乖。赵邦杰梦见和向日葵睡在一起，他抱着大石头要乖乖。行路人看见了，没有不笑的。这两人滚得东倒西歪，后来滚在一处，两个人全抱了起来，华慕侠拿赵邦杰当卜地锦，赵邦杰拿华慕侠当向日葵，两个人做梦都是甜的。

一直睡到过午，两个人才醒来。醒来一看，两个人互相抱着，立刻彼此推开，揉了揉眼睛起来。一看日头已经过午，两个人的肚子还饿着。华慕侠道："咱们得找点吃的去。"

赵邦杰道："咱们到村子里买点儿去，这里村子卖东西的多。"

他们进到村里，遇见个卖馍的，买几个干馍，几根香条，两个人吃了，有了精神，又慢慢往城里走。

华慕侠道："怎么我总觉得我大腿疼。"

赵邦杰道："大概是在露天地睡的缘故，受了风寒。"

华慕侠道："可是我昨天也有点儿疼。"

赵邦杰道："这不是一天两天的工夫了，这都是以前所致。"

华慕侠道："可是以前我也不觉得疼。"

赵邦杰道："这是到樊城一歇，才歇出来的。"

华慕侠道："咱们还在樊城住吗？"

赵邦杰道："随你吧。"

华慕侠道："我看咱们得上四川了。"

赵邦杰有点发怵了，他道："四川还有很老远呢。"

华慕侠道："咱们已经走出这么老远，半途而废，多么冤呢？"

赵邦杰道："那峨眉山可跟这个山不同呀，那是多么高呢，比这山难走得厉害。"

华慕侠道："可是高人都在那里呢。你没看小说吗？是高人多出在那里，去到那里，我们学了武艺，高去高来，那么多么艰险也不怕了，看见什么人不如意，立刻就杀了他，总比我们这样受人欺侮强得多。"

赵邦杰道："那里准有高人吗？"

华慕侠道："多得很，一到山里就见着了，还由咱们随便挑选，看有能耐的拜师。"

赵邦杰道："咱们认识的四川人不少呀，可是咱们没听他们说遇过高人什么的。他们的家离着峨眉山那么近，去访高人学本事，不比咱们容易得多吗？"

华慕侠道："这也须看他有仙根没有。没有仙根的人，他想不起入山。即或入山，也遇不到什么剑仙。"

赵邦杰道："咱们有仙根吗？"

华慕侠道："咱们当然有仙根。"

赵邦杰道："我怎么看不出来呢？"

华慕侠道："看当然看不出来，不过咱们这样挚诚地想上山求道，这就是鬼使神差，这就是有仙根。"

赵邦杰半信半疑，华慕侠越发以为自己了不得起来。虽然暂时不怎么样，可是终究要飞腾起来，这是可以自信的。

他们慢慢走回樊城，又累又饿，回到向日葵家里，向日葵等全出去了。他们只得在家里等着，随便买了些东西吃了。到了傍晚，向日葵和卜地锦两个人才回来，她们以为华慕侠仍然回不来呢。她们由外面又带来两个男人，像军人模样。向日葵和卜地锦一见华慕侠同赵邦杰回来了，就不由一怔，可是同着两个男人，又不好意思不叫进来。华慕侠一见她们同着两个男人进来，心里就不大高兴，那个醋劲大了，脸上立刻沉了下来，连理也不理，就仿佛他的家似的，大大咧咧地一躺。

那两个男人一见她们屋里还有两个男人，自然也非常不高兴。可是知道向日葵等是卖这个的，自然也不便过问。他们只有坐在一旁等着，等着那两个人耗走了再说。谁知他们都是这个心理，互相耗着。两个大兵看着华慕侠那种打扮，就不伦不类，透着没有个相儿。这个说："老张，你说现在有和尚也逛暗门子没有？"

老张知道就是指槐说柳，借题发挥，他道："没听说过，和尚还要逛暗门子，这一定不是好和尚。"

华慕侠一听，这分明是冲自己发来的话，他有点儿生气，可是又想自己并不是和尚，何必理他？一理他，反而是找骂了。

那两个人一见华慕侠不理，越要挑战斗火儿。老张说："妈的，这年月是特别了，僧不僧道不道，真他妈洋相。"说罢，两个人哈哈大笑。

华慕侠一听，气得脸上发白，连赵邦杰都有些忍不住。华慕侠想："我这时若有本事，只用一个手指头，就把他们都给弄死。"想到这里，越发觉得有访高人名家的必要。

向日葵怕双方打起来，双方一打起来，散了买卖还在其次，若是摔了自己的东西，多么冤呢。她忙道："你们二位坐一坐，我说你们二位到卜大妹妹屋里坐一会儿，我给你们沏茶去。"

华慕侠等一听，有点生气。往家里拉人，已属不该，拉进来反撵我们走，简直不像话。可是他看那两人年轻力壮，又怕打不过，只好忍气吞声。他道：“老赵，咱们去那屋，人不能跟畜类一块儿待着。”说着，便往外走。

谁知那个人可火儿了，把他拦住道：“你说谁是畜类呀？”

华慕侠道：“你管呢？”

那人道：“他妈的不管你就长这么大了吗？”

华慕侠见来势甚凶，如果不理，真叫窝心，可是一还言就要挨打。是挨打好呢还是忍气丢人，但究竟比忍辱高得多。这时若是有能耐，只伸手一点穴，就把他们点过去。妈的还是学能耐，峨眉山还是非去不可。

他正想着，赵邦杰看着早就不平，他走过来一揪道：“干吗呀？”

那两个人一看有个横的过来，那可就有动武的机会，他们同声说道：“你说干吗呀？打你！”说着，便一个耳刮子打过来。赵邦杰用手一搪，两个人就打在一处。那个人见他们打起来，他便照着华慕侠的脸就是一个嘴巴，华慕侠满想来个海底藏身，一俯腰，把拳让了过去，然后来个扫堂腿，理想着那个人纵身跳了起来，然后单拳盖顶，打了下来。他一偏身，让过那拳，跟着自己来了个鹞子翻身，一拳打在那人的肋下，这一下就把那人打倒了。这可是华慕侠这样想着。他想得很快，可是动作却没有那么利落。叫人一个嘴巴子打在脸上，打得两眼冒金星。心想着要还手，可是也不知怎么一回事，竟自站立不住，倒了下来。那人见他倒了，还踢了他两脚。

那边赵邦杰打得正热闹，向日葵和卜地锦吓得面无人色，她们想劝架，怕把她们屋里的东西砸得稀烂，又怕劝着把自己也打在里头。饶这样还把卜地锦的脚踩了一下，不知是谁踩的，痛得卜地锦抱着脚直叫唤。这屋里就和天翻地覆一般，乱成一团。桌子也倒了，茶壶也碎了，幸而屋里还没有什么摆饰，不然全都得粉碎。向日葵急得也直叫唤，又搭着心疼东西。这时她忽然看见华慕侠躺在地上不起来了，口吐白沫，吓得嚷道："好呀，你们打死人了！你们可跑不了呀，你们打死人了！"

那两个人一听死了一口子，心想这人命官司可打不起，这个叫那个道："老张，走吧，出了乱子了。"说着，这两个人也不打了，往外就跑。

赵邦杰见他们跑了，自己已经累得了不得，不愿再追，去看华慕侠要紧。他急忙过来扶他。他想：假如华慕侠死在这里，那才糟透了呢。他过来便把华慕侠扶起来，向日葵也害怕，怕他真死在这里，自己也连累打官司。她问道："怎么样？"

赵邦杰道："不要紧，还有气儿。"

向日葵道："给灌点儿水喝。刚才就不能叫那两个人跑了。这要是有好歹，怎么办呢？"

赵邦杰道："不要紧，可以救活。倒是带着气儿呢，拿点儿水来灌。"

卜地锦道："我见那人打他一个嘴巴，他就倒了。成这样儿，他可太不结实了，这么乏人。"

正说着，忽然华慕侠低声道："他们跑了没有？"

他们一听他说了话，立刻放了心，说道："早跑了。"

华慕侠睁开眼睛道："你们不必怕，我没有死，我在运气呢。运好了气，他们一百个也不是对手。谁叫他们没等我运好气就跑了呢？"他还吹大话。

卜地锦说实话，她道："得了吧，你是装死人，把人吓跑了，省得挨打。”

华慕侠道：“有力使力，无力使智，他们差得远。”

赵邦杰道：“你这一手儿真吓坏了我，我真以为你叫他们打坏了呢。”

华慕侠道：“我若叫他们动着一点儿，就不算我有能耐。你们把我扶到炕上去。”虽然他说他有能耐，可是到底他转不灵了。

赵邦杰等把他扶到床上，不管他怎么样，只要带气儿就好办。赵邦杰道：“怎么样？”

华慕侠道：“我歇会儿，我喘不过气来，我就是气短。”说着，他直喘气。

向日葵道：“抽点儿大烟吧，抽大烟一补就好了。”

华慕侠道：“对，你们给我弄点儿来。”

弄大烟她们太方便了，一会儿连烟盘子带烟枪都弄了来。向日葵道：“我给你烧吧。”

卜地锦道：“我烧吧，我也得吸两口，你看看你的东西。”

华慕侠道：“谁叫你们招进这两个小子来？”

卜地锦道：“谁知道你们昨天竟没有回来呢？我们当是你们不回来呢。”

华慕侠道：“一天不回来你们就找别人，这要是娶了你们，才叫人寒心呢。”

卜地锦道：“谁要是嫁了你们，那才叫人寒心呢。走两天也不留下话儿，都是你们，跟人家打起来，毁了这么些东西，你们得赔。”说着，用手拧了华慕侠大腿一下。

华慕侠立刻说道：“不要紧，砸了你们多少东西，我给你们钱。”

卜地锦烧好了烟，递给华慕侠，华慕侠吸了几口，果然觉得浑身舒服，把眼睛一闭，仰面躺着，直仿佛剑仙驾了云似的。从此，他便越吸越爱吸。

过了两天，赵邦杰问他还有多少钱。华慕侠一看，还有几块钱。赵邦杰道："咱们倒是怎么办呢？我看咱们回去吧。"

华慕侠道："功亏一篑还成？咱们马上就要学了能耐。"

赵邦杰道："马上学能耐？咱们倒是学去呀！净在这里怎么办呢？"

华慕侠这时有点儿舍不得卜地锦，他道："咱们带着她们去修炼怎么样？叫她们成为女侠客，她们没有不愿意的。"

赵邦杰道："她们一定不干。况且咱们修炼成了，自然还有比她们还美的女侠客呢，不比她们强吗？"

华慕侠想了想，也倒是。他道："好，明天走。"

他们定好了，到明天华慕侠又不肯走了，抱着个烟盘子离不开。他道："这几天我不知怎么老是懒，仿佛老没歇过来似的。"

赵邦杰道："在这里歇呀？越歇越累。况且咱们也没有钱了，再不走，走不了也是麻烦。"

华慕侠道："不要紧，我有办法。"

赵邦杰道："你有什么办法？"

华慕侠道："你不用管了。"

又过了两天，向日葵和卜地锦知道他们没有钱了，两个人一商议，想法子撵他们。她们问道："你们说到这里开买卖，怎么也不见你们卖什么货，也不见有什么商人找你们呀？你们光在这里躺着，做什么买卖呀？"

华慕侠道："告诉你们吧，我们不是开买卖，我们是由此路过。"

卜地锦一听，他们不是在此处开买卖，越发不放心，便问道：

“你们是干什么来了呢？你们到哪里去呢？”

华慕侠道：“我们想到深山修道，练功夫。”

向日葵一听，他们练功夫，便问道：“你们练什么功夫呀？”

华慕侠有点看不起她们，他道：“我们练的是武功。”

向日葵道：“你们还练武功？那天叫人家一个嘴巴打躺下就起不来了！”

华慕侠气道：“你们懂什么？我们练的是剑仙。你看我这宝剑没有？”

向日葵道：“那有什么用呀？”

华慕侠简直不愿理她们，她们是什么也不懂，俗人，哪里知道剑仙的事？他想跟她们说说剑仙是怎样一回事，但费了许多话，她们还未必明白。他道：“你们不懂得行侠作义的侠客吗？”

向日葵道：“不懂得。”

华慕侠道：“你们懂得蹿房越脊、上下翻飞不懂？”

向日葵道：“不懂。”

华慕侠道：“你们懂得白眉老徐良不懂？”

向日葵道：“那懂了。小五义，是不是？”

华慕侠道：“对啦。”

向日葵道：“那我们怎么看不见呢？”

华慕侠道：“你们怎么看得见呢？这行侠作义都在山里头。”

向日葵道：“在山里头？山里头尽是土匪，哪有什么白眉毛老西？”

华慕侠道：“根本你们就不懂。这练功夫都得在山里练才成呢。”

向日葵道：“你们练那个有什么用？”

华慕侠道：“有什么用？好，用处大了。杀赃官，除恶霸，偷富济贫，将来我们劫了钱，给你们花。”

向日葵一听他们要劫财，这一定是当土匪呀。当土匪可不是到山里吗？她们更害怕了。她们道：“那你们怎么还不走？在这里住着干吗？”

华慕侠道：“我们不是有缘吗？”

向日葵道：“那你们也该走了，别耽误你们的前程。”

华慕侠道：“你们想叫我们走吗？”

向日葵道：“你们不走，难道老住在这里吗？”

华慕侠道：“我们高兴就走，不高兴就不走。”

向日葵道：“那你们得把钱拿出来。”

华慕侠道：“你们先垫上。”

向日葵道：“我们要是有钱垫，我们还不干这个呢。”

华慕侠道：“你们这女人，一点儿良心也没有。”

向日葵道：“什么叫良心？你们得养活我们，不能我们养活你们，是不是呀？既然行侠作义，还能叫我们养活着吗？”

华慕侠一听，也有理。怎么办呢？走吧，又真没有盘缠了。想跟她们借一点儿，学好能耐再还她们，谁知她们连理也不理。华慕侠还想套感情，结果还是叫人家给驱逐出来。

赵邦杰道：“你看，有那二百多块钱，也可以到峨眉山了，偏偏要住在这里，钱也没有了。上不着天，下不着地，连回去都不可能了，怎么办？”

华慕侠道：“我有一个生财的法子。咱们也卖艺，江湖朋友谁都有个落魄的时候。”

赵邦杰道：“咱们不会武艺，怎么卖艺呢？”

华慕侠道：“我教给你。我自琢磨出一套拳来，这套拳叫作华氏神拳，完全以柔取胜。咱们两个人琢磨一下，这套拳是打出去，能够叫行家看着惊奇，他们跟咱们拜师，咱们若是收几个徒弟，也可以进笔财呀！”

赵邦杰道：“咱们还收徒弟？”

华慕侠道：“那可别说，他没见过这套拳术，也许就跟咱们学。我告诉你，我这套拳打出去，一共一百二十八手，准得惊动天下英雄。”

赵邦杰道：“那我怎么没见你练过呢？”

华慕侠道：“这都在我的心里呢，没有比试过。咱们找个僻静地方，我练练你看一看，这非得合手不可，不然谁也不懂。最好比作我的敌手，你怎么打我，我怎么还手，人家一看，就明白咱们拳法的高妙了，谁看了也得惊奇。走，咱们找地方去。”

说着，两个人走到一个僻静地方，靠着城根，脱了长衣服，华慕侠道：“咱们先来一套华氏神拳，然后再来个空手夺剑，这都是我研究出来，以前的人若是说谁家的拳好，那叫瞎说。那时人脑筋简单，所以研究出一个拳套，以为就了不得，其实算什么？咱们有仙根，琢磨出来，比他们要惊奇得多。”

说着，便站好了，刚要练，华慕侠道：“等一等，咱们还得预备几句说辞，要不然光练不说也不成。天桥的把式，光说不练；咱们的把式，光练不说，都不好。不说人家不知道。你听我的词儿怎么样？讲完不亢不卑。”说着，站住一叉腰，向着城墙，比画着说道：“列位，今天这么好天气，列位前来捧场，们里卡脱，哥砸一马司。”

赵邦杰道：“怎么还有外国话？”

华慕侠道：“剑仙若是说外国话，才能惊人。不知道的以为咱们说的是江湖黑话。”

赵邦杰道："这倒不错。"

华慕侠道："你得在旁边答腔。"

赵邦杰道："怎么答腔？"

华慕侠道："你就说不错。"

赵邦杰道："不错。"

华慕侠道："你别忙呀，我还没说呢。"

说着他又一叉腰，看了看四周，雄赳赳气昂昂地大声嚷道："列位，我们两个人走江湖，闯南北，拜访天下四路好英雄。"

赵邦杰道："哪四路？"

华慕侠道："你别较真儿呀！我也不知道是哪四路，反正都这么说，咱们也这么说。你给我帮腔说不错就得了。"

赵邦杰道："好吧。"

华慕侠道："今天走在这里，没有盘缠，打家劫舍，不是英雄干的。"

赵邦杰道："不错。"

华慕侠道："今天特在这儿练几手儿，一来是会会朋友，这里是藏龙卧虎之地；二来是跟诸位告个帮，带着钱的您就扔几个。"

赵邦杰道："不错。"

华慕侠道："没带着的站脚给我们助威。行家就请来帮帮场，交交朋友。"

赵邦杰道："不错。"

华慕侠道："我们两个人提起名姓来，久走江湖的大概许认得我们两个人，我叫赛朋克华慕侠，他叫电击侠客赵邦杰。"

赵邦杰道："不错。"

华慕侠道："今天给您练套什么呢？先报告您一声，我先跟我们这个伙计打一趟华氏神拳。”

赵邦杰道：“不错。”

华慕侠道：“这华氏神拳，敢跟诸位夸句大话，这是学徒的多年的心得，家传奥妙。这套拳打出来，有分教，要拳打天下英雄，脚踢八路好汉。”

赵邦杰道：“不错——怎么又八路了？又多出四路来？”

华慕侠道：“多几路不更好吗？”

赵邦杰道：“还是四路吧，八路不大好听。这时候人家许避讳这个。”

华慕侠道：“仍叫四路？——脚踢四路好汉。诸位若是不信，请用眼来看。我跟我们这伙计比试比试。您看着若是看见过，我是王八蛋。”

赵邦杰道：“不错。”

华慕侠道：“这儿别说不错。我说王八蛋，你说不错，这不是开玩笑吗？帮腔也得有地方。”

赵邦杰道：“咳，你瞧，我没留神。”

华慕侠道：“咱们就练，对面站好了，你扑过来，劈头就是一拳，照着我的头顶就打。”

赵邦杰没等他说完，过去就要打。华慕侠道：“你别忙，慢慢地，别使力，可是装出使力的样子。你来吧。”

赵邦杰便搂头灌顶，轻轻打下来，放在他的头顶上。

华慕侠道：“你看着呀，你这不是拳打下来了吗？我一矮身，一偏脑袋，你看，这拳不是就打空了吗？”他一边说着，一边比画着。

赵邦杰道：“打空了怎么样？”

华慕侠道：“你看，我不是矮着身体吗？这必须向左边歪，你看左腿屈着，右腿伸直，正好扫你的两只腿，这有个名称。”

赵邦杰道：“叫扫堂腿。”

华慕侠道：“这不叫扫堂腿，这叫低空扫射。”

赵邦杰道：“真新鲜这名字。”

华慕侠道：“这非得新名词才能引动别人注意。”

赵邦杰道：“那么我就躺下了？”

华慕侠道：“不，这低空扫射是第一手，一共一百二十八手呢，那天我算了算，一手就输，那是外行。你得能够和我打个平手方成，把我这一百二十八手都使出去。”

赵邦杰道：“那么我怎么办呢？”

华慕侠道：“你跳起来，你一跳起来，不是我的腿就扫空了吗？你跳起的时候，跟着就得往下砸。说时迟那时快，一手得紧一手，我这时候呢，可是难多了，是不是？我矮着身体呢。这时候我怎么办呢？我就把右腿伸回头，你这时不是跳起来了吗？我就由你的腿下钻了过去，你跳起来试一试。你得跳得高点儿，我还得告诉你，我钻过去之后，咱们就是背对背了，这时还有半招，这半招就还手的力量，我一转身，你刚好腿落了地，我就抬起脚来，踢你的屁股。这招叫‘后路一蹴’。我这一踢，就把你踢趴下了。可是你不能叫我踢着，你来了个鹞子翻身，一扭腰，我的脚就踢空了。”说着，一比画，自己没站住，自己倒了下来。

赵邦杰笑起来道：“你还没踢我，你先倒了下来。”

华慕侠道：“这不是比画着吗？真到打的时候，就用力了。就不会倒了。”说着，打了一个哈欠，说道：“我烟瘾又上来了。”

赵邦杰道：“那怎么办呢？”

华慕侠道：“不要紧，先把这手练完再说。”

赵邦杰道：“好。”

华慕侠道：“来，咱们先比试一下，你先打我一拳，然后跳起来，我由你的腿底下钻过去。”

赵邦杰道：“来个黑狗钻裆是不是？”

华慕侠道：“你别挨骂了。黑狗钻裆好，这是仙人出洞。来，由头来，就是这两手。”

说着，两个人一比试，赵邦杰搂头就是一拳，华慕侠便往旁边一闪，一矮身，算是打空了，其实赵邦杰如果仍是往下打，那也打上了。不过为表示华氏神拳起见，他只得停着，等华慕侠的腿扫过来，然后他得使劲往上一跳，华慕侠便往他裆底下钻。谁知华慕侠钻得太慢，赵邦杰落下得太快，因拳头可以由着自己意志，不叫它下来，而整个身体焉能在空中停得住？说时迟那时快，华慕侠这头刚钻过去，赵邦杰已经下来，正骑在华慕侠的脖子上，把华慕侠压了一个大马趴。

华慕侠道：“怎么回事？”

赵邦杰道：“我知道怎么一回事呀？你钻得太慢了。”

华慕侠道：“咱们这得研究，你最好再跳得高点儿，两腿劈开些，我再低再快，就钻过去了。”

赵邦杰道：“这两手就这么费劲，要是一百二十八手，得费多大的劲呢？”

华慕侠道：“这才显出华氏神拳的难处。假如都那么容易学，那华氏神拳也就不那么值钱了。走，我先抽口烟去。”

赵邦杰道：“来口白面儿快当，吃烟多麻烦呢。”

华慕侠道：“对。”他临由向日葵家里出来的时候，曾经偷出一把茶壶来，他换了白面儿，在僻静地方一吸，果然精神焕发。

赵邦杰道："你不如把那个剑卖了。"

华慕侠道："那不成，这剑是我的招牌，回头咱们还得练空手夺剑呢。咱们还得从头来，练几手咱们就找地方卖艺，先吃晚饭。"

说着，两个人又从头练，这回华慕侠勉勉强强地钻过去了，跟着伸脚要踢赵邦杰的屁股，一看，赵邦杰已经转了过来，他一抬腿，叫赵邦杰抄住了脚后跟，这一下，又把华慕侠摔了一个跟头。

华慕侠道："怎么回事？你别转这么快，你等我要踹的时候你再转身。"

赵邦杰道："好吧。"说着，又从头来。

等到华慕侠钻过赵邦杰的裆，赵邦杰站在那里等着华慕侠踹，华慕侠说声"踹"，赵邦杰忙一转身，华慕侠算是踢空了。华慕侠道："得，这回得往下练了。这不是我踢空了吗？你往旁边打的肋头，我忙收回腿来，一撤身，用手一抓你的腕子，你把手撤回去，然后再用那只手打我的肚子。"

赵邦杰道："我用脚踢不是很好吗？"

华慕侠道："那不成，你得跟我这手合才成，要不然就乱了。"

赵邦杰道："华氏神拳应当怎么样的打法，都得应付才成。"

华慕侠道："不，我的拳是有一定的招数，本来你应只有招架之功，并无还手之力才成，这就是叫你随着我这套子走。"

赵邦杰道："好。"

于是两个人又练。练了四五回合，华慕侠道："成啦，就这几手成了，完全练出来，太不合算。明天咱们再研究那几手，每天总有几手新的，一边练着一边卖钱，卖个十天半个月的，咱们这一百二十八手就完全练成了。练成了就收徒弟。"

赵邦杰道："还有空手夺剑呢？"

华慕侠道："明天再练吧，今天咱们先卖艺去。"

赵邦杰道："光是这几手成吗？"

华慕侠道："马马虎虎，我回头带个舞剑也就成了。"

赵邦杰道："你会舞吗？"

华慕侠道："也是我琢磨的。反正看过戏，《霸王别姬》里不是有舞剑吗？照那样子马马虎虎编几套就成。走，咱们到公园去。"

于是两个人来到一个人多的地方，用宝剑在地下画了一个圈儿，两个人站在圈里，然后向四周一吆喝，果然有许多闲人蜂拥而来，围了一层。大家不知道这两个人干什么的，仿佛有点儿半疯的样子，从来没有看见过，所以觉得好玩。华慕侠一见有人围上来，这就不错，总算有人捧场。于是两个人站在当中，向四外一作揖，华慕侠便把和赵邦杰练好了的这一套话说了出来。赵邦杰在旁边帮腔，他还真没干过这个，觉得怪不好意思的。

话说完了，见没有帮场的，华慕侠说："伙计，咱们别净说不练，咱们练几手儿给诸位看，练完了还不要钱，学徒的再饶一段剑术。这剑术准保您别处没有看见过。伙计，脱了衣服，咱们给诸位先作个揖，这都是财神爷，多求捧场。伙计，贵姓呀？"

赵邦杰道："姓赵。"

华慕侠道："会练吗？"

赵邦杰道："会练。"

华慕侠道："咱们两个人来几手。你既然会练，我今天抻练抻练你。"

赵邦杰道："真金不怕火炼，你怎么抻练吧？"

华慕侠道："咱们两个人比试比试，比试好了，就算你有能耐。"

赵邦杰道："好吧。"这简直不像生意口。

华慕侠道："来，咱们先打几手，回头我再练这一百二十八手。"

说着两个人站好了一比试，就照着方才练的方法练起来。打了四五回合，因为特别的慢，所以也没有出毛病，可是人家看着直纳闷，不知他们这是干什么的，看的人当然没有内行，如果有内行非得笑掉牙不可。可是内行也不过就是那么一回事。这些外行看了，也不知是好是坏。练了几手，练得大家都莫名其妙。

华慕侠就练了这么几手，都直喘气。他想再练剑练不下来，干脆要钱吧。于是便向观众要钱，观众也有几个心软脸热的，算给他他们几个钱。华慕侠一看进了钱，便高兴了。他要上没完。大家一看练了那么几手，跟小孩玩似的，就要钱，也太看不起襄樊的人了。这叫什么武术呀？也要钱？有的转脸就走，有的站着看不给钱，反正也是没事，看看这两个人到底是干什么的。

华慕侠见看的人走了大半，深恐怕人走没了，不能再练了，于是把钱捡起来，数了数，凑在一起，才一毛多钱。没办法，只得再练。练上十几趟，也就有一块多钱了。于是两个人又嚷起来，嚷了一阵子又练。卖艺挣钱也不容易，光喊嗓子也够本钱哪。

这一回练得比头一回熟些了，虽然赵邦杰仍是站在那里等华慕侠踹，可是华慕侠的确卖了力气，练完了又要钱，大家一看练来练去，老是那一套，花这个钱真有点冤枉，于是大家一哄而散。华慕侠和赵邦杰一看，怔了。累了半天，一个钱也没挣上，心里委实难过。但也无法，两个人站在那里，气喘喘的，互相看着。华氏神拳虽好，但没有人能够领略。

赵邦杰道："怎么办？"

华慕侠半天没言语，一会儿，他道："我若是有了真本领，我非得杀尽这群人不可。"

赵邦杰道："可是你如果有点儿本事，人家也就真给钱了。"他的意思是说：像这样的武艺，还要卖钱，就是我看我都不给。天桥的把式，且比这个强，还没有给钱的呢。这两手儿谁给钱谁都是大头。

赵邦杰有点看透了，可是华慕侠还执迷不悟。他道："我若是有真本事，我也不这样卖钱了。其实这华氏神拳是我首创，以前没有见过的。他们不懂，这仙人出洞，这低空扫射，别家的拳谱里打听打听，如果有这两手我输脑袋。不但这两手，以后的一百多手，都是别家拳没有的，这里没有行家，若有行家一定过来拜师。"

赵邦杰道："这话先不提了，咱们想法子吃晚饭。练了半天，我还真是饿了。"

华慕侠道："这一块多钱怎么吃饭呢？连我的白面儿瘾还不能过呢？"

赵邦杰道："咱们得赶紧想办法，还是回去吧。"

华慕侠道："你别灰心，咱们就是要饭也得去。"

赵邦杰道："去了又怎么样呢？咱们这样走了这么多天，也没有遇到一个有能耐的人。现在有没有还是问题，就是古时候有没有也靠不住。"

华慕侠道："你不能这么说呀，咱们是没遇见就是了。"

赵邦杰道："咱们先吃饭吧，我饿了。不管有没有，我肚子先得饱了才成。"

华慕侠道："咱们到街里去，反正咱们用智也能吃一顿饭。吃完了就跑，他也莫可奈何。即或挨一顿打，咱们肚子先饱了是不是？"

赵邦杰道："这可不能长呀。"

华慕侠道："先吃了一顿再说。"

赵邦杰道："你不会把宝剑卖了？"

华慕侠道："你这家伙，老叫我卖宝剑。"

赵邦杰道："那有什么的？秦琼还当锏卖马呢，英雄也有落魄的时候呀！"

华慕侠一听，果然为之一动。赵邦杰知道非得拿英雄的典故来说他不可。

华慕侠道："走，先到街里再说。"

他们走到街里，走在饭铺前面，闻着菜味扑出来，馋涎欲滴，想进去又不敢进去。赵邦杰道："咱们进去就吃，吃完了把剑给他们也没关系。"

华慕侠道："别处还有饭馆，这里饭馆人不好。"

他们又走，走到了个小饭铺前边，见门前摆着一个小桌子，上面放着烧饼包子之类，没有人看着。华慕侠看着是个机会，立刻过去先往四处看了看，偷偷地伸手，抓了好几个，说道："快抓。"说时迟那时快，把包子放在怀里，一边再要抓。赵邦杰也看出便宜，也来抓。不想这时却有人跑出来，大喊抢了人了。几个过去把他们捕住，先打了一顿，然后送到官里。官里一问，才知道他们是武侠小说迷，立刻劝诫他们一番，把他们送回北京。回到家里又受了一番痛责，华慕侠又大病了一场，才打消寻仙访道的念头。

书说至此，告一结束。

图书在版编目(CIP)数据

鹂唱鹃啼·滑稽侠客 / 耿郁溪著. －－ 北京 : 中国文史出版社, 2021.3

(民国通俗小说典藏文库. 耿郁溪卷)

ISBN 978－7－5205－2738－5

Ⅰ. ①鹂… Ⅱ. ①耿… Ⅲ. ①长篇小说－中国－现代 Ⅳ. ①I246.5

中国版本图书馆 CIP 数据核字(2020)第 246355 号

责任编辑：蔡晓欧

出版发行：**中国文史出版社**
社　　址：北京市海淀区西八里庄路 69 号院　邮编：100142
电　　话：010－81136606　81136602　81136603（发行部）
传　　真：010－81136655
印　　装：北京新华印刷有限公司
经　　销：全国新华书店
开　　本：720×1020　1/16
印　　张：16　　　　字数：180 千字
版　　次：2021 年 3 月第 1 版
印　　次：2021 年 3 月第 1 次印刷
定　　价：58.00 元